Impera Thor

임페라토르

신독 판타지 장편 소설

임페라토르 7

신독 판타지 장편 소설

초판 1쇄 찍은 날 § 2006년 6월 27일
초판 1쇄 펴낸 날 § 2006년 7월 7일

지은이 § 신독
펴낸이 § 서경석

편집장 § 문혜영
편집책임 § 유경화
편집 § 심재영

펴낸곳 § 도서출판 청어람
등록번호 § 제1081-1-89호
등록일자 § 1999. 5. 31
어람번호 § 제1-0717호

주소 § 경기도 부천시 원미구 심곡1동 350-1 남성B/D 3F (우) 420-011
전화 § 032-656-4452 팩스 § 032-656-4453
http://www.chungeoram.com
E-mail § eoram99@chollian.net

ⓒ 신독, 2005

ISBN 89-251-0186-6 04810
ISBN 89-5831-845-7 (세트)

Fantasy Frontier Spirit
ImperaThor
임페라토르 7 완결
신독 판타지 장편 소설
[무극검]

《주요 설정 & 전편 줄거리 & 등장인물》

[주요 설정]

· 공간 배경 : 옥스칼토네 대륙

· 창조신/파괴신 : 데바/사트바

· 대륙의 5개국 : 펠바레트, 타루니아, 티폰, 라미아, 파라슈트.

· 5개국을 가르는 경계 : 프루바카나 산맥과 비루나, 우이샤 강.

· 주요 드래곤 : 카이서스(드래곤 로드), 고오트(펠바레트의 황제, 골드 드래곤), 나트판(타루니아의 황제, 실버 드래곤), 그리니아(파라슈트의 황제, 그린 드래곤), 비아토(라미아의 황제, 블루 드래곤), 우로보스(티폰의 황제, 블랙 드래곤), 라토시(레드 드래곤).

[전편 줄거리]

· 6권 : 과거가 현재를 지배한다

타루니아의 발라키 성으로 쳐들어가 실버 드래곤 나트판을 죽인 토르는 곤과 아니테가 영혼을 제압당해 드래곤 나이트로 제련되었음을 알고 분노한다. 곤과 아니테를 찾아 그린 드래곤 그리니아를 찾은 토르는 그리니아의 오랜 연정을 받아들이지만 죄책감에 사로잡힌 그리니아는 자살한다. 블루 드래곤 비아토에게서 곤을 구출하는 데 성공하나 곤은 이미 드래곤 로드 카이서스의 지배를 받고 있었다. 토르는 곤과 싸우다 라토시였던 자신이 카이서스와 뭔가 거래를 했을지도 모른다는 사실을 깨닫는다.

[등장인물]

· 토르, 곤, 아나테, 디오스, 코크라, 커트, 라나.

· 오르스: 아나테의 첫사랑. 죽은 오르스를 부활시키고자 아나테는 네크로맨서가 되었다.

· 드로우: 옥스칼토네 해방군의 소환술사.

· 오올리: 토르에게 죽어 리치가 된 해방군의 전 궁중 마법사.

· 샐레아나: 라토시의 본체를 지키는 불의 정령.

· 로키: 옥스칼토네 해방군의 군단장.

· 아르마: 로키의 수하. 디오스를 좋아한다.

· 티바: 티폰 사막의 붉은 이리 왕.

· 자이언트: 티폰의 수하.

· 아프라삭스: 빛과 어둠의 신.

라토시가 아니다 : **Chapter 61**

운 기조식을 끝낸 후에도 토르는 한동안 말이 없었다.

디오스와 커트, 코크라도 그런 토르에게 말을 걸지 못했다. 눈 한 번 깜박이지 않고 허공을 노려보는 토르에게 무슨 말을 할 수 있을까.

토르의 파란 눈동자는 차갑게 가라앉아 있었다. 그것이 자기 모멸의 흔적임을 알고서 코크라는 낮게 혀를 찼다.

그때, 침상에 누워 있던 라나가 신음 소리를 내며 깨어났다.

"으음……."

모두의 눈이 라나에게로 향했다. 토르도 벌떡 일어나 라나의 곁으로 달려왔다.

"라나!"

"토르……."

라나의 눈이 수차례 깜박였다. 눈동자가 풀어져 파랗게 물막을 치고 있던 라나의 눈에 차츰 초점이 잡히기 시작했다.

"그래, 나 여기 있어. 다행이다……. 정말 다행이야……."

토르는 라나의 손을 꼭 잡고 보듬어주었다.

깊이 가라앉아 있는 토르의 눈을 보다 라나는 힘없는 손을 들어올렸다. 토르의 볼에 닿은 라나의 손가락이 작은 동그라미를 그렸다.

"또 그런 표정이네요……. 당신한테 그런 표정은 어울리지 않아요……."

"라나……."

"좀 더 잘게요……. 다시 눈 떴을 때도 그런 표정이면…… 때려줄 거예요……."

"라나, 나는……."

라나는 편안한 얼굴로 눈을 감더니 쌕쌕 고른 숨소리를 내며 잠이 들었다.

멍하니 라나의 얼굴을 보는 토르의 어깨에 손이 닿았다. 코크라였다.

"토르, 라나가 전에 한 말을 떠올려 봐. 라토시는 라토시고, 너는 너야. 너는 이미 레드 드래곤 라토시가 아니라 인간 토르다. 네가 항상 하고 다닌 말이잖아."

토르는 침상에 굽혔던 몸을 일으켜 코크라를 마주 보았다.

"코크라, 내가 두려운 게 뭔지 알아?"

"두려워? 그 말이 얼마나 네게 안 어울리는지 아냐?"

"농담 아니야."

코크라는 이마를 짚더니 퉁명스럽게 물었다.

"그래. 도대체 뭐가 두려운 건데?"

코크라를 바라보다 고개를 돌려 디오스와 커트까지 천천히 바라본 토르는 지그시 이를 물었다.

"완전한 각성…… 이 두렵다. 코크라, 내가 내 기억을 모두 찾게 되면 어떻게 되는 걸까? 그럼 난 과거의 나로 돌아가는 걸까? 라토시의 과거는 하나도 마음에 안 드는데? 카이서스와 뭔가 거래를 했을지도 모르는데? 기억을 찾으면 그 상태의 라토시로 돌아가는 걸까? 지금의 나는 사라지고?"

"토르, 그건……."

"그래, 확신할 수 없는 일이지. 하지만 가능성은 있잖아. 난 그게 두려워. 정말 두렵다."

코크라가 무어라 말을 하려다 홰홰 고개를 저었다.

디오스가 소리를 질렀다.

"뭐가 됐든 너는 토르야! 뭘 그렇게 복잡하게 생각해!"

"그렇게만 생각할 수 없다는 걸 너도 알잖아."

"야!"

디오스가 와락 달려들어 토르의 멱살을 잡았다.

"너 정말 짜증나게 굴래? 왜 갑자기 노인네처럼 굴어? 각성이 싫으면 각성 안 하면 되잖아! 네가 곤과 아나테를 죽일 거냐? 아니잖아! 그럼 곤과 아나테가 우리를 죽이게 손 놓고 볼 거냐? 절대 아니잖아! 네가 한 말 잊었어? 복잡하게 생각하면 뭐든 복잡하게 풀린다고 네 입으로 주절댔잖아! 두려워? 두려우면 싸워! 애새끼처럼 징징대는 꼴 보여주려면 차라리 예전처럼 네 속에 숨어버려! 네가 잘못되도록 내가 그냥 두고 볼 것 같냐? 커트나 코크라가 그냥 볼 것 같아? 헛소리는 집어치워!"

토르는 묵묵히 디오스의 호통을 듣고만 있었다. 디오스가 이렇게 화를 내는 것은 처음 본다. 화를 내고 있지만 그것이 토르를 향한 뜨거운 마음이란 것도 안다. 하지만…….

디오스의 말이 옳다는 걸 토르도 너무나 잘 알고 있었다. 하지만 두려운 건 사실이었다. 과거의 자신이 카이서스와 무슨 거래를 했는지, 그것이 어떤 영향을 현재의 친구들에게 미칠지 토르는 너무도 두려웠다. 이렇게 자신을 아끼는 친구들을 자신이 해칠지도 모른다는 게 토르는 무서웠다.

디오스에게 멱살을 잡혀 흔들리다 토르는 조용히 말했다.

"알았어, 놔."

"알긴 뭘 알아? 그렇게 멍청한 표정을 한 놈이 뭘 알았다는 거야?"

"일단 손은 놔. 프로시안한테 연락이 왔어."

"그런 건 이따 받아!"

"할 일은 해야지. 해방군들은 나를 따라 라미아로 들어왔어. 지금쯤 곤란한 상황에 빠졌을지도 몰라. 비아토의 상처는 그리 큰 게 아니었으니까."

디오스는 토르의 고집 센 얼굴을 바라보았다. 괴로움이 섞인 표정은 지워지지 않았으나 할 일은 하겠다는 고집은 꼭 다문 입술에 그대로 나타나 있었다.

"에잇!"

디오스가 토르의 멱살을 놓고는 홱 고개를 돌렸다.

토르는 고개를 숙이고 묵묵히 프로시안의 전언을 듣고 있었다.

"알았다. 곧 가마. 조금 기다려라."

프로시안에게 전하는 말을 듣고 디오스가 말했다.

"가긴 어딜 가? 얘기 끝내고 가."

"디오스, 네 말은 충분히 알아들었어. 네 말이 옳은 것도 알아. 네 말대로 하는 게 나다운 것도. 하지만 나도 마음을 추스를 시간이 필요해. 프로시안 쪽이 위험한 것 같아. 걔네만 구해주고 다시 올게."

커트가 우려 섞인 눈으로 물었다.

"혼자 가시겠다는 말입니까?"

"아니. 코크라와 함께니까 혼자는 아니잖아."

"토르!"

디오스의 화난 얼굴을 보며 토르는 씁쓸하게 웃었다.

"디오스, 나를 걱정해 주는 디오스 맘은 잘 알아. 하지만 과거를 부정한다는 건 그렇게 단순한 문제가 아니잖아. 내가 인간으로 산 기간은 정말 짧아. 라토시로서는 수천 년을 살았어. 디오스라면 쉽게 자기 과거를 부정할 수 있겠어?"

디오스는 말문이 막혔다. 디오스 자신도 아직 과거에서 완전히 자유롭다고는 말할 수 없었기에.

토르는 커트와 디오스를 찬찬히 바라보고는 코크라에게 손짓했다.

"가자, 코크라."

코크라의 몸이 스르르 헬나이트로 빨려 들어가자 토르는 몸을 돌렸다.

"하나는 약속할게. 다시 올 때는 이런 썩은 얼굴은 안 보일게. 어떻게든 결정을 내린 후일 거야. 날 믿고 기다려 줘."

"토르!"

디오스의 부름이 공허하게 울렸다. 토르는 이미 아공간 밖으로 텔레포트를 한 후였다.

디오스가 다급히 커트에게 물었다.

"따라가야 되는 거 아닐까?"

"잠시 혼자 두세나. 코크라가 함께 갔으니 괜찮을 걸세. 토르는 절대 약속을 어기지 않지 않나. 그답게 마음의 정리를 하고 올 거야."

얼굴 표정이 수차례나 바뀌다 디오스는 후우 한숨을 토해냈다.

"피로 고뇌를 씻는 것인가……?"

"전사에겐 그것보다 확실한 방법이 없지. 믿고 기다리세."

커트는 침착한 표정으로 라나의 잠든 얼굴을 바라보았다.

그동안 벌어진 격론을 모르는 듯 라나는 평온한 얼굴로 쌕쌕 숨을 쉬고 있었다.

2

옥스칼토네 해방군은 토르를 따라다니며 타루니아와 파라슈트를 해방시킨 후, 크게 고무된 기세를 타고 라미아 진공을 시도했던 참이다.

타루니아의 황제 나트판과 파라슈트의 황제 그리니아가 죽자, 타루니아와 파라슈트에 펼쳐져 있던 마법들이 저절로 소멸해 타루니아와 파라슈트의 기사들은 국경을 마음대로 넘을 수 있었던 것이다.

해방군의 군단장 로키는 라미아 해방에는 해방군들도 참여해야 한다고 프로시안 공주에게 강력하게 요청했고 해방군의 마법사 드로우까지 이 의견에 찬성하자 프로시안도 라미아 진공 작전을 수락했던 터이다.

하지만 그녀는 조건을 달았다.

“저도 가겠어요.”

모두 말렸지만 프로시안은 고집을 꺾지 않았고 토르의 행보를 따라 가면 그다지 위험도 크지 않다는 계산을 한 로키는 공주의 동행을 허락했다.

그러나 그것은 치명적인 계산 착오였다.

파라슈트와 라미아의 국경인 우이샤 강을 건널 때까지도 해방군들은 미래를 낙관하고 있었다. 타루니아나 파라슈트 때처럼 토르의 공격에 정신이 빠진 블루 드래곤들이 쉽사리 라미아의 수도인 루오 성을 내줄 것이라 생각했다. 토르의 공격을 도와 블루 드래곤들을 압박하면 해방군들에게도 강력한 명분이 실릴 것이라 정세를 낙관했던 것이다.

우이샤 강을 순탄하게 도강하여 칼루토 호수의 남쪽에 있는 루오 성을 향해 진격하던 해방군들은 사방에서 나타난 블루 드래곤들에게 갑작스러운 포위 공격을 당했다.

양편에 흐르는 우이샤 강의 지류에서 기다렸다는 듯 블루 드래곤들이 나타나 해방군들을 협공했던 것이다.

갑작스러운 블루 드래곤들의 포위 공격에 해방군들은 막다른 벽에 갇힌 맹수처럼 날뛰고 있었다.

정예병들과 기사들을 대동한 채 기세 좋게 진격하던 해방군의 군단장 로키가 고래고래 고함을 질렀다.

“모두 말에서 내리지 마! 말이 없는 자들은 기마병들 곁에 바싹 붙어—!”

로키는 거검을 휘둘러 쏟아지는 워터 볼을 둘로 갈랐지만 양편이 흐르는 강물인 이곳의 지형은 블루 드래곤들에게 너무나 유리했다.

포탄처럼 쏟아지는 워터 볼에 벌써 수많은 정예병들이 물살에 휩쓸렸다. 숱하게 쏟아지는 워터 볼이 급류를 이루자 블루 드래곤들은 워터 볼로 이루어진 급류를 유영하며 해방군들을 하나둘 잡아채고 있었다.

"아아아아악!"

구슬픈 비명이 한 번 울리면 그것으로 끝이었다. 블루 드래곤에게 붙잡힌 병사들은 시체도 남기지 못했다. 시뻘건 피만 급류 속에 퍼져 올랐다.

소환술사인 드로우는 로키의 곁에서 분주하게 손가락을 놀리고 있었다. 가면을 쓴 그의 입이 바삐 웅얼거리는 게 보였다.

로키가 고함을 쳤다.

"드로우! 아직 멀었소?"

"이제 되었소! 나타나라, 스톤 골렘!"

갑자기 해방군들의 주위 땅들이 꿈틀거리며 출렁였다. 무덤 속에서 좀비들이 솟아나듯 땅을 헤치며 솟아나는 것들은 울퉁불퉁한 바위들로 이루어진 스톤 골렘들이었다.

둑이라도 쌓듯 스톤 골렘들이 물을 막으며 방패막이가 되어주자 로키는 그제야 한숨을 돌리고 재빨리 뒤를 돌아보았다.

그곳에는 새파랗게 얼굴이 질려 있는 프로시안이 말에 타고 있었다. 프로시안을 보호하기 위해 앞으로 나서지 못했던 터라, 로키는 원망하는 마음이 없지 않았으나 그녀를 탓할 수는 없었다. 무엇보다도 상황을 너무 낙관했던 자신의 잘못이 제일 컸으니까.

"공주님! 토르에게 연락은 아직 없습니까?"

"오신다고 했으니, 곧 오실 거예요……."

드로우가 로키에게 소리쳤다.

"군단장! 골렘으로 물의 마법을 막는 것은 한계가 있소! 어서 돌파구를 마련해야 하외다! 물러날 것인지, 진격할 것인지 결정하셔야 하오!"

로키는 굳은 표정으로 주위를 훑어보았다. 스톤 골렘이 친 둑 때문에 물살에 휩쓸려 들어가는 병사들은 없어졌으나 블루 드래곤들이 속속 허공으로 날아오르고 있었다.

스톤 골렘을 넘어 허공을 격해 물 마법을 뿌려대면 막을 방도가 없는 상황이었다.

로키는 지그시 이를 악물었다.

"빌어먹을……."

그때였다.

어디선가 맹렬한 돌풍이 불었다.

블루 드래곤들이 모여 있는 공중에서 터진 강력한 돌개바람은 블루 드래곤들의 대오를 단 한 번에 흩어버렸다.

"카우우우우우—!"

엄청난 용음과 함께 나타난 것은 검은 광택이 흐르는 갑주를 온몸에 걸치고 있는 드래곤 스켈레톤이었다. 네 개의 어깨에 날카로운 칼날이 솟아 있는 드래곤 스켈레톤은 그대로 몸을 날려 사방으로 휘몰아치며 날카로운 발톱을 휘저었다.

"꾸웨엑—!"

구슬픈 비명이 울리며 블루 드래곤들이 처참하게 토막나 사방으로 날려갔다.

프로시안이 반갑게 소리쳤다.

“토르—!”

블루 드래곤들의 한가운데에 나타난 것은 드래곤 스켈레톤, 아크를 탄 토르였던 것이다.

토르는 아크의 머리에 우뚝 서서 헬나이트를 쥔 채 천신처럼 블루 드래곤들을 굽어보고 있었다. 붉은 머리카락이 바람에 파라락 휘날렸다. 새빨갛게 변해 버린 두 눈에는 붉은 광망이 어려 보기에도 무시무시했다.

토르가 블루 드래곤들을 향해 고함을 질렀다.

“비아토는 어디 있느냐—!”

블루 드래곤들은 에이션트 드래곤 특유의 드래곤 피어를 피워 올리는 토르를 감히 직시하지 못했다. 두려움에 젖어 모로 고개를 꼰 블루 드래곤들을 향해 토르가 소리쳤다.

“다 죽고 싶지 않으면 썩 꺼져라! 비아토! 내가 왔다—! 어디 있느냐—?”

“음흐흐흐……!”

음산한 웃음소리와 함께 우이샤 강의 지류가 폭발하듯 터져 올랐다. 강렬한 폭음과 함께 솟구친 물줄기 속에서 푸른 몸을 번뜩이며 비아토가 모습을 드러냈다.

“흐흐. 라토시 아닌가? 내 선물은 잘 받았나?”

비아토가 허공에서 몸을 틀며 토르를 향해 이죽거렸다.

“선물?”

“드래곤 나이트 말이다. 꽤 재미있었을 텐데? 내가 직접 보지 못한 게 아쉽구나. 흐흐. 그 알량한 친구들은 무사한가?”

토르의 눈이 새빨갛게 빛났다.

헬나이트에서 붉은 화염이 숫구쳐 올랐다.

"넌… 하지 말아야 할 말을 하는구나……."

"음흐흐흐. 썩은 얼굴을 보니까 속이 다 후련하구나! 누구 하나가 죽기라도 했느냐?"

"죽는 건."

토르는 아크의 머리를 박차며 날아올랐다. 헬나이트가 빨간 광망을 내뿜었다.

"너야!"

자자자자자작!

허공을 가르는 헬나이트에서 무자비한 폭음이 터져 나왔다.

비아토를 향해 일직선으로 내리 꽂히는 헬나이트에는 거대한 검강이 맺혀 화염을 토하고 있었다.

비아토가 부르짖었다.

"화염 마법은 내게 안 통한다는 걸 잊었느냐!"

파아아아―

비아토의 몸을 감싸고 있던 물기둥들이 일제히 허공으로 비산했다. 비아토의 주위에 있던 블루 드래곤들이 사전에 약속이라도 한 듯 토르를 향해 워터 스피어를 집중시켰다.

토르의 눈썹이 꿈틀거렸다. 붉게 달아오른 눈동자에는 빨간 화염이 이글거렸다.

"똑같은 수법이 계속 통할 줄 아냐―!"

휘릭.

토르가 손목을 돌리자 일직선으로 내리 꽂히던 헬나이트가 빙글 회전했다. 빨간 화염을 머금은 채 헬나이트는 사방으로 기묘한 각도를 그리며 움직였다. 찌르는 듯, 베는 듯, 뭉개 버리는 듯. 그리고 엄청난 장관이 펼쳐졌다.

촤아아아아—!

토르를 향해 집중되었던 워터 스피어가 하나하나 허공에서 부서져 흩어지기 시작했다. 엄청난 집중력을 발휘한 토르가 화염 마법의 극성이라는 워터 스피어를 일일이 자르고 가르고 베어버렸던 것이다.

폭우가 쏟아지듯 물벼락이 떨어지는 하늘을 보며 해방군들이 쩌억하니 입을 벌렸다. 로키조차 눈을 부릅뜬 채 감탄성마저 내뱉지 못하고 있었다.

프로시안이 깍지 낀 두 손을 모으고 토르를 바라보는 동안, 토르의 왼손이 빙글 휘돌며 사방을 제압했다.

화아아아아—

"커컥!"

쩌정. 쩌저정.

블리자드였다. 눈보라를 동반한 차가운 바람이 삽시간에 블루 드래곤들의 몸을 꽁꽁 얼려 버리기 시작했다.

"치잇! 모두 피해!"

비아토가 명을 내리자 블리자드에서 간신히 벗어난 블루 드래곤들이 앞을 다투어 우이샤 강의 지류에 뛰어들었다. 자신도 강물 속에 몸을 담근 채 비아토가 이죽거렸다.

"여기는 강이다! 흐르는 물이지! 더 이상 통째 얼려 버릴 수는 없을걸? 음흐흐흐. 이제 어쩔 거냐, 라토시? 덤벼볼 테냐?"

턱.

바닥에 내려선 토르는 우이샤 강의 지류에 숨어 머리만 내민 비아토를 노려보았다.

"그걸 믿었던 거냐……?"

"음흐흐흐. 블리자드를 아무리 퍼부어도 흐르는 강물은 얼릴 수 없다! 나는 이미 라미아의 모든 강을 연결시켜 놨으니까! 물살의 흐름을 무엇으로 막을 수 있다더냐? 덤비고 싶으면 네가 들어와, 자식아! 물속에서 숨 좀 쉴 수 있게 되었다고 날 물에서 당할 수 있을 듯싶으냐? 물은 내가 지배하는 세계다!"

토르는 비아토를 노려보며 조용히 로키를 불렀다.

"로키."

토르의 무용에 감탄하고 있던 로키가 갑작스런 부름에 더듬거렸다.

"에…… 응?"

순간적으로 존칭을 할 뻔했던 자신이 부끄러워 로키는 낯을 붉혔다. 같은 검사로서 토르의 무위가 너무나 압도적이었던 것이다. 그랜드 소드 마스터라는 명예로운 호칭이 부끄럽게도.

토르는 로키를 돌아보지도 않은 채 짧게 말했다.

"저 자식은 내가 맡겠다. 얼어붙어 있는 놈들은 네가 맡아라. 다 죽여. 조금 후에 보자."

"토르… 너 설마……?"

토르는 슬쩍 뒤를 돌아보며 웃음을 피워 올렸다. 싸늘한 그 웃음은 바라만 보아도 섬뜩했다.

"싸움 끝나고 내가 말 걸기 전엔 다가오지 않는 게 좋을 거야. 조심해라."

붉게 달아오른 눈동자와 하늘로 치솟아 있는 붉은 머리카락, 하얗게 빛나는 서늘한 웃음에 로키는 저도 모르게 한 걸음 물러서고 말았다.

너무나도 강렬한 살의가 느껴졌기 때문에.

"토르……?"

프로시안이 창백한 얼굴로 토르를 불렀지만 토르는 홱 고개를 돌렸다.

토르는 하늘을 맴돌고 있는 아크에게 소리쳤다.

"아크! 내려와서 프로시안을 보호해라!"

구워어어어어―

아크가 괴성을 지르며 프로시안의 곁에 내려앉았다.

토르는 비아토를 향해 하얀 웃음을 날렸다. 토르의 고함 소리가 울려 퍼졌다.

"길고 더러웠던 너와의 악연을 오늘 끝장내 버리마!"

휘익.

토르가 순식간에 거리를 압축해 들어가며 그대로 헬나이트를 내리그었다.

"자살하려는 거냐, 라토시?"

머리 위로 떨어지는 헬나이트를 비웃고는 비아토는 물속으로 자취를 감추었다.

파아아아―!

헬나이트와 충돌한 수면에서 엄청난 물보라가 튀어 올랐다. 물벼락을 뒤집어쓰며 토르가 그대로 물속에 뛰어들었다.

"거기 서, 이 자식아!"

퍼엉!

토르가 물속으로 사라지자 수면 위에 머리만 내밀고 있던 블루 드래곤들이 다투어 물속으로 들어갔다.

멍하니 토르의 뒷모습을 바라보던 프로시안은 잘끈 입술을 깨물었다.

"평소와…… 너무 달라. 무슨 일이 있으셨던 것일까?"

구우우우.

아크가 갑자기 고개를 끄덕이자 프로시안은 놀란 표정으로 아크를 바라보았다.

"말할 수 있는 거예요……?"

아크는 휘휘 고개를 젓고는 육중한 몸을 틀어 프로시안을 감쌌다.

로키는 너무 갑작스럽게 일어났던 토르의 살기에 놀란 나머지 아직도 굳어 있는 상태였는데, 소환술사 드로우가 재빨리 로키의 주의를 환기시켰다.

"군단장! 지금이 기회요! 어서 공격 명령을!"

흠칫 몸을 떤 로키가 거검을 치켜들며 소리를 높였다.

"공겨억—! 드래곤들을 박살 내라! 임페라토르의 뒤를 따라라!"

로키가 몸을 날리며 선두에 서자 병사들이 화답하며 앞을 다투어 뒤따랐다.

소환술사 드로우 또한 스톤 골렘을 움직여 얼어 있는 블루 드래곤들을 파괴하기 시작했다.

아수라장의 가운데에 서서 프로시안은 망연히 토르가 사라진 우이샤 강의 지류를 바라보고 있었다. 아크는 블루 드래곤들을 박살 내는 인간들의 공격을 위엄 어린 눈빛으로 내려다보고 있었다.

그동안 우이샤 강의 지류는 세차게 소용돌이치고 있었다.

3

고오오오오—

나선형의 소용돌이가 상하좌우를 막론하고 사방에서 휘몰아쳤다.

블루 드래곤들은 물속에서는 제왕과도 같은 존재들. 토르를 가운데에 포위하고서 무자비한 공세를 집중시키는 중이었다.

비아토가 블루 드래곤들의 뒤에서 느긋하게 토르를 비웃었다.

"음흐흐. 용기는 가상하다만, 감히 물에서 나와 싸우겠다니……. 너 정말 미쳤구나. 크크. 라토시다워. 정말 너답다."

토르는 한마디도 응대하지 않고 블루 드래곤들의 공세를 피하고만 있었다. 가끔 정면으로 날아드는 소용돌이를 헬나이트의 검면으로 슬쩍슬쩍 튕겨내면서.

날카롭게 치뜬 토르의 붉은 눈이 사방으로 번뜩였다. 바로 그 눈빛 때문이었다. 비아토가 섣불리 공격에 합세하지 못하고 수하들만 독려하고 있는 이유가.

'뭔가 노리고 있는데……. 뭔지 모르겠군. 저 녀석이 아무리 물에 익숙해졌어도 기껏 물속에서 숨 쉬고 헤엄치는 정도인데. 물 마법을 쓴다 해도 아주 초보 수준밖에는 못 쓸 것이고……. 아냐, 아냐. 블리자드도 쓸 수 있으니 물 마법도 쓸지 모르지……. 방심은 금물이야.'

물의 마법에 가장 극성인 것은 빙계 마법과 대지의 마법이었으나 둘 다 물속에서는 사용이 극도로 제한된 마법들이다. 토르가 유일하게 사용할 수 있는 마법이라면 물의 마법이었지만 물 마법은 그야말로 비아토의 전문이지 않은가. 그렇기에 물속의 승부는 비아토에게 절대적 자신이 있었다.

비아토는 계산을 끝낸 후, 토르를 흥분시키기 위해 비웃음을 흘렸다.

"음흐흐흐. 꼼수가 있으면 어디 써봐라, 라토시. 애들 상대로 피하기만 하다니 부끄럽지도 않느냐?"

토르의 고개가 홱 돌았다. 토르의 붉은 눈이 비아토를 향했다.

비아토는 저도 모르게 비아냥을 멈추었다. 빨갛게 변해 버린 라토시의 눈을 한두 번 보는 게 아니었지만 뭔가 달랐다. 스산하고도 섬뜩한 기운은 라토시 특유의 살기였지만 그것만이라 보기에는 뭔가 이상했다.

'눈빛 살벌한 건 여전하군……. 그런데 전보다 어째 더하네…….'

눈빛 한번 마주치고 움찔한 게 마음에 걸려 비아토는 일부러 크게 소리 내어 웃었다.

"음하하하하! 노려보면 어쩔 거냐? 애들아! 워터 스톰을 펼쳐라—!"

그 순간, 소용돌이를 일으켜 토르를 공격하던 블루 드래곤들의 몸짓이 변했다. 네 개의 다리를 이용해 워터 볼과 스피어로 소용돌이를 만들어내던 블루 드래곤들이 일제히 똬리를 틀어 동그랗게 몸을 말았다. 블루 드래곤들이 맹렬하게 회전하며 토르의 사방을, 둥근 궤적을 그리며 쏜살같이 헤엄치기 시작했다.

구우우우우—

토르의 주변에 흐르던 물살이 요동치며 강맹한 압력을 만들어냈다. 흡사 폭풍이 일어나듯 부드러운 물결이 삽시간에 거대한 장벽으로 변해 토르를 덮쳐 갔다.

그때 토르의 눈이 번쩍 빛났다.

가슴속이 그렇지 않아도 부글부글 끓고 있던 참이다. 한 놈 한 놈 죽이는 정도로는 성이 풀리지 않을 만큼 토르는 분노하고 있었다.

더러웠다.

추한 과거에 단단히 발목을 틀어 잡혔다.

그렇지 않아도 피에 굶주려 살육만 되풀이했던 라토시의 과거는 하나도 마음에 와 닿지 않던 차였다.

그런데, 기억도 나지 않는 과거의 라토시는 카이서스와 뭔가 거래를 한 게 분명한 듯했다. 다른 에이션트 드래곤들조차 속이고 카이서스와 둘만의 밀약이 있었던 게 틀림없다. 카이서스의 은근하고도 배려하는 듯한 목소리가 떠올랐다.

"기억을 찾게 되면 함께 웃을 수 있을 것이네……."

함께 웃어?

도대체 무슨 짓을 한 거냐, 라토시!

구역질과 함께 격렬한 혐오가 솟구쳤다. 토르의 얼굴에는 툭툭 핏줄이 불거져 나오기 시작했다.

피가, 피가 필요해!

이 더러운 가슴을 씻어줄 뜨거운 피가!

토르의 입이 열렸다.

"카우우우우우—!"

무시무시한 용음과 함께 헬나이트가 불을 뿜었다. 믿을 수 없게도 물속에서조차 화염을 토해내며 검강을 만들어냈다.

경악한 얼굴로 눈을 부릅뜨는 비아토가 보인다.

사방을 압박하는 블루 드래곤들의 워터 스톰은 토르의 가슴을 옥죄고 있는 답답하고 더러운 과거처럼 느껴졌다.

토르는 헬나이트를 팔방으로 내뻗었다.

과거가 앞을 막으면 과거를 베리라!

라토시가 가로막으면 라토시도 베리라!

나를 참해야 한다면 주저없이 참해 버리겠다!

쿠우우우우…….

엄청난 광채를 동반한 붉은 빛이 솟구쳤다.

물속에서 퍼지는 헬나이트의 검강은 장엄하고도 화려했다. 강렬한 빛의 폭발과 함께 워터 스톰이 박살나 갈가리 흩어졌다. 헬나이트의 검강에 휩쓸린 블루 드래곤들이 그 자리에서 분사되어 사라져 버리기 시작했다.

거대한 폭음이 일어나며 강물이 통째 솟구쳤다.

콰아아아아아앙!

토르 덕분에 손쉽게 블루 드래곤들을 박살 내버린 해방군은 승전고를 울리며 환호하고 있었다.

그때 울린 거대한 폭음!

해방군들의 고개가 일제히 우이샤 강의 지류로 돌려졌다.

그리고 그들은 믿을 수 없는 광경을 목격할 수 있었다.

흐르고 흘러 절대 끊어지지 않으리라 믿었던 강물이 폭음과 함께 통째 허공으로 떠오르고 있었다. 거대한 물의 기둥이 허공 중에 갑자기 생겨난 것처럼 보였다.

한 소리 고함이 그 거대한 물기둥 안에서 터져 나왔다.

"캬아아아아―!"

퍼퍼퍼퍼펑!

물기둥이 박살나며 사방으로 파편을 토해냈다.

그 안에서 모습을 드러낸 것은 새빨간 화염을 토해내는 헬나이트였다. 검강에 휩싸인 헬나이트만 보이고 토르는 보이지 않았다.

로키가 더듬거렸다.

"거, 검과 하나가 된……."

헬나이트의 궤적 끝에는 알몸을 드러내듯 물속에서 공중에 노출된 비아토가 있었다.

비아토는 안간힘이라도 쓰듯 주변을 향해 닥치는 대로 사지를 휘저었다. 토르에 의해 사방으로 흩어지던 물보라들이 비아토의 사지를 따라 꿈틀대며 토르를 향해 쏘아져 갔다.

그러나 헬나이트의 붉은 화염은 물로도 꺼지지 않았다. 물을 뚫고 거세게 뻗어나간 검강이 그대로 비아토의 심장을 꿰뚫었다.

"아악! 라토시, 이 개자식―!"

비아토가 단말마의 비명을 지르며 욕지기를 내뱉었다.

토르의 붉은 눈에서 화염이 치솟아 튀어나왔다.

더듬더듬 울리는 토르의 목소리를 몇몇 귀 밝은 자들을 제외하고는 알아듣지 못했다. 그것은 분노에 가득 찬 커다란 포효로 들렸으니까.

그러나 로키는 토르가 내뱉은 단편들을 똑똑히 들을 수 있었다.

"라토시가…… 아니다……. 토…… 르…… 다!"

그 소리가 끝이었다.

헬나이트의 광기 어린 칼질에 묻혀 토르의 목소리는 더 이상 들리지 않았다.

자자자자자자자!

허공을 난도질하는 소리가 귀청을 찢으며 울려 퍼졌다.

비아토의 온몸이 허공에서 조각조각 부서지고 있었다. 피에 섞인 육편은 토르의 몸을 따라 휘돌며 계속해서 헬나이트의 미친 칼질에 가루로 부서지고 있었다.

허공이 온통 붉은 안개로 가득한 것만 같았다.

붉은 안개 속에서 토르는 하얗게 웃으며 피의 칼질을 되풀이하고 있었다.

4

풍덩!

물소리와 함께 해방군들 사이에는 고요한 침묵만이 흘렀다.

미친 듯이 헬나이트를 휘두르던 토르가 강물 속으로 뛰어드는 것을 끝으로 사방에는 정적만이 흘렀다. 토르의 격렬한 분노가 그만큼 압도적이었던 것이다.

로키마저 질린 표정으로 토르가 사라진 우이샤 강의 지류를 바라보고 있었다.

빨간 피를 온몸에 두른 채 붉은 화염을 내뿜으며 이글거리던 토르의 눈, 붉은 화염을 내뿜는 헬나이트를 들고 블루 드래곤을 난도질하던 토르의 모습은 평생 뇌리에 각인되어 사라지지 않을 것 같았다.

'싸움이 끝나도 다가오지 말라더니……'

토르의 모습은 전쟁의 신과 같았다.

모든 것이 피로 결판이 나는 전장에서 피칠갑을 한 채 강력한 검을 휘두르던 토르의 모습은 아군에게조차 공포스러웠으니. 그러나 그것은 뜨거운 전율이기도 했다.

"와아아아아아—!"

병사들의 환호성에 상념에서 깨어나며 로키는 저도 모르게 미소를 지었다.

살육의 신, 전쟁의 신.

그러나 그 무시무시한 신이 자신들의 편임을 안다면, 전장의 병사 그 누가 흥분하지 않겠는가!

로키 또한 전신을 치달리는 짜릿한 쾌감에 저도 모르게 거검을 치켜들며 환성을 질렀다.

"우워어어어어!"

모두 무기를 치켜들며 승리감을 만끽할 때, 프로시안은 창백한 표정으로 강물만을 바라보고 있었다.

'무슨 일이 정말 있으셨구나……. 그렇게나 슬픈 모습이시라니…….'

토르의 고함과 포효가 비통한 절규로만 들렸던 프로시안이었다. 물러설 수 없는 막다른 끝에서 쌓이고 쌓인 분노를 폭발시키는 사람처럼 토르가 느껴졌다. 그렇기에 프로시안은 해방군들과 함께 마냥 환성을 지를 수만은 없었다.

전장의 공포와 흥분이 어떤 것임을 처음으로 본 충격보다도, 프로시안의 가슴을 거세게 뒤흔든 것은 토르의 절규였다. 그토록 비통한 격노가 있다는 것을 그녀는 처음 알았다.

그때, 요란한 소리와 함께 크게 물보라가 일었다.

허공으로 치솟은 토르는 온몸을 덮고 있던 핏물이 씻겨 나가 제 모습을 찾고 있었다. 그러나 아직 토르의 머리카락은 하늘로 치솟아 있었고 눈동자의 색도 붉기만 했다. 온몸을 감싸고 돌던 살기도 그대로였다.

턱.

물가에 발을 디딘 토르의 몸에서 화염이 솟구쳤다. 삽시간에 물기가 증발되었다. 그러나 토르의 몸을 덮고 있던 살기는 검붉은 화염으로 인해 더욱 진해졌다.

토르를 향해 환성을 지르던 병사들마저 그 살기 어린 모습에 차츰 입을 다물었다.

토르의 눈이 조용히 아크를 향했다.

구우우우.

아크가 명령을 수행했다는 듯 프로시안을 가리키며 고개를 숙였다.

토르가 고개를 끄덕이더니 낮게 말했다.

"아크, 가자."

프로시안의 곁에 있던 아크가 허공을 향해 날개를 폈다.

프로시안이 아크의 몸을 어루만졌다.

"고마워요."

아크는 프로시안을 흘깃 내려다본 후 날갯짓했다.

거센 바람과 함께 아크의 몸이 창공으로 떠올랐다. 차가운 푸른빛이었으나 어쩐지 따스하게 느껴졌던 아크의 눈빛을 떠올리다 프로시안은 토르에게 고개를 돌렸다.

토르는 어느새 해방군들에게 다가와 로키와 이야기 중이었다.

“고맙다, 토르…….”

“아니. 빨리 못 와서 미안하다. 비아토는 죽었어. 라미아에 걸려 있는 마법도 곧 풀릴 거야. 난 티폰으로 간다.”

“이번엔 티폰인가?”

“그래.”

“라미아를 정비한 후, 우리도 가겠다.”

“사막을 지나야 해. 준비를 잘하는 게 좋을 거야.”

프로시안이 말에서 내려 토르에게 다가왔다.

“토르, 정말 어떻게 감사해야 할지…….”

“인사받으려고 한 일이 아니다. 어차피 치워야 했던 놈이야.”

프로시안은 아직도 싸늘한 살기가 흐르는 토르의 얼굴을 바라보았다. 몇 번을 망설이다 조심스럽게 프로시안이 물었다.

“무슨 일이 있으신가요……?”

“내 문제다. 말하고 싶지 않아.”

너무도 단호한 대답에 실망했지만 프로시안은 기품있는 미소를 지으며 고개를 끄덕였다.

“무슨 일인지 모르겠지만 신의 영광이 함께하시길.”

토르는 프로시안에게 잠시 시선을 주었다가 묵묵히 서 있는 드로우에게 고개를 돌렸다. 차가운 느낌이 도는 가면을 쓰고 감정없는 시선으로 토르를 보고 있었다.

“너도 왔군.”

웬일인지 드로우가 뻣뻣한 목을 숙였다.

“도움에 감사드리오.”

토르는 고개를 끄덕이고는 시선을 돌리며 말했다.

“프로시안을 잘 보필해라.”

“그것이 나의 일이오.”

“그래야 할 것이다.”

드로우를 대하자 온몸을 폭주하던 열기가 싸늘하게 식는 것이 느껴졌다.

자그레브가 죽으며 분명히 말해준 바 있었다. 드로우야말로 오올리가 해방군에 심은 자라는 것을. 프로시안이나 로키에겐 말하지 않았다. 오올리야 토르 개인에게는 원수였지만 프로시안이나 로키에겐 한편인 자였으니까. 해방군 내에서는 아직도 오올리에게 ‘경’의 칭호를 붙이고 있었다.

드로우.

죽음의 마나가 느껴지는 것이 여전히 거림칙한 자였으나 드로우가 오올리와 동일인이 아니라는 것은 이미 확인한 바였다. 드로우가 비밀리에 오올리와 접촉하고 있는지는 알 수 없었으나 이제까지 토르는 신경을 끄고 있었다. 적어도 드래곤의 인간 지배를 타도하는 순간까지는 오올리가 이빨을 드러내지 않을 것이라 생각했기에.

하지만 토르는 드로우에 대한 의심을 버리지 않았다. 아직도 걸리는 바가 한 가지 있었던 것이다.

드로우(Thro)와 오르스(orth).

아나테의 연인이었던 오르스의 이름을 거꾸로 발음하면 드로우가 된다는 사실을 토르는 아무에게도 말하지 않은 채 유념하고 있었던 것이다.

‘네가 오르스가 맞다면…… 내 생각대로 오올리와 짜고 아나테를 속인 게 맞다면…… 넌 세상에서 가장 비참하게 죽을 것이다. 영혼마

저 완전히 소멸시킬 것이야……'

토르가 차가운 살기를 날카롭게 내뿜자 로키가 조심스럽게 말했다.

"토르, 이 싸움은 끝났어. 그만 진정하는 것이……."

토르는 고개를 저었다. 토르의 눈이 가면을 쓴 드로우를 향했다.

"아니. 이제 티폰으로 간다. 아나테가 거기 있으니. 이번엔 반드시 구해낼 거야."

"아나테가?"

죽은 줄 알았던 곤과 아나테의 상황을 대충은 알고 있던 로키인지라 크게 반색을 했다. 그 또한 프로시안 공주를 구할 때 큰 신세를 진 바 있었던 아나테를 잊지 않았던 것이다.

토르의 눈은 날카롭게 드로우를 보고 있었으나 드로우는 아무런 반응도 보이지 않았다.

독심의 술을 사용해도 속을 알 수 없는 자.

토르는 휙 고개를 돌려 로키와 프로시안에게 마지막 말을 전했다.

"티폰에도 올 생각이면 중간에 붉은 산에 들러라. 사막의 붉은 이리들을 찾아 왕에게 내 친구라 말하면 너희와 함께 움직일 것이다. 그녀의 이름은 티바다."

"반가운 정보군. 큰 힘이 될 것이다. 그녀의 존재는 우리도 알고 있었지만 접촉하기가 너무 힘들었지. 네 친구라니 뜻밖이군."

토르의 입에 참으로 오랜만에 희미한 미소가 떠올랐다.

"좋은 결과가 있길 빈다."

토르는 그 말을 끝으로 훌쩍 몸을 날렸다. 허공을 선회하던 아크의 머리에 올라탄 채 토르가 큰 소리로 외쳤다.

"가자, 아크! 티폰에 간다!"
쿠워어어어어—
아크의 포효성이 길게 이어졌다.

벨키 성으로 : *Chapter 62*

토 르는 아크의 머리 위에서 바람을 가르며 눈을 빛내고 있었
다.

내내 잠잠하던 코크라가 말을 걸었다.

―토르, 정말 혼자 갈 생각이냐?

토르가 말이 없자 코크라는 버럭 소리를 질렀다.

―야! 말도 안 할 셈이냐?

'왜 혼자야? 너도 있고 아크도 있다.'

―이 무정한 자식아! 넌 라나가 걱정도 안 돼? 디오스와 커트도 눈이
빠져라 널 기다릴 거야!

'알아. 하지만 이게 낫다. 아나테를 상대할 때는 너와 아크만 있는
게 나아.'

―무슨 말이야?

‘잊었냐, 코크라? 아나테는 네크로맨서다. 그녀가 드래곤의 힘을 가진 거야. 드래곤 나이트가 된 그녀는 네크로맨서의 한계를 뛰어넘었을 것이다. 흑마법으로만 싸워도 너조차 만만히 대할 상대가 아닐 거야.’

—너 설마 그것까지 생각하고……?

‘맞아. 커트나 라나, 디오스를 데려가는 건 너무 위험하다. 더구나 디오스는……. 카이서스가 아나테를 조종한다면 제일 먼저 디오스를 노릴 거야. 너무 위험해.’

코크라가 신음 소리를 냈다.

카이서스가 원하는 바는 토르가 드래곤 나이트를 죽이거나 드래곤 나이트가 토르의 친구들을 죽이는 것이다. 아나테를 곤처럼 마음대로 조종할 수 있다면 정말 심각한 적이 될 수 있었다. 그중에도 제일 염려되는 건 토르의 생각대로 디오스였다. 디오스는 아나테가 죽인다면 정말 죽을 녀석이었다.

—네 생각이 맞다고 인정할 수밖에 없구나……. 알았다. 그런데 토르.

‘왜?’

—아나테마저 곤 같은 상태라면…… 어떻게 상대할 생각이냐? 아나테야 곤처럼 다른 세계의 기술을 익히지는 않았으니 점혈술이 통할 테지만, 그녀는 곤과 다른 의미로 위험하다. 인간일 때도 그녀의 흑마법은 꽤 대단한 축에 속했어. 드래곤의 힘마저 가졌다면 정말 위험한 상대일 거야.

토르는 지그시 이를 깨물었다.

‘아직…… 뚜렷한 방법은 찾지 못했다. 점혈이 통할지도 알 수 없고……. 카이서스가 바보가 아닌 이상 대비를 할 것이 틀림없잖

아……. 그는 무서운 자야…….'

―그렇겠군…….

코크라는 아나테를 죽이라는 말은 하지 않았다. 한 번 고집을 세운 이상 토르가 그것을 꺾을 리 없다는 건 코크라가 누구보다도 잘 알고 있었다.

―나트판의 힘, 그리니아의 힘, 우로보스의 힘을 가진 것인가……?

토르가 고개를 저었다.

'그리니아의 힘은 아닐 거다. 그리니아가 말했듯이 그리니아로서는 내게 살의를 품게 하는 정도만 가능했을 거야. 네크로맨서인 아나테에게 생명의 마나는 정반대의 기운이지. 나트판의 힘과 우로보스의 힘은 주입이 가능했을 거야. 둘의 힘을 갖고 있겠지.'

―블랙 드래곤 우로보스가 어떤 힘을 주었는지가 변수겠구나……. 아크도 원래 블랙 드래곤이었잖아. 이 녀석들은 흑마법에도 꽤 강한 놈들이지…….

'나도 그게 걱정이다…….'

둘은 한동안 말이 없었다.

묵묵히 아크의 머리 위에서 지면을 바라보고 있던 토르가 갑자기 아크의 뿔을 내리눌렀다. 아크의 몸이 지면을 향해 내리 꽂히기 시작했다.

―왜 그래, 토르?

'티투스 평원이다.'

―티투스? 근데 뭐?

'여긴…… 내가 곤과 아나테를 처음 만난 곳이야…….'

토르의 목소리는 아련한 그리움에 젖어 있었다.

쿵.

아크가 착륙하자 토르는 아크의 머리에서 뛰어내렸다.

티폰과 라미아의 접경 지대인 티투스 평원에는 한참 어린 새싹이 돋고 있는 중이었다. 연둣빛 초원이 어린아이의 해맑은 웃음 같기만 했다.

토르의 목소리가 꿈결을 헤매는 듯 흘렀다.

"그때는 시체 더미가 가득했는데……."

피에 젖은 웅덩이가 빨간 잔광을 만들던 티투스 평원이었다. 코를 찌르는 피비린내와 굶주린 늑대들이 활보하던 그곳. 허공을 뒤덮은 까마귀와 독수리 떼가 지옥의 하늘을 이루고 있던 그곳이었다.

토르는 갑자기 사지를 활짝 펴고 벌렁 그 자리에 드러누웠다.

눈마저 감은 토르의 얼굴에 참으로 오랜만에 편안한 웃음이 떠올랐다.

구우우.

아크가 목을 구부려 토르를 바라보다 육중한 몸을 바닥에 대었다. 토르의 머리맡에 편안히 자리를 잡은 아크는 검은 광택이 흐르는 온몸을 빛내며 토르를 따라 눈을 감았다.

토르의 곁에 스르르 코크라가 모습을 드러냈다. 아크의 몸에 기대앉은 코크라는 깊은 눈으로 토르를 보고 있었다.

눈을 감은 채 토르가 중얼거렸다.

"인간으로서 내가 처음 기억하는 장소가 바로 여기야. 해방군들의 시체가 가득했지. 까마귀들이 내 몸을 쪼았어. 죽은 줄 알았겠지. 그때 난 알몸이었어."

토르의 입가에 빙긋 미소가 피어오르자 코크라도 히죽 웃음을 머금었다. 토르와 함께 지내며 간간이 마음을 엿본지라 코크라도 잘 알고 있는 토르의 추억이었다.

"그리고 늑대를 만난 거지?"

"그래. 다 죽였지. 그땐 너무 약해서 늑대들을 제대로 상대하지도 못했어. 대거 하나를 주워서 간신히 처치했지."

"그리곤 잤지? 잠꾸러기 같은 놈."

토르가 키득거렸다.

"그럼 어떻게 하나? 졸린걸."

"그래도 피로 만들어진 웅덩이에서 잠이 든 건 너무 품위없는 짓이었어."

"품위? 그따위 건 지금도 신경 안 써."

"디오스가 들었음 뜯어 먹으려고 덤볐을 거다."

토르와 코크라가 함께 키득거렸다.

코크라가 갑자기 몸을 일으켰다.

"토르, 눈을 떠봐라."

"왜?"

"그럼 뜨고 싶을 때 떠."

그리고는 갑자기 낮은 저음의 목소리가 울렸다. 토르는 부르르 몸을 떨었다.

"아나테, 이리 와봐!"

너무나 그리운 목소리. 따뜻한 정감이 서린 사내다운 저음. 그것은 곤의 목소리였다.

곧이어 과장된 기쁨이 서린 여자의 목소리가 들렸다.

“어머! 어머! 이렇게 예쁜 시체라니! 곤, 정말 잘했어!”

토르의 몸이 다시 한 번 떨렸다. 이번엔 아나테의 목소리였던 것이다.

토르가 눈을 뜨지 못하고 부르르 몸을 떨고 있는 가운데, 그리운 아나테의 목소리가 이어졌다. 어떤 마법을 걸지 신나게 곤에게 묻는 흥분한 목소리……. 바로 그날 들었던 아나테의 목소리였다. 그 목소리 때문에 토르는 잠에서 깨어났던 터였다.

곤의 굵은 목소리가 다시 들렸다.

“유감이지만 아나테…….”

“유감? 뭐? 뭘 말이야?”

“시체가 아냐. 이 아인 자고 있을 뿐이라구.”

잠시 후, 아나테의 나른한 목소리가 들렸다. 끔찍한 내용의 말이었지만 점심 메뉴가 뭐냐고 묻는 듯 평온하기만 했던 아나테의 그 음성이……

“얘 지금 죽이면 안 될까? 그럼 정말 예쁜 언데드로 만들 수 있을 건데 말야.”

토르는 번쩍 눈을 떴다.

그때도 이 말을 듣고 눈을 떴었다.

눈을 뜬 토르의 머리맡에는 쪼그려 앉은 채 토르의 얼굴을 바라보는 두 사람이 있었다.

곤과 아나테였다.

그들의 얼굴이 뿌옇게 흐려져 왔다.

곤과 아나테가 동시에 입을 벌려 말한다.

“울지 마, 토르. 곤과 아나테 때문에 지금의 네가 있는 거야. 네가 우는 걸 안다면 곤도, 아나테도 슬퍼할 거야. 얘네는 너를 위해선 진짜 죽을 수도 있는 애들이었어. 넌 정말 대단한 친구를 둔 거야, 토르."

울지 말라고 했지만 주르륵 눈물이 흘러내렸다.

곤의 손길이, 아나테의 손길이 토르의 양 볼을 훔쳐 냈다. 다정한 그 손길에 토르는 다시 한 번 울음을 토해냈다.

어느새 곤과 아나테의 몸이 하나로 합쳐졌다. 하나로 변해 코크라의 모습이 되었다.

코크라는 힘있는 손으로 토르의 어깨를 잡았다.

"대마족 코크라의 명예를 걸고 약속하마, 토르. 곤은 나조차 어쩔 수 없을 정도로 강했지만, 아나테는 내가 맡으마. 죽음의 마나가 아나테의 몸을 지배하는 한, 드래곤보다는 내 힘이 아나테에게 미치는 영향이 더 클 것이다. 잊지 마, 토르. 전전대 로드였던 아이크도 나와 싸운 후유증으로 죽었다. 아나테가 흑마법을 쓰는 한, 내가 반드시 제압할 수 있을 것이다. 넌 우로보스를 맡아. 아나테는 내가 맡는다."

"코크라……."

코크라의 입이 벌어졌다. 빨간 혀가 날름거렸다.

"그리고……."

"그리고?"

"오늘 내 앞에서 징징 짠 거 잊지 마라. 두고두고 놀려먹을 테니. 으흐흐흐."

"자식……."

코크라가 토르의 곁에 벌렁 누웠다.

"좀 자자. 우린 진짜 휴식이 필요해."

코크라는 곧바로 눈을 감고 코를 골았다. 코크라를 다정하게 바라보던 토르도 곧 눈을 감았다.

시체 더미를 뒤엎고 새싹을 틔운 티투스 평원에는 마족과 인간, 드래곤 스켈레톤이 나란히 잠들었다.

2

라나가 누운 침상에는 길게 여러 겹의 휘장이 드리워져 있었다. 연둣빛으로 반투명한 휘장 안에 라나와 커트의 모습이 비쳤다. 디오스는 어디에 갔는지 보이지 않았다.

라나의 조용한 음성이 들렸다.

"커트… 디오스는요?"

"토르의 부탁이라 하고 마법서들을 뒤져 보라고 했지. 드래곤 나이트의 마법을 깰 단서를 찾아보라고 시켰다. 지금 서재에 있어. 토르 말대로 열심히 찾더구나."

"디오스에겐…… 말하지 않을 작정이세요?"

커트는 라나의 이마에 드리워진 머리칼을 조용히 쓰다듬으며 고개를 끄덕였다.

"나도 토르의 생각이 옳다고 본다……. 디오스가 가는 건 너무 위험해."

상황이 궁금해 아공간 밖으로 잠시 나가 토르와 연락을 취했던 커트다. 원거리일 경우 엘프끼리만 텔레파시를 주고받을 수 있었지만 토르가 준 머리카락으로 인해 토르와의 텔레파시가 가능했던 것이다.

아나테를 코크라와 단둘이 상대하겠다는 토르의 결심을 듣고 커트도 처음엔 토르를 말렸다. 하지만 커트는 이어지는 말을 들으며 토르의 계획이 생각보다 실현 가능성이 크다는 것을 알았다.

티폰의 수도인 벨키 성은 이미 곤, 디오스와 함께 뚫고 들어갔던 경험이 있다는 토르였다. 아나테가 네크로맨서인 이상, 흑마법의 지배자라 할 수 있는 코크라의 도움을 받는 것이 제압하는 데 훨씬 유리하다는 말도 했다.

무엇보다 커트의 마음을 다잡았던 건 토르의 마지막 말이었다.

"커트, 디오스 성격 알잖아. 아나테가 공격하면 손가락 하나 까닥 못할 거야. 엘프인 너와 라나도 흑마법엔 취약해. 너희가 쓰는 마나의 근간도 생명의 마나니까. 이 방법이 옳아. 곤은 로드가 데려갔으니까 먼저 아나테를 구하려는 거야. 날 믿어."

그 말을 해주는 토르의 목소리가 평소의 힘찬 음성이 아니었다면 커트도 망설였을지 모른다. 하지만 분노와 실의에 차 있던 토르의 목소리가 아니었다. 언제나 낙관적으로 모든 걸 밀고 나가던 토르의 밝은 음색이었다. 그랬기에 토르의 계획에 동의한 커트였다.

라나의 조용한 음성이 다시 들렸다. 피를 너무나 많이 흘렸기에 회복이 더딘 라나였다.

"하지만…… 커트는 가는 게 좋을 뻔했어요."

"나만 가면 디오스가 이곳에서 기다리겠니?"

"그건 그렇지만…… 걱정이 되네요."

"토르는 강하다. 그리고 코크라도 곁에 있어. 아크도 데려갔고."

"물론 그는 우리 모두보다 훨씬 강해요……. 하지만……."

"말했잖니. 토르는 격정에서 벗어났다. 본래의 맑은 목소리였어. 가장한 목소리가 아니었다."

라나는 지혜로운 눈동자로 커트를 바라보았다. 깨끗하기만 한 그녀의 파란 눈동자에 깊은 우려가 섞여 있었다.

"저는 그래서 더 불안해요. 쉽게 벗어날 수 있는 고뇌가 아니잖아요. 자신의 과거를 완전히 부정해야 해요. 아무리 단호한 성격이라지만 토르에게도 쉬운 일이 아닐 거예요. 그런데 너무 쉽게 고뇌에서 벗어났거든요. 그래서 불안해요."

커트는 빙긋 웃었다.

사랑에 빠진 자는 사랑하는 이의 행보 하나하나에 온 신경을 곤두세운다. 그 사람의 평범한 실수 하나에도, 그 사람의 의도하지 않은 침묵에도 사랑에 빠진 자는 가슴이 덜컹거리게 마련이다. 라나 또한 그런 것이리라.

"라나…… 토르는 인간이지만 수천 년의 삶을 기억하고 있는 드래곤이기도 하다. 근래의 기억을 찾지 못했다지만 그는 우리보다 훨씬 완성된 존재야. 걱정하지 마라. 너는 먼저 몸을 회복하는 게 급선무다. 우리가 최상의 상태여야만 토르에게 힘이 될 수 있다는 것을 잊지 말아라."

아직도 흔들리는 라나의 눈동자를 보며 커트는 라나의 볼을 다독거렸다.

"이것도 아니고……. 제길! 흑마법이 이렇게 방대한 분야라니……."

아나테의 서재, 서재라기보다는 창고에 가까운 그 방에서 디오스가 북북 이를 갈고 있었다.

토르가 부탁한 게 아니라면, 아나테와 곤이 관계된 게 아니라면 진작 때려치웠을 디오스였다. 이따위 고란내 나는 서재와 우아한 사내 디오스가 어디 어울리기나 하는가?

토르와 직접 얘기를 나누지는 못하고 커트에게 들었다. 비아토를 죽였다는 것을. 토르는 칼루토 호수에서 조금 쉬다 오겠다고 했단다. 그동안 서재를 뒤져 드래곤 나이트 마법을 깰 방법이 있나 알아달라고 부탁했다고 들었다.

칼루토 호수가 토르에게 어떤 의미가 담긴 곳인지 잘 아는지라 디오스는 토르의 결정에 수긍한 터였다.

'그래……. 그 자식은 진짜 쉴 필요가 있어. 그동안 내가 도울 수 있는 건 도와야겠지…….'

근데, 이건 너무 안 어울리잖아!

"컥!"

벽 쪽에 아무렇게나 쌓아둔 마법서들을 살펴보다가 디오스는 격렬한 기침을 내뱉었다.

"쿨럭! 컥! 제, 젠장!"

아공간이라 보존 마법이 걸려 있어 먼지가 낄 곳도 아니건만 아나테가 모은 책엔 먼지가 가득 끼어 있었다. 아나테가 처음 손에 넣을 때도 이 모양이었으리라. 아나테 성격에 먼지 제거 같은 걸 했을 리가 없었다.

"아나테…… 정말 더럽게 너답구나……."

디오스는 그리운 표정으로 중얼거리다 털썩 그 자리에 앉아 먼지가 가득 끼어 있는 책 한 권을 뽑아 들었다.

겉표지에 가는 손가락 자국이 뚜렷하게 남아 있었다. 아나테의 자취이리라. 디오스는 살며시 그 자리에 자신의 손가락을 대었다.

디오스는 눈시울이 뜨거워지는 것을 느끼고 얼른 고개를 치켜들었다.

"후우……."

긴 한숨을 토해낸 디오스는 먼지가 가득 끼어 있는 고서의 책장을 조심스럽게 넘겼다. 아나테의 자취가 남아 있는 책이라 보고 싶었던 것이다.

"누군지 글씨 더럽게 못 썼구나……."

지렁이가 꿈틀거린 것처럼 쓰인 제목은 '고대 펜터그램의 원리와 이해' 였다.

"진짜 구닥다리 마법서군."

아나테가 딱 한 장 넘기고 책을 던져 버리는 모습이 눈에 선했다.

정오각형의 각 변을 연결시켜 나타나는 별 모양을 펜터그램이라고 한다. 초기엔 잡신이나 유령을 쫓는 부적으로 쓰였고 나중엔 흑마법을 구성하는 주요 캐스팅 장치로 쓰이기도 했지만 전투 마법이 크게 발전한 요즘에는 아주 낡은 방법이 된 마법이기도 했다.

싸우기도 바빠 죽겠는데 어느 세월에 정오각형을 정확하게 그려 펜터그램을 완성하고 있겠는가.

"젠장."

책장을 덮으려는데 제목이 쓰인 페이지의 맨 아래쪽 구석에 선명하게 찍힌 지문이 보였다. 침을 묻혀 조심스럽게 넘긴 듯 아주 선명한 자취였다.

“응?”

아나테의 손가락 모양이라 생각한 디오스는 고개를 갸웃거렸다. 아나테가 마법서들을 모은 이유는 드래곤 스켈레톤을 만들기 위함이었는데 이런 낡은 마법서에 관심을 보일 이유가 전혀 없었기 때문이다.

“여기에 뭐가 있나?”

자세히 책을 관찰하니 하도 오래된 책이라 책장들이 거의 붙어 있었다. 그런데 책장의 구석에는 최근에 손길이 닿은 듯 뚜렷한 자취들이 고스란히 이어져 있었다. 처음부터 끝까지.

“아나테는 끝까지 이 책을 다 봤다는 얘기인데…….”

처음부터 끝까지 다 본 책을 먼지 하나 털지 않고 보았다는 점이 너무 아나테다워 디오스는 피식 웃고 말았다. 그러나 디오스의 눈은 강하게 빛나고 있었다.

“왠지 예감이 좋아…….”

디오스는 허리를 펴고 똑바로 앉아 신중한 얼굴로 한 장씩 책을 넘겨보기 시작했다. 붙어 있는 책장을 떼느라 디오스 역시 침을 묻혀 조심스럽게 책장을 넘겨야 했다.

그러다 디오스의 눈이 딱 멎었다. 부르르 손이 떨렸다.

‘펜터그램을 통해 영혼을 봉인하기, 혹은 펜터그램을 통해 봉인을 해제하기.’

굵은 글씨로 쓰인 소제목이 디오스의 시선에 가득 박혀왔다.

“어, 어쩌면……!”

디오스는 책장이 뚫어져라 책을 보기 시작했다. 수천 마리의 지렁이가 꿈틀대며 기어가는 듯한 최고의 악필이라 눈에서 눈물이 솟아날 지경이었지만 디오스는 숨소리도 내지 않고 몰입하기 시작했다.

3

토르는 코크라와 어깨를 나란히 한 채 벨키 성을 보고 있었다. 아크는 지금 벨키 성 외곽에서 한가롭게 창공을 나는 중이었다. 어찌나 높이 나는지 토르의 눈에도 잘 보이지 않았다.

코크라가 토르의 어깨를 툭 쳤다.

"토르, 뭐 생각하냐?"

토르가 슬쩍 고개를 돌렸다. 비아토를 죽이고도 붉게 변해 있던 눈동자는 이제 푸른빛을 되찾고 있었다.

"알잖아?"

"잊었냐? 네 마음 안 보기로 한 거."

토르는 피식 웃더니 코크라의 어깨에 팔을 둘렀다. 마음이 많이 편해진 듯 장난기마저 엿보였다.

"너…… 너무 마족 같지 않은 거 아니냐?"

"쿵! 나도 잘 안다. 내가 마족의 긍지를 저버리고 살고 있다는 걸."

"하하. 대신 친구의 우정은 절대 안 버리잖아."

"닭살 돋는다."

"네 피부는 원래 닭살에 가까워. 걱정 마."

"이게!"

토르는 씩 웃으며 코크라의 손을 피한 후, 담담한 표정으로 말했다.

"샐레아나 생각을 했다. 아직 벨키 성에 있을 거 아냐."

"그렇겠군."

"라토시의 본체도 여기 있지."

"그렇지."

토르의 얼굴이 점점 굳어감에 따라 코크라의 대답도 짧아졌다. 라토시와 대면한다는 게 어떤 의미인지 잘 아는 코크라인지라 그에 대해 토르에게 말하는 것이 조심스러웠던 것이다.

"토르, 라토시를 볼 거냐?"

"보게 되면 피할 생각은 없다."

"샐레아나는?"

"그녀도."

"흠…… 샐레아나한테 많이 신경 쓰지 않았던가?"

"지금도 신경 쓰여. 라토시가 카이서스와 무슨 거래를 했는지 궁금하고…… 샐레아나가 그걸 알면서 날 대했는지도 궁금해."

"글쎄…… 내가 보기엔 그 불의 정령은 널 진심으로 대했어."

"그렇다고 나도 믿고 싶어."

토르는 벨키 성을 바라보며 불의 정령 샐레아나를 떠올렸다. 토르에게 인간으로서 열심히 살면 모든 걸 알게 될 거라 말했던 샐레아나다. 아직도 샐레아나의 떨리는 입맞춤을 기억하는 토르로서는 그녀를 의심하고 싶지는 않았지만 라토시의 과거가 의심스러운 지금, 샐레아나마저도 의심스러웠다.

코크라가 다시 말했다.

"토르, 샐레아나는 그때 네가 라토시라고 얘기한 적은 없어. 그녀는 네가 인간으로서 열심히 살면 모든 걸 알게 될 거라 했지. 이제까지는 그녀의 말이 틀린 게 없어."

토르는 묵묵히 고개를 끄덕이다 코크라를 돌아보았다.

"하지만 걸리는 게 있거든."

"걸리는 거? 나도 샐레아나가 얘기한 거 다 기억하는데 그런 게 있던가?"

"그때 샐레아나가 한 말 중에 라토시에 대한 게 있었지. 샐레아나는 내가 라토시라고 하지는 않았어. 하지만 그녀는 라토시에 대해 지금 내가 아는 사실과 다른 말을 했어."

"그런 게 있다고……?"

"기억 안 나니, 코크라? 라토시가 의식없는 모습으로 묶여 있는 게 난 왠지 화가 났어. 그래서 샐레아나한테 물었잖아. 라토시를 이 꼴로 만든 게 누구냐고."

"아!"

코크라가 생각이 난 듯 머리를 쳤다.

"맞아! 그때 샐레아나는 이렇게 말했어. '누구에게 당한 게 아니에요. 이 세상에 저분을 가둘 존재는 없어요. 저분은 스스로 자신을 봉인시켰어요' 라고."

"바로…… 그거야. 내가 그동안 알아낸 거랑 좀 다르잖아. 다른 에이션트 드래곤들이 라토시를 봉인시켰다고 했어. 그런데 샐레아나는 라토시 스스로 봉인한 거라고 했지. 난 그 말이 걸려."

"네 생각은…… 샐레아나가 라토시와 카이서스의 거래 내용까지 알 거라는 거겠군."

"그럴 가능성이 높아……."

"그래서 두려운 거구나."

"그래. 솔직히 말하면 그녀를 만나는 게 두렵다. 라토시를 보는 것도. 하지만 방금 말한 대로야. 보게 되면 피할 생각은 없어. 그렇지만 난 여기에 라토시나 샐레아나를 만나러 온 게 아니야. 아나테를 구하는 게 내 목적이지."

말을 돌리려는 토르의 의도를 알아채고서 코크라는 힘주어 토르의 어깨를 잡았다.

"토르, 분명하게 말해라. 넌 라토시나 샐레아나를 만나게 되면 피하지 않겠다고 했다. 그게 무슨 의미지?"

토르가 갑자기 픽 웃음을 머금었다.

"아무래도 우리…… 너무 붙어 다닌 모양이야. 날 너무 속속들이 파악하고 있잖아. 이건 별로 안 좋은데?"

"말꼬리 돌리지 말고 제대로 말해. 벨키 성에선 너와 나 둘밖에 없어. 나한텐 솔직해야 한다, 토르."

토르는 웃음기를 지우고 코크라의 얼굴을 똑바로 바라보았다.

"그래. 과연 코크라다. 말하지."

묵묵히 벨키 성으로 시선을 돌린 토르는 지그시 이를 물었다. 잇자국이 울퉁불퉁 드러났다.

"두렵다. 샐레아나를 만나는 게. 라토시를 만나는 게. 그들을 만나는 게 샐레아나가 말한 '모든 것을 알게 될 때'일지도 몰라서. 내가 기억하지 못하는 라토시의 과거를 샐레아나의 입을 통해 듣고, 내가 그 사실을 기억하게 될까 봐."

"토르……."

"하지만 코크라."

토르가 갑자기 웃었다. 밝고 맑은 웃음이 토르의 눈가에서부터 피어나 얼굴 전체로 퍼졌다. 코크라는 토르의 웃음을 묵묵히 보고 있었다.

"난 이미 마음을 굳혔다. 아나테와 곤을 구할 때까지는 절대 흔들리지 않을 거야. 과거가 앞을 막으면 과거를 벨 거야. 과거에 라토시가 어떤 생각을 했는지, 어떤 결심을 했는지는 이제 중요하지 않아. 내겐 지금 현재가 중요해. 라토시가 정말 카이서스와 더러운 거래를 했고 샐레아나가 과거의 라토시에게 충실하다면 그들을 벨 것이다."

코크라는 말없이 토르의 얼굴을 바라보았다. 다만 토르의 어깨를 쥔 손에 가득 힘을 주었을 뿐이다.

토르는 여전히 웃고 있었다. 마음에 있는 마지막 말은 코크라에게도 하지 않았다.

'코크라……. 그들을 죽일 수 없는 상황이라면…… 과거를 절대 부정할 수 없는 게 내 처지라면…… 나 스스로 죽을 것이다. 라토시를 죽이고 나도 죽을 거야…….'

그러나 토르는 비장한 속마음과는 달리 여전히 웃고 있었다. 코크라도 토르가 계속 웃자 안심이 되는 듯 씨익 미소를 지었다.

"가자, 코크라. 우선 벨키 성으로 침투하자. 아나테가 있는 곳을 파악해야지."

"난 헬나이트로 들어가지."

"그래."

코크라의 몸이 스르르 사라지자 잠시 벨키 성을 노려보던 토르의 모습도 순식간에 사라졌다. 디오스와 함께 갔던 남작 부인의 저택으로 텔레포트를 했던 것이다.

―이곳은 정말 그대로군.

'그러네.'

토르는 곤과 디오스하고 함께 왔던 남작 부인 저택의 서재를 보며 고개를 끄덕였다. 먼지 가득한 빈 책장은 그때나 지금이나 똑같았다.

먼지가 좀 더 짙어지고 거미줄이 좀 더 는 것을 빼면 토르가 서 있는 곳은 처음 왔을 때와 하나도 변하지 않았다. 곤과 디오스가 없는 것만 다를 뿐.

'곤하고 디오스만 있었으면 그때랑 똑같은데……'

—호호. 넌 이제 훌쩍 컸고 나랑 말도 할 수 있잖아. 다른 건 그것만이 아니니까 감상에는 이제 그만 빠져라.

'냉정한 놈.'

—난 마족이야, 임마.

토르는 빙긋 웃으며 투명 마법을 펼쳤다. 그때는 디오스가 쓰는 마법이 너무 신기했는데…….

투명 마법에 호신강기를 덧씌우며 토르는 고개를 흔들었다. 코크라의 말이 맞았다. 감상에 빠지는 것은 이 정도로 족했다. 추억을 곱씹으러 온 것이 아니었다.

빠른 속도로 거실을 지나 저택 밖으로 나온 토르는 마치 괴물처럼 밤하늘을 받치고 서 있는 벨키 성의 검은 성벽을 바라보았다. 철의 나라라는 별칭대로 철판을 덧댄 새까만 성벽은 마치 블랙 드래곤을 위해 지어진 것만 같았다.

'우로보스……'

블랙 드래곤의 수장인 우로보스. 본래 우로보스와 라토시는 꽤 죽이 잘 맞는 사이였다. 적어도 살육에 한해서는.

레드 드래곤인 라토시가 피에 굶주린 분노의 살육자였다면 블랙 드래곤인 우로보스는 냉정하며 엄정한 살육자였다는 게 약간 달랐을 뿐.

마검 헬나이트를 만든 블랙 드래곤 아이크의 후예답게 우로보스 또한 흑마법에 일가견이 있었다. 그렇기 때문에 아나테가 더 걱정되는 토르였다.

'우로보스, 부디 심한 짓을 안 했기를 빈다. 너는 별로 죽이고 싶지 않으니까…….'

토르는 차갑게 벨키 성을 바라보다가 곧바로 몸을 날려 플라이 마법을 썼다. 밤하늘을 가르는 한줄기 바람만이 불었다.

4

벨키 성의 가장 깊은 내성, 겹겹이 차가운 철제 벽으로 이루어진 방 안에서 우로보스는 차갑게 웃고 있었다. 어두운 방에는 코를 찌르는 비린내가 진동했다.

"훌륭하군."

우로보스의 앞에는 까만 안개에 휩싸인 검은 형체가 둥둥 떠 있었다.

"후우."

우로보스가 입김을 불자 안개가 스르르 사라졌다.

검은 피부에 새하얀 머리카락, 검은 옷을 걸친 여성이 허공에 누운 채 둥둥 떠 있었다.

아나테였다. 아나테는 표정 하나 없이 눈을 감고 있었다. 온통 새까맣게 변해 버린 모습으로.

“눈을 떠라.”

우로보스의 명령이 있자 아나테가 스르르 눈을 떴다. 온통 검은자위만 가득한 눈은 칠흑의 암흑을 담고 있었다.

우로보스의 만족한 웃음이 흘러나왔다.

“흠흐흐흐.”

우로보스가 발톱을 흔들자 아나테의 몸이 서서히 바로 섰다. 실내였는데도 광풍이 불 듯 아나테의 하얀 머리카락이 휘날렸다. 회색빛에서 검게 변해 버린 아나테의 얼굴에는 특유의 날카로움 대신 기묘한 사기가 일렁이고 있었다.

“이제 라토시만 기다리면 되겠구나. 최초의 드래곤 네크로맨서여. 너도 기대가 되지 않느냐?”

아나테가 말없이 바라만 보자 우로보스가 벽 한구석을 가리켰다.

“대기하도록.”

아나테의 몸이 직각으로 돌았다. 번개처럼 날아가 벽에 기대는 움직임은 사람의 그것이 아니었다. 관절 하나 움직이지 않고 마치 허공에서 보이지 않는 힘이 미는 듯 이동했던 것이다.

우로보스가 흡족한 듯 고개를 끄덕였다.

그로서는 오랜만에 아주 만족한 작품을 만들었다 할 수 있었다.

아나테의 몸속에 있던 나트판의 힘과 자신의 힘을 조화시키는 것이 가장 관건이었다.

그리니아는 토르의 예상대로 아나테의 몸에 가득한 죽음의 마나 때문에 강력한 암시를 주는 것에 그쳤지만 나트판의 힘은 꽤 강력하게 담겨 있었다.

나트판의 힘과 우로보스의 힘을 조화시킨 결과가 바로 검은 피부와 하얀 머리카락이었다. 회색이 나뉘어 검은색과 흰색으로 분할된 듯한 묘한 조화였지만 우로보스는 색에 그리 민감하지 않았으므로 지금 모습도 충분히 만족스러웠다.

하지만 진짜 만족스러운 것은 아나테를 통제할 수 있는 드래곤이 자신뿐이라는 사실이었다.

"로드께서도 이 점은 예상하지 못하셨지. 흐흐흐."

드래곤 나이트는 로드 카이서스가 조종하지만 이 드래곤 네크로맨서는 카이서스의 조종이 불가능했다. 카이서스도 결국 골드 드래곤, 역대 로드 중 최강이라는 평을 듣는 그였지만 대지의 마법을 쓰는 골드 드래곤이 마법의 기반이 완전히 다른 흑마법까지 통제할 수는 없었던 것이다. 네크로맨서인 아나테를 조종하는 것은 그래서 우로보스에게 전권이 맡겨진 채였다.

"흐흐. 차기 로드는 그럼 내가 예약한 셈인가?"

카이서스가 확약을 한 것은 아니었지만 분명히 어느 정도의 언질은 주었다.

에이션트 드래곤 중 펠바레트의 황제인 고오트가 남아 있었으나 그는 경쟁자로 생각하지 않는 우로보스였다.

고오트는 로드 카이서스의 아들이었음에도 그에게 인정받는 아들이 아니었다. 현 로드의 자식이라는 신분 때문에 에이션트 드래곤들을 중재하곤 했었지만 타고난 능력은 카이서스에게 크게 못 미치는 고오트였다.

문제는 라토시였다.

레드 드래곤 라토시, 화염 마법의 조종인 그 덕분에 우로보스는 언제나 이인자의 신세를 면치 못했다. 블랙 드래곤의 마법에 극성인 마법이 바로 화염 마법이었기 때문이다. 냉정한 판단을 한 우로보스가 선택한 것은 나트판처럼 라토시와 대립하는 길이 아니라 그와 비슷하게 어울리는 것이었다. 라토시와 가장 많이 함께 움직였던 것은 우로보스가 그를 좋아해서가 아니라 적이 되지 않기 위해서였다. 적으로 삼기엔 너무 극성인 마법의 소유자였으니까.

"하지만 이젠 상관없다. 연극은 끝났어. 흐흐흐흐."

우로보스는 검은 눈을 번뜩이며 아나테를 바라보았다.

이 여자가 라토시에게 어떤 의미가 있는 존재인지 우로보스는 너무나 잘 알고 있었다. 그리고 이 여자는 우로보스의 완벽한 통제하에 있었다.

우로보스가 만족한 웃음을 흘리고 있을 때, 요란한 경보음이 울려왔다. 지난번 라토시가 침입한 이후, 벨키 성 곳곳에 마나 경보를 설치한 우로보스였다.

우로보스의 눈이 차갑게 빛났다.

"왔는가, 라토시?"

우로보스는 몸을 일으켰다. 거대한 몸이 육중하게 흔들렸다.

이 방은 라토시를 만나기에 적합한 방이 아니었다. 드래곤 네크로맨서를 제련하기 위한 실험실이자 자신만의 비밀의 방인지라 마나 결계가 가득한 곳이었다.

"흐흐. 새로운 연극을 관람할 시간이다. 무대로 이동해야겠군."

우로보스는 아나테를 향해 손을 뻗었다. 아나테의 몸이 빨려들 듯 날아들었다. 아나테를 잡은 우로보스의 몸이 삽시간에 방 안에서 사라졌다.

코를 찌르는 피비린내만이 방 안에 맴돌았다.

5

“커트! 커트!”

숨 가쁘게 달려온 디오스가 숨넘어갈 듯 커트를 불렀다.

커트는 만면에 부드러운 미소를 띠고 디오스를 맞았다. 토르가 티폰에 간 사실을 숨겨야 할 상황이라 커트의 태도는 어딘가 어색했으나 마음 급한 디오스는 눈치 채지 못하고 있었다.

이제 상당히 회복되어 침상에 앉아 있던 라나가 그런 커트를 보며 살짝 웃었다. 라나가 디오스에게 말을 걸었다.

“디오스, 무슨 일인데 그러세요?”

“어? 라나! 너 앉아 있어도 괜찮냐?”

“거의 회복되었어요. 커트가 꾸준히 힐링 마법을 써주었거든요.”

커트는 라나가 디오스를 상대하는 사이 안색을 추스르고 라나에게 말했다.

“그래도 아직 완쾌된 건 아니니 조심해야 한다.”

“알고 있어요, 커트.”

라나의 도움으로 어색함을 모면한 커트는 침착한 얼굴로 디오스를 바라보았다.

“무슨 일인데 이리 호들갑인가? 라나는 아직 다 나은 게 아니야.”

“내가 마음이 너무 급했거든. 나 아무래도 아나테와 곤을 회복시킬 마법을 발견한 것 같아!”

“뭐?”

“이걸 좀 봐! 라나, 너도 좀 봐봐! 내 생각엔 틀림없는 것 같은데 너희 생각은 어때?”

커트는 디오스가 바삐 펼쳐 든 마법서를 보며 눈살을 찌푸렸다. 커트의 손이 휙 움직였다.

“먼지나 좀 털고 가져올 것이지, 이게 뭔가?”

“아! 라나 아직 안 나왔지? 이런, 이런!”

커트와 함께 마법서에 잔뜩 묻어 있는 먼지를 제거한 디오스는 다시 책을 펼쳤다.

이번엔 라나의 눈살도 찌푸려졌다.

“대…… 단한 악필이군요.”

커트의 눈도 가늘게 변해 디오스를 흘겨보았다.

“자네 지금 이 책을 읽었다고 하는 건가? 이 글씨가 독해가 가능했어?”

“아나테가 이 책을 봤다는 걸 알았거든! 읽기 힘들었지만 정말 한 자 한 자 해독하며 보았다네. 내가 생각해도 이상하긴 하지만 분명히 다 읽었어!”

디오스의 얼굴은 잔뜩 흥분한 상태였다.

라나가 찬찬히 손가락으로 더듬으며 제목을 읽었다.

“고대…… 펜터그램의 원리와…… 이해. 디오스, 이건 정말 낡은 마법서잖아요. 요새 누가 이런 책을 봐요.”

“나도 처음엔 그렇게 생각했어. 그런데 아나테가 끝까지 다 봤더라구! 볼만한 가치가 있나 보다 생각해서 다 읽어봤는데…… 에잇, 답답해! 여기, 여길 좀 봐봐!”

디오스가 책장을 넘겨 한 부분을 짚어주자 커트와 라나의 얼굴이 동시에 찌푸려졌다. 악필도 너무 악필이다. 이런 책을 어떻게 읽었다는 걸까……?

"디오스, 이건……."

그때 커트가 조용히 라나의 손을 잡았다.

─라나, 아나테를 향한 디오스의 마음이다. 디오스는 분명히 이 책을 다 읽었을 거야.

라나는 열성적인 디오스의 얼굴을 바라보며 조용히 고개를 끄덕였다.

'당신은…… 이렇게 사랑하는군요…….'

커트의 부드러운 음성이 울렸다.

"디오스, 자네가 읽어주는 게 낫겠군. 자네가 가능성이 있다고 생각한 방법도 직접 설명해 주는 게 좋을 것 같고. 우리 함께 머리를 모아보세나."

"그, 그럴까?"

디오스의 열정적인 음성이 방 안을 가득 메우기 시작했다.

라나와 커트도 얼굴이 차츰 진중해지기 시작하더니 나중엔 열심히 질문을 퍼부으며 토론을 하기 시작했다. 방 안엔 때 아닌 학구열로 뜨거운 바람이 불었다.

한참 후, 커트와 라나도 잔뜩 흥분한 얼굴이었다.

커트가 감탄한 목소리로 말했다.

"과연…… 고전의 가치를 무시하지 말라는 말은 천고의 진리였군……. 디오스, 이 방법은 내가 생각해도 가능성이 있네."

"그렇지? 그렇지?"

"그래. 훌륭하네, 디오스."

"정말 고생했어요, 디오스."

디오스는 기쁨에 찬 얼굴로 호탕한 웃음을 터뜨렸다.

"으하하하하! 곤도, 아나테도 이 방법을 쓰면 의식을 회복시킬 수 있을 거야! 몸 어딘가에 영혼을 봉인시킨 게 분명하니까! 드래곤 슬레이브 마법도 검토했으니 틀림없어!"

"펜터그램을 그리는 장소와 재료가 문제겠지만…… 이 상태만으로도 큰 진전일세. 정말 수고했네."

"빨리 토르에게 알리자! 코크라라면 알고 있을 거야! 어쩌면 토르도 알지 모르고! 우리보다 훨씬 늙은 놈들이니까! 아하하!"

디오스는 가슴을 치며 웃었다.

"이 책에는 가장 성스러우면서 가장 사악한 기운이 가득한 곳을 찾으라고 쓰여 있어! 어떤 봉인 마법도 이곳에서는 풀 수 있다잖아! 토르나 코크라라면 여기가 어딘지 알 거야! 나 아공간 밖으로 나갔다 올게!"

라나와 커트의 얼굴이 동시에 마주쳤다.

곤란한 표정이 떠올라 있는 둘의 침묵은 한참 흥분해 있는 디오스도 알 정도였다.

"너희, 왜 그래?"

디오스가 이상한 듯 물었지만 커트와 라나는 텔레파시로 대화를 나누었다.

―커트, 제가 생각해도 이건 너무 귀중한 정보예요.

―하지만…….

―토르가 이 정보를 알게 되면 활동의 폭이 훨씬 넓어질 거예요. 디오스에게 알리도록 하죠.

―하지만 라나…….

―아나테를 제압할 수는 있겠지만 아나테를 치유할 방법은 토르도 찾지 못했을 거예요. 이번에야말로 우리가 도울 수 있어요.

"야! 니들!"

디오스가 고함을 지르자 커트와 라나는 찔끔한 표정으로 디오스를 바라보았다.

디오스의 얼굴은 딱딱하게 굳어 있었다.

커트는 잔뜩 미안한 얼굴로 한숨을 쉬었다.

"디오스, 사실은……."

그때 디오스가 만면에 활짝 웃음을 피워내며 커트와 라나의 어깨를 잡았다.

"나도 같이 알자. 왜 니들끼리만 속살거려?"

라나와 커트의 얼굴에 어색한 표정이 떠올랐다. 자신만을 속였을 거라고는 전혀 생각하지도 않는 듯 디오스의 얼굴에는 한 점의 의혹도 없었다. 얼굴을 굳힌 것도 그냥 장난이었던 것이 분명했다.

커트는 후 한숨을 내쉰 후 디오스에게만 숨겼던 사실을 이야기해 주었다.

잠시 후, 디오스의 고함이 울렸다.

"이이이이……! 토르! 야, 이 제멋대로 자식아!"

—토르, 어쩔 작정이지?

코크라가 걱정스러운 듯 물었으나 토르는 벨키 성의 중앙광장에 우뚝 서서 움직일 줄을 몰랐다.

—토르!

'걱정 마, 코크라. 우로보스 녀석은 나트판이나 비아토와 달라. 숨어들고 자시고 할 필요 없어. 여기 있으면 알아서 올 거야. 정면 승부다.'

—불리하잖아!

토르의 입꼬리가 슬쩍 올라갔다.

'언젠 유리했던 적이 있었냐? 우로보스가 뭔 짓을 해도 반드시 아나테를 구해낼 거야. 날 믿어.'

코크라가 갑자기 웃음을 터뜨렸다.

─크크. 좋아. 그런 각오라면 되었다.

광장을 둘러싼 흉벽 곳곳에 블랙 드래곤들이 모습을 드러내고 있었으나 토르는 침착하기만 했다. 에이션트 드래곤 특유의 드래곤 피어가 토르를 감싸며 담담하게 피어올랐다. 코크라도 더 이상 아무 말이 없었다.

숨 막힐 듯한 정적이 흐르는 가운데 내성의 문이 열리기 시작했다. 육중한 문소리가 들리자 토르의 눈이 빛나기 시작했다. 코크라의 목소리가 뇌리를 울렸다.

─토르, 잊지 마라. 아나테는 내가 맡는다. 넌 우로보스를 맡아.

'네가 움직일 수 있는 공간은 한정되어 있어.'

─걱정 마라. 그런 걸 잊을 내가 아니다.

'코크라.'

─왜?

'넌 멋진 놈이야.'

─크크크크. 그걸 이제 알았냐?

문이 열리고 검은 그림자가 모습을 드러내자 토르와 코크라는 대화를 멈추었다. 토르의 입이 열리며 낮은 신음이 흘러나왔다.

"흐으……."

삽시간에 거대한 드래곤으로 화하는 우로보스의 어깨 위에는 하얀 머리를 휘날리는 여인이 앉아 있었다. 검게 변색된 피부였지만 토르는 한눈에 알아볼 수 있었다. 토르에게 인간의 정을 가르쳐 준 바로 그 사람, 네크로맨서 아나테였다.

그 시간, 디오스와 커트는 토르가 텔레포트해 들어왔던 남작 부인의 서재에 있었다. 라나가 다 낫지 않아 걱정이 되었지만 그녀의 강력한 권유 때문에 커트는 디오스와 동행한 상태였다. 라나는 아공간에 홀로 남아 있었다.

—디오스, 침착하게. 우리가 나서면 안 돼. 결정적인 순간이 아니라면 나서지 말아야 하네. 아나테를 보더라도 흥분하지 않겠다는 약속을 잊지 말게. 아나테는 지금 우리를 적으로 알고 있을 테니까 절대 나서면 안 돼. 전처럼 자살하려는 생각도 절대 안 되네. 알겠나?

디오스가 고개를 끄덕였다. 꾸욱 다문 입매가 꿈틀거렸으나 디오스는 묵묵히 눈을 빛내고만 있었다.

이마에 퍼렇게 심줄이 돋은 디오스를 보며 커트는 툭툭 어깨를 두드려 주었다.

디오스의 심정이 얼마나 복잡할지는 그동안 봐온 것만으로도 충분히 짐작할 수 있었다. 그랬기에 커트는 더 긴장이 되었다. 디오스가 반드시 가야 한다고 고집을 부렸고 라나 또한 동의해 이곳까지 온 커트였지만 디오스의 격정적인 성격을 아는지라 더 조심스러울 수밖에 없었다.

—좋아. 그럼 지금부터 투명 마법을 쓰고 토르를 찾아보세. 절대 우리 존재를 블랙 드래곤들에게 노출시켜서는 안 되네. 우리가 최후의 보루가 될 수도 있다는 걸 잊지 말게.

커트의 텔레파시에 디오스는 묵묵히 고개를 끄덕인 다음 캐스팅을 준비했다.

잠시 후, 둘의 몸이 연기처럼 사라진 서재에는 침묵만이 흘렀다.

2

툭툭.

지면을 치는 가벼운 소리만이 스치듯 들릴 뿐 다가닥거리는 말발굽 소리가 전혀 없었다. 이십여 필의 말이 한 줄로 달리고 있었다.

로키는 갑주를 다 떼어낸 말에 올라탄 채 연방 고개를 끄덕이고 있었다.

'과연. 효과적인 방법이로군. 참고해 두어야겠다.'

황무지를 달리는 말들의 말발굽엔 모두 편자가 박혀 있었지만 단단히 싸맨 천으로 인해 거의 소리가 나지 않고 있었다.

토르의 소개로 붉은 산으로 향한 해방군의 선발대를 직접 지휘해 벨키 성으로 향하는 로키였다. 로키는 이리 왕 티바의 뛰어난 용병술과 사막 적응력에 감탄하고 있었다.

동행한 수하는 단 한 명, 프로시안 공주를 구할 때 그와 함께 움직였던 여기사 아르마뿐이었다. 소환술사인 드로우에게 전권을 위임하고 프로시안 공주를 달래 라미아에 주저앉히고서 온 참이었다.

토르의 엄청난 무위에 진심으로 경외감을 느꼈지만 해방군의 군단장으로서 토르의 뒤만 따라다니며 이삭을 줍듯 옥스칼토네 대륙을 해방시키는 건 로키에게 너무나 부끄러운 일이었다.

'이번엔 반드시 떳떳하게 토르 앞에 설 만큼 한 손을 거들겠다.'

토르의 싸움에 거대 병력을 동원하는 건 불필요한 일이라는 걸 깨달은 로키는 아르마만 대동한 채 직접 나섰던 것이다. 언제나 에이션트 드래곤들을 직접 상대하고 나머지 드래곤들을 쫓아버리거나 도륙하는 토르의 방식을 알고 있었기에 로키 또한 그랜드 소드 마스터의 자존심을 걸고 토르의 싸움에 참여하려는 것이었다.

부드득.

토르를 생각하니 너무나 부끄럽다.

너무나 압도적인 무위라 존대까지 할 뻔했던 건 사나이로서 참을 수 없는 수치였다.

하지만 진짜 부끄러워 이까지 갈게 하는 건, 토르 덕분에 3개국이나 드래곤의 지배에서 벗어났지만 정작 해방군이 한 일은 뒷마무리밖에 없다는 사실이었다.

번개처럼 대륙 곳곳을 헤집으며 드래곤들을 죽이는 토르의 행적은 해방군들 사이에서 거의 신격화된 지 오래였다. 토르를 따라 그 강력한 여정에 동참하고픈 것은 모든 기사들에게 꿈같은 바람이었지만 로키의 마음은 좀 달랐다.

토르가 아이였을 때 만나 동생을 보듯 친근감을 느꼈던 로키이다. 신기한 아이라 생각했던 토르가 실은 드래곤의 화신이라는 것도 놀라웠지만 각성을 한 토르의 힘은 로키의 상상을 뛰어넘었다.

그것은 너무나 도달하고픈 경지였고 꿈의 경지였다.

한 사람의 기사로서 로키는 토르의 뒤를 따르고픈 마음을 도저히 억제할 수 없었다. 하지만 그 마음의 저변에는 디오스와 곤이 있었다. 자신도 그들처럼 되고 싶었다. 토르의 친구가 되고 싶었다.

'토르. 나도…….'

그때 갈색의 갈기를 휘날리는 말 한 마리가 날쌔게 로키의 옆으로 다가왔다. 무게를 최소화한 안장 위에는 티바가 붉은 베일을 두른 채 앉아 있었다.

"로키, 조금 후면 벨키 성에 도달해요. 정말 혼자 들어갈 건가요?"

로키는 눈을 빛내며 고개를 끄덕였다.

"물론이오. 안내 고마웠소. 당신들은 아르마와 함께 외곽에 몸을 숨기고 계셔주시오."

"이봐요, 로키. 당신이 아무리 그랜드 소드 마스터라지만 벨키 성은 블랙 드래곤들 천지예요. 혼자 들어가겠다는 건 자살 행위예요."

"토르 일행이 벨키 성 안에 들어간 것을 확인한 경우에만 나서겠다 하였소."

"나도 함께 가겠어요."

"아니 되오. 당신의 안전까지 돌볼 여유는 내게도 없을 것이오."

돌연 로키의 옆에 또 한 마리의 말이 나타났다.

"저도 갈 겁니다."

아르마였다.

갑주를 벗어 던진 아르마는 티바처럼 검은 베일을 두른 채 로키를 보며 눈을 빛내고 있었다.

로키는 양옆에 선 여자들을 번갈아 보며 한숨을 쉬었다. 하나같이 둘째라면 서러워할 만큼 고집이 센 여자들이었다. 아르마의 고집이야 익히 아는 바였고 티바 또한 만만치 않은 성격임을 진작 파악하고 있었다.

로키는 아르마를 보며 꾸짖듯 말했다.

"디오스 때문에 그러나 본데, 싸움이 끝나고 만나도 늦지 않아. 아르마, 자네를 연애질이나 하라고 데려온 줄 아나?"

아르마가 뭐라고 대꾸도 하기 전, 날카로운 음성이 울렸다.

"디오스? 당신, 디오스랑 무슨 관계죠?"

티바였다.

로키를 가운데에 두고 양옆에서 달리는 두 여자의 눈길이 무섭게 부딪쳤다.

'흐……. 디오스, 이 여자도 애인이었나?'

화사한 디오스의 웃음을 떠올리며 절레절레 고개를 저은 로키는 재빨리 말 배를 걷어찼다. 여자들 싸움에 등 터지는 건 절대 거부하고픈 로키였다.

아르마와 티바는 앞으로 나서는 로키를 따르지 않았다. 두 개의 시선이 불꽃을 튀기듯 부딪치고 있었다.

디오스와 커트는 토르를 찾는 수고를 아예 할 필요가 없었다. 남작 부인의 저택을 나와 내성으로 침투하려 했으나 내성 앞 광장에 서린 엄청난 마나의 응축을 보자마자 둘은 몸을 날려 흉벽의 구석으로 붙어 섰다.

식량 저장고로 보이는 창고의 곁에 서서 커트는 디오스의 어깨를 조용히 잡았다. 예상대로 떨리고 있었다. 투명 마법을 쓰고 토르의 힘을 빈 호신강기를 둘러 디오스의 몸은 커트의 눈에도 보이지 않지만 그의 시선이 어디를 향하고 있을지 커트는 너무나 잘 알고 있었다.

검게 변해 버린 피부와 하얗게 탈색된 머리카락. 외모는 너무나 변해 버렸지만 한눈에 알아볼 수 있었다. 에이션트 드래곤으로 보이는 거대한 블랙 드래곤의 어깨 위에 앉아 있는 여인은 바로 아나테였다.

커트의 텔레파시가 디오스의 뇌리에 울렸다.

―디오스, 약속 잊지 말게. 침착하게나. 토르와 코크라에게 준비한 수가 있을 것이네. 우리는 마지막 지원군으로 대기하는 거야. 우리가 온 건 아나테의 영혼 봉인을 풀기 위해서지, 싸움에 동참하러 온 것이 아니네. 이 싸움은 토르와 코크라에게 맡겨야 해. 알겠나?

디오스가 고개를 끄덕이는 것이 느껴졌으나 커트는 암암리에 홀드 마법을 캐스팅해 두었다. 자신의 만류도 뿌리치고 디오스가 나서려 할 경우, 단숨에 제압할 생각이었다.

커트의 시선이 힐끗 토르를 향했다. 토르는 당당하게 붉은 머리를 휘날리며 블랙 드래곤의 수장, 우로보스에게 말하고 있었다.

"오랜만이다, 우로보스."

"그렇군, 라토시."

"토르라 불러주면 고맙겠다."

우로보스의 검은 동체가 흔들렸다.

"허허. 고맙겠다니. 네가 그렇게까지 말한다면 토르라 부르지. 드래곤임을 아예 부정할 생각인가?"

"생각뿐이 아니야. 난 실제 드래곤이 아니야. 지금 내 모습이 본모습이니까. 난 인간이다."

"이봐, 토르. 지금쯤은 깨닫고 있을 텐데. 지금의 넌 라토시의 한쪽 심장으로 육체를 만든 것뿐이야. 그게 네 본모습인 게 아니다. 네 본모습은 라토시의 일부, 그의 심장이야. 드래곤 하트 그 자체지."

토르는 묵묵히 우로보스를 바라보다가 고개를 저었다.

"나도 알아. 하지만 나 스스로 날 인간이라 생각한다. 이미 난 드래곤 하트가 아니야. 그런 소리로 내 마음을 돌이킬 수는 없다. 내 성격 잘 알 텐데?"

"한 번 정하면 다시는 뒤를 안 돌아보는 그 성격 말인가? 잘 알지.
좋은 성격이 아니야."

"우로보스, 네 성격도 그리 좋은 편은 아니지 않나. 너무 점잔 뺄 필
요 없어."

갑자기 우로보스가 목을 젖히며 웃음을 터뜨렸다. 통쾌한 웃음소리
가 광장을 가득 메웠다.

"후어허허허허! 정말 너무도 자네다운 말이군. 허허허허."

잠시 후 웃음이 뚝 그쳤다.

목을 내밀며 토르와 눈을 맞춘 우로보스는 날카로운 이빨을 드러내
며 미소를 지었다. 흉측한 이빨이 온통 드러나는 그 미소 위에는 날카
롭게 빛나는 눈이 있었다. 우로보스의 눈은 전혀 웃고 있지 않았다.

"그래. 점잔 떨 필요가 없지. 토르, 카이서스의 말씀을 전하겠다. 너
도 알 거라 하시더군. 이 여자를 네 손으로 죽이면 모든 게 끝날 거라
하시더구나. 무슨 말씀인지 아는가?"

토르는 검게 빛나는 우로보스의 눈 속에 서린 잔인함을 읽었다. 한
점의 가책도 없는 순수한 잔인함, 그 속엔 냉정하고도 엄정한 계산이
철저하게 숨어 있는 게 우로보스라는 걸 토르는 잘 알고 있었다. 라토
시가 피를 즐기는 살육의 드래곤이었다면 우로보스는 냉혹한 살육자였
다.

토르가 짧게 대답했다.

"아니."

"짐작 가는 건?"

"몰라. 난 아나테를 구하러 왔지, 죽이러 온 게 아니야."

냉정한 눈으로 토르를 보며 웃던 우로보스가 괴이한 웃음소리를 흘

렸다.

"흐흐흐흐. 카이서스께서 이상하게 널 총애하셨다는 건 우리 모두 잘 알지. 하지만 이제 끝이야. 이 여자를 조종하는 건 나거든. 내가 전권을 갖고 있지."

"우로보스, 너와 난 비슷한 성격 탓에 꽤 잘 어울려 다녔다. 옛 정리를 봐서 아나테를 그냥 넘겨줄 수는 없겠나?"

"옛 정리? 크크. 라토시, 아니, 토르. 네게 그런 말이 어울린다고 생각하는가? 아니구나. 이제 넌 인간이라 스스로 말하고 다니니 어울리기도 하는군. 하지만 난 아니거든? 너와 쌓은 정분 같은 게 있을 턱이 없잖아? 날 그렇게 모르는가?"

"하긴…… 네가 들어줄 리 없다고 나도 생각했다. 그럼 얘기는 끝났군. 남은 건 싸움뿐인가?"

"당연하지 않겠나?"

"오라."

토르가 헬나이트를 치켜들었으나 우로보스는 피식 웃으며 고개를 저었다.

"넌 정말 변한 게 많으면서도 변하지 않았구나. 내가 일 대 일로 싸울 거라 믿고 있는 건가?"

"검은 폭풍 우로보스가 애들을 싸움 앞에 세우는 건 한 번도 보지 못했지. 그게 너야."

우로보스가 통쾌하게 웃음을 터뜨렸다.

"흐허허허허! 과연, 과연! 넌 내가 유일하게 인정하는 놈답다. 토르! 멋지구나!"

"어서 와라."

“나도 너와 싸우고픈 맘은 굴뚝같지만 어쩌지? 이번 싸움은 내가 아니라 드래곤 네크로맨서와 해야겠다. 이 여자의 너를 향한 살기는 나도 제어하기 힘들거든.”

우로보스의 어깨 위에 앉아 있던 아나테가 갑자기 몸을 날려 바닥에 내려섰다. 하얀 머리카락이 광풍에 휘날리듯 펄럭거렸다. 온통 검게 변해 버린 눈은 토르를 노려보며 번들거리고 있었다.

토르는 신음성을 내뱉었다.

‘그리니아……’

그리니아였다. 아나테와 곤에게 토르를 향한 살기를 주입해 놓은 드래곤은. 노려보는 아나테의 시선은 마치 그리니아의 원망처럼 보여, 토르는 가슴 한구석이 서늘해져 왔다.

그때였다.

헬나이트에서 스르르 검은 연기가 솟구쳤다.

“아나테, 네 상대는 나다.”

켜켜이 굽은 뿔을 멋지게 세운 코크라였다.

우로보스가 눈을 빛내며 코크라를 바라보다 토르에게 고개를 돌렸다.

“코크라……! 네가 코크라를 제어한다더니 정말인가 보군. 대단하다, 토르.”

“제어가 아냐. 친구지.”

“훗. 넌 과연 라토시가 아니라고 해야겠다. 친구 따위를 만들다니. 후후.”

“다른 놈들도 그따위 소리를 해대다 다시는 지껄이지 못하게 되었지.”

"후후. 그 말은 라토시답군."

헬나이트를 곧추세운 토르가 몸을 낮추며 우로보스에게 말했다.

"아나테는 코크라가 상대한대. 우로보스, 네가 날 상대해야겠다."

"여유만만이구나. 난 언제라도 꺾을 수 있다고 믿고 있는 거겠지?"

토르의 얼굴에 하얀 미소가 떠올랐다.

"그게 사실이니까!"

말이 끝남과 동시에 토르가 발을 굴렀다.

팡!

공기가 터지는 소리와 함께 토르의 몸이 허공을 갈랐다.

헬나이트는 붉은 화염을 내뿜으며 곧바로 우로보스의 머리로 향했다.

우로보스의 웃음소리가 천둥처럼 울렸다.

"후하하하하! 네 상대는 내가 아니라고 했잖아!"

갑자기 우로보스의 몸이 꺼지듯 사라졌다. 삽시간에 크기가 줄어들어 토르와 비슷한 크기로 변해 마치 사라진 것처럼 보였던 것이다. 몸 크기를 줄인 우로보스는 아나테의 뒤에 바싹 붙어 서 있었다.

"젠장!"

허공을 박차듯 토르의 발이 어지럽게 움직였다. 헬나이트의 기세가 급격히 꺾이며 아나테를 향해 떨어지던 화염이 방향을 틀었다.

그때, 아나테의 손이 움직였다.

자라라라락!

땅속에서 하얀 창들이 튀어나오며 무서운 기세로 토르를 향해 쏘아졌다.

토르는 순간 멍한 눈으로 아나테의 눈을 마주 보았다. 수차례나 마음을 다지고 왔지만 막상 살기 가득한 아나테의 눈과 마주치자 정신이 아득해질 것만 같았다. 토르에게 키스를 가르쳐 주고 토르의 머리를 정겹게 쓰다듬던 아나테의 손길이, 그녀의 눈빛이 토르를 죽이려 하고 있었다. 아나테!

"정신 차려!"

자신에게 하는 말인지 아나테에게 향한 말인지 한 소리 고함을 지르며 헬나이트를 휘두르려는데 코크라의 격한 음성이 터졌다.

"토르! 건드리지 마! 본 스피어다!"

"뭐?"

"가만있어!"

어느새 토르의 앞으로 날아오른 코크라가 검은 날개를 활짝 펴고 토르를 막아섰다.

코크라의 날카로운 손톱이 허공을 갈랐다.

"너희를 부른 자의 품으로 돌아가라!"

허공을 가로지르던 본 스피어들이 장벽에 가로막힌 듯 우뚝 섰다.

"어쭈?"

돌려보내려 했는데 그저 멈추기만 한 것이다.

코크라가 놀랄 때, 하얀 번개 같기만 하던 창의 모습이 분명히 드러났다. 아직 썩은 살점마저 붙어 있는 하얀 뼈들로 이루어진 창이었다.

심각한 음성이 토르의 뇌리에 울렸다.

─토르, 저것에 스치기라도 하면 몸이 썩는다! 나와 결합한 상태가 아니면 부패를 막을 수 없어! 조심해라!

'알았어.'

그그그그.

　허공에서 꼼짝도 못하고 떠 있는 본 스피어들이 부르르 떨며 움직였다. 무언가를 긁는 듯한 거북한 소리들이 광장을 울렸다.

　코크라의 목소리가 쩌렁쩌렁 울려 퍼졌다.

　"아나테! 네 상대는 나라고 했을 텐데!"

　짝!

　코크라가 양손을 마주쳤다.

　그와 동시에 허공에서 요동치던 본 스피어들이 무서운 기세로 폭발해 버렸다.

　코크라는 검은 날개를 활짝 펼치며 토르를 감쌌다. 코크라의 몸에 부딪친 본 스피어의 파편들이 검은 연기를 피워내며 녹아 떨어졌다.

　—으득. 진짜 무섭게 늘었구나. 본 스피어에 포이즌 익스플로젼을 걸었어. 파편 하나에 스쳐도 중독된다!

　'조심하도록 할게! 우로보스가 아나테를 조종한다니 놈을 죽이면 아나테가 동작을 멈출 거야! 그동안 넌 아나테를 상대해!'

　—호신강기던가? 그거 절대 풀지 마!

　'알았어!'

　—일단 둘을 떼어놓으마!

　토르에게 주의를 준 코크라는 날개를 풀며 아나테를 향해 양팔을 펼쳤다.

　"아나테!"

　빠지지지직!

　코크라의 양손에서 검은 번개가 피어나 아나테를 향했다. 그러나 아나테는 코크라의 공격을 피하지 않았다. 그 자리에 우뚝 선 채 손을 휘저었을 뿐이다.

드드드득.

아나테의 발밑에서 뼛조각들이 솟아오르며 타다닥 아나테의 전신에 붙기 시작했다. 무서운 속도로 아나테의 머리 위까지 덮어씌운 뼛조각들은 죽음의 향기를 물씬 풍기는 갑옷으로 변해 버렸다.

자자자작!

검은 번개가 아나테의 몸을 작렬했지만 아나테의 몸은 흔들리기만 했을 뿐 그 자리에 우뚝 서 있었다. 번개가 아나테의 갑옷을 타고 흐르며 사방으로 흩어져 버렸다.

코크라가 감탄성을 내뱉었다.

"본 아머! 대단하구나!"

아나테의 뒤에 몸을 숨기고 있던 우로보스가 비웃음을 터뜨렸다.

"흐흐. 코크라, 내 선조께 패해 헬나이트에 갇힌 주제에 감히 이 몸이 만든 드래곤 네크로맨서에게 대항을 하는가?"

코크라가 얼굴이 딱딱하게 굳었다가 곧 빙그레 웃음을 띠었다.

"크크. 선조라면 아이크를 말하는 거겠지? 아이크가 나 때문에 뒈졌다는 건 몰랐나 보구나? 그리고 아이크는 지금 토르의 부하야. 비록 스켈레톤의 몸이지만 말이다. 크크."

"무엇이?"

"몰랐냐? 토르를 도와 나도 스켈레톤을 완성할 때 손을 좀 봐줬지. 토르 말을 아주 잘 듣는 게 네가 자랑하는 선조, 아이크다. 지금은 이름도 바꾸어 아크라 하지. 이 몸도 많이 타고 다녔다, 크크."

"이놈!"

우로보스가 꼬리로 바닥을 튕기며 날아올랐다. 시꺼먼 브레스를 내뿜는 우로보스의 공격을 피하며 코크라가 신호를 보냈다.

—토르! 이놈 맡아!

파샷!

코크라의 몸이 그 자리에서 사라지고 우로보스의 브레스는 허공을 갈랐다.

"우로보스!"

토르가 고함을 지르며 우로보스에게 쇄도했다. 헬나이트에서 솟구친 화염이 무섭게 요동쳤다.

우로보스의 눈이 꿈틀거렸다. 토르와 정면으로 승부하는 건 우로보스의 의도가 아니었다. 코크라의 잔꾀에 그답지 않게 흥분해 아나테의 뒤에서 뛰쳐나온 것이었지만 그렇다고 토르와 싸울 이유는 우로보스에게 없었다.

"흐흐. 너와 싸우는 건 내가 아니랬지?"

팟!

우로보스의 몸이 사라지고 헬나이트는 빈 공간을 지나쳤다. 텔레포트였다.

"이런!"

토르가 우로보스를 찾아 고개를 휘돌릴 때, 엄청난 굉음이 터졌다.

콰쾅! 가가가가가각!

"컥!"

비명이 터졌다.

코크라였다.

우로보스를 유인하고 아나테를 제압하려 했지만 오히려 아나테에게 당하고 말았던 것이다. 아나테의 바로 앞까지 쇄도하긴 했지만 코크라는 더 이상 움직이지 못하고 있었다. 땅속에서 솟구친 단단한 뼈 기둥들이 감옥처럼 코크라의 몸을 감싸고 있었다. 그리고 점차 조여들고 있었다.

드드드득!

뼈가 갈리는 소리와 함께 코크라가 신음을 내뱉었다.

"크윽!"

어느새 아나테의 등 뒤에 선 우로보스가 빙글빙글 웃음을 띠며 말했다.

"육체가 없어도 무엇이든 가둘 수 있지. 본 프리즌이다. 어떠냐, 코크라? 흐흐."

토르가 고함을 지르며 달려들었다.

"코크라!"

"기다려!"

코크라의 불을 뿜는 듯한 목소리에 토르가 멈춰 섰다. 고개를 돌려 토르를 바라보는 코크라의 눈이 이글이글 불타고 있었다.

"기다려라, 토르!"

우로보스의 검은 눈이 가늘어졌다. 파안대소가 터져 나왔다.

"후하하하! 곧 죽어도 자존심을 내세우는 것이냐? 과연 토르 놈과 친구가 될 만하구나! 코크라를 소멸시켜라, 드래곤 네크로맨서여!"

아나테의 양손이 본 프리즌을 향해 펼쳐지자 코크라가 고통스러운 듯 비명을 질렀다.

"크아아악!"

코크라의 형체가 일그러지고 있었다. 머리가 뒤틀리고 목이 돌아가고 있었다. 몸 전체가 빨래를 쥐어짜듯 휘돌았다.

"코크라!"

토르는 안타깝게 고함을 쳤으나 달려들지는 않았다. 토르를 향해 활짝 펼쳐진 코크라의 손이 결연한 의지를 표하고 있었기 때문이다.

드드드드.

코크라가 완전히 쥐어짠 빨래 꼴로 변하자 아나테가 입을 벌렸다.

코크라의 몸이 주욱 늘어나 아나테의 입속으로 빨려 들어가기 시작했다. 토르의 눈이 격렬하게 떨렸다.

'라이프 탭이야, 코크라! 그대로는 아나테에게 생명력을 모두 빼앗긴다!'

—기다…… 려!

불끈 쥔 토르의 주먹이 파르르 떨렸다. 코크라를 믿고 그의 의지를 존중하는 마음이 없었다면 당장 덤벼들었으리라. 손바닥 가득 땀이 돋았다.

그때였다.

아나테의 입을 향해 빨려 들어가던 배배 꼬인 코크라의 몸에서 불쑥 근육질의 팔이 튀어나왔다.

터억!

아나테의 머리를 감싸 쥔 손이 부르르 진동했다. 아나테의 입 안으로 빨려들던 움직임이 격한 떨림과 함께 멈추었다.

투둑!

쥐어짠 빨래처럼 꼬인 몸에서 머리와 나머지 팔이 동시에 튀어나왔다. 코크라의 붉은 눈이 광망을 내뿜었다. 그 시선의 끝에는 우로보스가 있었다.

팟!

빨간 채찍 같은 것이 허공을 갈랐다. 코크라의 혀였다.

“억!”

삽시간에 우로보스의 목을 제압한 코크라의 혀가 채찍처럼 허공을 튕겼다.

짝—!

날카로운 소리와 함께 우로보스의 몸이 훌훌 뒤로 날아갔다.

—이번엔 놓치지 마!

토르에게 일갈한 후, 코크라는 아나테의 몸을 칭칭 감기 시작했다. 빨래처럼 꼬인 몸이 뱀처럼 아나테의 전신을 휘감았다.

“크크. 아나테, 라이프 탭이 마족인 내게 통할 거 같냐? 캐스팅없이 마법을 펼친 건 정말이지 훌륭했다. 이제 어쩔 거지? 응?”

빠지지지지지직!

아나테의 하얀 머리칼이 번개라도 맞은 듯 곤두서기 시작했다.

아나테를 칭칭 감은 코크라가 온몸으로 검은 번개를 작렬시키고 있었다. 아나테의 몸을 감싼 본 아머에 서서히 금이 가기 시작했다.

“본 아머로 얼마나 버티나 볼까? 흐흐. 아나테, 네가 제정신으로 싸우는 거라면 정말 즐거울 텐데 말이다.”

코크라의 빨간 혀가 아나테의 볼을 핥았다. 무표정한 검은 눈으로 바라보는 아나테의 눈을 내려다보다 코크라의 붉은 눈이 일그러졌다.

“젠장! 넌 아나테가 아니야! 어떻게 하면 제정신이 드는 거냐? 토르! 그 자식 빨리 죽이지 못해?”

코크라가 호통을 내지를 때, 토르의 헬나이트가 허공을 가르고 있었다.

우로보스가 당황한 듯 피하고 있었으나 순간순간 멈칫거렸다. 우로보스가 고함을 질렀다.

"토르! 이 와중에 마나 결계를 펼치다니 대단하구나!"

텔레포트를 써서 아나테의 곁으로 가려던 의도가 좌절되자 우로보스는 양 날개를 활짝 폈다. 거센 돌풍이 몰아치며 우로보스의 몸이 죽죽 커지기 시작했다. 원래의 거대한 동체를 회복한 우로보스가 헬나이트를 피하다 갑자기 브레스를 토해냈다.

쿠워어어어어—

거대한 검은 연기가 토르를 향해 쏘아지자 토르는 헬나이트를 빙그르르 회전시켰다. 붉은 화염이 검은 연기를 태워 버리며 브레스의 여파를 남김없이 해소해 버렸다.

그 틈을 타 우로보스가 날개를 펄럭여 수직으로 날아올랐다.

그러나 토르는 우로보스를 따르지 않았다. 아니, 따라갈 수 없었다. 까마득히 솟구친 우로보스의 뒤를 쫓다간 간신히 아나테를 제압한 코크라의 몸이 헬나이트로 빨려들 수밖에 없었기 때문이다.

"젠장!"

코크라를 힐끗 본 토르가 헬나이트를 고쳐 잡았다. 이렇게 된 이상, 수세적인 싸움을 하며 우로보스를 죽여야 하는 불리한 상황이 되어버렸다.

'언젠 유리했어?'

으드득 이를 갈며 우로보스의 공격에 대비하려 할 때였다. 토르의 뇌리에 울리는 반가운 음성이 있었다. 커트의 텔레파시였다.

—토르, 아나테의 신변을 확보했으니 되었습니다! 아나테를 데리고 텔레포트합시다! 디오스가 드래곤 나이트 마법을 깰 방법을 찾았어요!

'커트! 정말이야?'

—그렇습니다! 빨리! 블랙 드래곤과 싸울 이유가 없습니다! 우로보

스를 죽이지 않아도 아나테의 영혼 봉인을 풀 수 있어요!

토르의 눈이 번개같이 코크라에게 향했다. 커트의 말을 빠르게 전하자 코크라가 새빨간 혀를 날름거리며 재빨리 고개를 끄덕였다.

허공에서는 엄청난 위세의 검은 브레스가 떨어져 내리고 있었다. 우로보스가 전력을 다해 토해낸 브레스였다.

토르는 브레스의 폭풍에 휩쓸리기 직전, 코크라와 함께 그 자리에서 사라졌다. 토르와 코크라가 사라진 광장에 엄청난 폭음이 터져 나왔다.

콰콰쾅! 화르르르르.

검은 브레스가 벨키 성의 광장을 휩쓸었다. 식량 저장고와 신전이 날아가고 강철로 만들어진 그레이트 홀이 검은 연기를 토해내며 녹아 버렸다.

쿵.

바닥에 내려선 우로보스는 사방을 훑어보다 으스스한 웃음을 머금었다.

"으흐흐. 바보 같은 놈. 한 번 당하고도 또 데려간단 말이냐? 흐흐. 후하하하하하!"

우로보스의 웃음소리가 검은 연기와 함께 피어올랐다.

3

타탁. 타타타타타탁!

　토르의 손이 빛살처럼 움직이는 가운데 디오스와 커트, 라나가 긴장한 얼굴로 토르와 아나테를 지켜보고 있었다.

　아나테의 몸을 뱀처럼 칭칭 감은 코크라가 토르의 손길이 뻗칠 때마다 미묘하게 몸을 틀어 아나테의 혈도를 제압할 수 있게 도와주고 있었다.

　"카아아—!"

　아나테의 입에서 괴성이 터져 나왔다. 코크라의 힘으로 본 아머가 부서진 아나테는 검은 눈을 번쩍이며 자신의 몸을 두드리는 토르를 향해 소리치고 있었다. 눈동자가 마구 요동을 쳤다. 토르의 얼굴에 침을 뱉었으나 호신강기에 가로막혀 그대로 침상으로 떨어졌다. 푸시시 검은 연기가 솟았다.

　토르의 이마에는 땀이 가득했다. 꾹 다문 볼에는 강렬한 잇자국이 드러나 있었다.

　디오스의 얼굴은 창백했다.

　검게 변해 버린 아나테의 몸과 하얀 머리칼이 디오스의 눈을 아프게 찌르고 있었다.

　옷자락을 거머쥔 디오스의 주먹에서 뚝뚝 핏방울이 떨어졌다.

　아나테의 얼굴이 경련을 일으킬 때마다 디오스의 얼굴 또한 파르르 떨리고 있었다.

　라나가 디오스의 손을 잡아주었다.

　"디오스…… 곧 끝날 거예요. 조금만 참아요."

　그러나 디오스의 떨림은 멈추지 않았다. 아나테를 완전히 회복시킬 때까지는 절대 사라지지 않을 고통일 것이다.

　갑자기 토르의 몸에서 강렬한 광채가 솟구쳤다. 커트를 향해 토르가 짧게 외쳤다.

"커트! 코크라의 귀를 막아줘!"

커트가 재빨리 코크라의 귀를 막자, 토르는 코크라와 눈을 마주치며 고개를 끄덕였다. 코크라의 얼굴이 잔뜩 일그러졌다.

"젠장. 아무리 막아도 다 들린다구."

"미안해. 조금 참아. 아나테에게 충격을 줘야 해."

"어쩔 수 없지. 대신 짧게 끝내라."

"그래."

곧 토르의 입에서 사악한 기운과 극성인 사자후가 터져 나왔다. 정신을 맑게 해주는 정대한 소리였으나 아나테와 코크라는 동시에 비명을 질렀다.

"악―!"

토르의 손가락이 번개처럼 아나테의 미간에 내리 꽂혔다.

"칵!"

날카로운 비명과 함께 아나테의 움직임이 완전히 멎었다. 검은 눈동자의 흔들림도 더 이상 없었다.

긴 한숨과 함께 토르가 코크라에게 말을 건넸다.

"됐어, 코크라. 아나테의 전신 혈도를 점혈했다. 수혈을 짚었으니 한동안 잠에서 깨지 못할 거야. 넌 헬나이트로 들어가서 좀 쉬어."

"으으."

코크라는 아나테의 몸에서 떨어져 나와 배배 꼬여 있던 몸을 펴며 고개를 이리저리 흔들었다. 거의 아나테에게 집중된 사자후였으나 코크라도 영향을 받았던 것이다.

장대한 본모습을 회복한 코크라가 미간을 찌푸리며 자신의 볼을 쳤다.

"흐으. 언제 들어도 기분 나쁜 소리야. 지금은 쉴 때가 아니지. 우선, 디오스가 찾아냈다는 방법부터 들어보자. 아나테를 잠재우긴 했지만 불안하다. 드래곤의 힘이란 과연 무섭구나."

"네가 아니었으면 저렇게 상처 하나 없이 아나테를 제압할 수 없었을 거야. 정말 고생했다."

토르의 말에 픽 웃은 코크라가 디오스를 향해 말을 던졌다.

"야, 디오스. 얼굴 좀 풀어. 어서 네가 찾았다는 방법이나 말해봐라. 빨리 검토해야 해."

디오스는 한 걸음 다가가 아직도 치뜨고 있는 아나테의 눈을 조심스럽게 감겨주었다.

코크라에게 휙 고개를 돌린 디오스가 으드득 이를 갈았다.

토르가 재빨리 디오스의 손을 잡았다.

"디오스, 코크라에게 화내는 거야? 그러지 마. 코크라가 얼마나 애썼는데."

"그게 아냐."

디오스는 토르에게 잡힌 손을 뿌리치고는 무서운 눈길로 코크라를 노려보았다.

코크라가 새빨간 혀를 날름거렸다.

"무슨 뜻이냐? 한번 붙어보자는 거냐?"

"아니."

디오스의 눈빛이 차츰 부드럽게 풀려갔다. 아나테의 변한 모습에 엄청난 분노를 느낀 것도 사실이고 혹독하게 아나테를 공격한 코크라에게 원망이 없었던 것도 아니다. 하지만 코크라의 따뜻한 배려를 모를 디오스가 아니었다. 고맙고 고마운데 말로 표현하자니 죽도록 쑥스러울 뿐이었다.

갑자기 디오스가 하얗게 웃음을 지었다.

"코크라, 기대해라."

"뭘?"

"난 아나테의 정신을 반드시 회복시킬 거야. 그리고 다 일러줄 테다. 네가 아나테 몸을 배배 꼬아 감고 혓바닥으로 날름날름 볼을 핥았다고. 아나테가 자기 볼에 침 묻힌 거 알면 굉장히 좋아할 거야. 난 엉덩이 한 번 만졌다고 손목까지 잘릴 뻔했다. 너한테도 아마 엄청난 고마움을 표해줄 거야. 흐흐. 아나테 성격 알지? 너 헬나이트 속에 있을 때 토르한테 훔쳐 내서 똥통에 빠뜨릴지도 몰라. 똥물 속에 봉인시킨다고 길길이 날뛸지도 모르지."

"헉!"

코크라가 몸을 휘청거리자 디오스가 낄낄대며 부축했다. 긴장해서 둘을 바라보던 일행의 얼굴에 그제야 웃음기가 번졌다.

아공간에는 오랜만에 훈훈한 온기와 함께 즐거운 웃음소리가 넘쳐났다.

디오스가 읽어주는 구절들을 음미하며 눈을 감고 있던 코크라가 짝하고 디오스의 등짝을 때렸다.

"잘했어, 디오스! 정말 가능성있겠다!"

디오스가 눈살을 찌푸린 채 물었다. 등짝이 정말 아팠지만 확인이 더 중요했다.

"정말이야?"

짝!

"그럼! 이 대마족 코크라 님의 말을 못 믿겠다는 것이냐?"

이번엔 얼굴이 일그러졌다. 진짜 아프다.

"미, 믿지. 근데 이 펜터그램을 이용한 마법의 핵심은 펜터그램을 그리는 장소와 재료에 있는 것 같은데. 맞아?"

짜악!

"크하하하! 디오스! 대단하구나! 너무 오래되어 나도 잊어버린 방법을 찾아내더니 그 핵심까지 단번에 짚어내는구나! 너, 흑마법에도 재능이 있나 보다!"

디오스의 상체가 휘청 앞으로 움직였다. 코크라가 때린 등짝 때문이다. 아파도 이건 너무 아프다.

"으으, 너 지금 일부러 세게 때리는 거지?"

코크라가 눈을 휘둥그레 떴다.

"무슨 소리! 사나이 중의 사나이 디오스를 대접해 마족의 예의로 칭찬할 뿐이다! 우린 원래 이렇게 치하를 하지."

짜아악—!

시원하고도 날카로운 소리가 다시 울렸다. 이번엔 소리도 진짜 컸다.

"컥!"

마침내 디오스가 등줄기를 오므리며 신음을 토해냈다. 어찌나 세게 맞았는지 심장이 다 벌렁거린다.

"흡. 흡! 이거 마족의 예의라고 했어?"

"그럼! 우리 마족은 이렇게 상대를 칭찬하지!"

짜아아악—!

“커컥!”

“정말 대단하다, 디오스! 넌 정말 사나이야!”

짝! 짜자작!

“커억!”

디오스는 불굴의 의지를 발휘해 이를 악물고 코크라의 포악한 손길을 견뎌냈다. 거짓말이란 걸 뻔히 알지만 분위기상 참아야 할 때였다. 더구나 사나이 중 사나이라지 않는가! 아무리 장난이라도 코크라가 아무한테나 그런 말을 하는 존재가 아니란 것쯤은 디오스도 알고 있었다.

‘으으……! 이번엔 내가! 나도 널 마족 중의 대마족이라고 잔뜩 칭찬해 주마……!’

앞으로 튕겨 나가려는 몸을 간신히 바로 세운 후, 복수의 치하를 해 주려 할 때였다.

코크라의 몸이 갑자기 희미해졌다.

“아……! 아나테 때문에 힘을 너무 썼더니 피곤하네. 나 헬나이트에 들어갈란다. 거기서 얘기하는 게 낫겠다.”

“야, 야, 야! 코크라! 넌 마족 중의 대마족……!”

부웅.

너무 급해 말도 다 못 끝낸 디오스의 일격이 세차게 떨어졌으나 허공을 긋고 말았다. 이미 코크라의 몸은 헬나이트 안으로 들어가 버렸던 것이다.

“으으……!”

헬나이트를 노려보며 부르르 떠는 디오스를 보며 라나가 깔깔 웃음을 터뜨렸다. 커트와 토르도 박장대소할 수밖에 없었다.

코크라의 점잖은 음성이 헬나이트 안에서 흘러나왔다.

「아, 디오스. 나도 그 점은 잘 알고 있어. 나야 물론 마족 중의 마족, 대마족 코크라 님이시지. 이제 펜터그램을 그릴 장소와 재료에 대해 토론해 보자구.」

"크흑!"

디오스가 털썩 무릎을 꿇었다. 사악한 장난으로는 절대 코크라의 상대가 될 수 없음이었다.

혼돈의 슈라임 : *Chapter 64*

혼돈의 슈라임……?"
디오스가 고개를 갸웃거렸다.

처음 듣는 지명이었던 것이다. 라나도 모르는 듯 의아한 표정을 짓고 있었다.

토르와 커트만이 코크라의 말에 고개를 끄덕이고 있었다.

커트가 디오스와 라나에게 설명을 해주었다.

"혼돈의 슈라임은 옥스칼토네 대륙의 성지 중 가장 오래된 곳이지. 지금은 거의 잊혀졌으니 너희가 모를 법도 하지."

"그곳이 가장 성스러운 기운과 가장 사악한 기운이 동시에 모인 곳인가?"

디오스의 말에 커트가 고개를 끄덕였다.

"맞네. 옥스칼토네 대륙에서 데바와 사트바 신을 모시기 전, 고대의 신을 떠받들던 성지일세. 이젠 폐허라고 보는 게 맞겠지만. 신이며 동시에 악마이기도 했다는 묘한 신이지. 자네가 말한 조건에 딱 들어맞는 곳이야. 과연 코크라군. 나도 그 생각은 하지 못했는데.”

헬나이트 안에서 웃음소리가 흘러나왔다.

「크크. 오래 살면 느는 건 경험과 지혜니까.」

디오스가 불퉁거렸다.

“흥! 사악한 쪽으로만 발달했겠지.”

「디오스, 난 마족이니 그건 당연한 거야. 크크. 칭찬 고맙다.」

디오스가 삐죽 입을 내밀었다. 말로는 도대체 상대가 안 된다. 힘은 더 말할 나위도 없을 테고.

웃음을 짓던 라나가 코크라에게 물었다.

“코크라, 그럼 펜터그램을 그리는 재료는요? 재료도 성스러운 기운과 마기를 동시에 갖고 있어야 한다는 조건이 붙잖아요.”

「재료라……. 그건…….」

웬일인지 코크라가 말꼬리를 흐렸다.

“왜 그래요, 코크라? 구하기 어려운 거예요?”

“말만 해! 아무리 어려워도 반드시 구해오고야 말 테다!”

라나와 디오스가 동시에 말하는데도 코크라는 더 이상 말을 하지 않았다. 커트가 묵묵히 토르의 얼굴을 보고 있었다.

토르가 갑자기 피식 미소를 지었다.

“코크라, 말해.”

「토르…….」

“뭘 걱정하는 거야? 괜찮아, 말해. 내가 말할까?”

짐작한 것이 맞았다는 듯 커트가 천천히 고개를 끄덕였다. 토르를 보는 눈빛이 걱정스럽게 일렁였다.

라나가 커트에게 시선을 돌렸다.

"혹시……?"

무거운 얼굴로 커트가 고개를 끄덕이자 디오스가 버럭 소리를 질렀다.

"또 니들끼리만 알래? 나도 좀 알자구우!"

토르가 빙긋 웃더니 디오스에게 말했다.

"구하는 거 간단하니까 걱정 마, 디오스. 재료는 내 피야. 내 피가 딱이지."

"뭐?"

"성스러운 기운과 마기를 동시에 갖고 있어야 한다……. 내가 곤에게 배운 무공은 대단히 정대한 거야. 성스럽다고 할 수 있지. 내가 익힌 마법들은 대부분 살육을 위한 공격 마법들이고. 원래 레드 드래곤의 존재도 사악한 쪽에 가까우니까. 난 분명히 그 조건에 맞아. 두 기운을 동시에 갖고 있어. 그러니까 내 피가 딱이야. 멀리서 찾아올 것도 없어."

헬나이트 안에서 코크라의 음성이 무겁게 흘러나왔다.

「토르, 펜터그램을 그린다는 건 원시적 마법이긴 해도 무서운 집중력과 원념을 필요로 한다. 더구나 상대는 신이며 악마라는 고대의 신이야. 이젠 그 신의 이름도 잊혀졌다. 그가 원하는 피가 얼마나 될는지 알 수가 없다. 그를 깨우기 위한 피의 양은 알 수가 없지 않냐. 아직 좀 더 연구를 해야 해. 꼭 네 피가 아니더라도…….」

"아니."

토르는 코크라의 말을 잘랐다.

"내 피가 맞아. 친구를 원상태로 돌리기 위한 마법이다. 내 피로 가능하다면 얼마든지 써야지. 더 말하지 마."

"토르!"

디오스와 라나가 동시에 소리쳤으나 토르는 몸을 일으켰다. 단호한 손짓이 이어졌다.

"너희라면 어떻게 할래? 내가 아나테 같은 상태인데, 너희 피가 필요하다면 망설일 거냐?"

디오스와 라나를 타는 듯한 눈으로 바라보던 토르는 빙긋 미소를 지었다.

"잘된 거야. 우로보스 놈은 별로 죽이고 싶지 않았거든. 냉정한 놈이긴 하지만 나랑 꽤 잘 지냈어. 로드 자리가 탐나 눈이 뒤집힌 모양인데, 근본은 괜찮은 놈이었다구. 우로보스를 죽이지 않고도 아나테를 구하게 되었으니 다행이지 뭐."

코크라의 음성이 다시 울렸다.

「토르, 신중하게 생각해라. 곤에게도 써야 할 거 아니냐. 네가 아무리 인간의 한계를 뛰어넘은 인간이라 해도 인간의 몸인 건 변하지 않아. 피가 모자라면 누구나 죽는다. 그건 변하지 않는 진리야.」

"곤에겐 불가능할지도 몰라. 곤의 의식을 지배하는 건 로드 카이서스니까. 하지만 피할 수 없는 상대지."

주먹을 불끈 쥐었던 토르는 갑자기 헬나이트의 검신을 다정하게 쓰다듬었다.

「왜 그래? 징그럽다.」

"코크라, 너무 걱정하지 마. 피가 모자랄 일은 없을 거야. 나는 오히려 기회가 왔다고 생각해."

「기회? 무슨 기회?」

"후후. 너도 꽤 둔할 때가 있구나. 정말 생각 못한 모양이네."

「뭔 말이냐?」

"잊었어? 이 펜터그램 마법은 영혼의 봉인을 푸는 마법이야. 너도 풀려날 수 있어. 헬나이트에서."

「뭣?」

헬나이트가 부르르 스스로 떨었다. 검이 떠는 게 아니라 코크라가 떠는 것이리라. 천 년의 봉인이 풀릴 수도 있다는 말은 코크라에게 엄청난 충격으로 다가왔던 것이다.

「저, 정말이냐?」

코크라의 음성은 그답지 않게 가늘게 떨리기까지 했다.

토르는 헬나이트를 보며 부드러운 미소를 지었다.

언젠간 반드시 헬나이트에서 코크라를 해방시켜 주고 싶었던 토르였다. 그 기회가 생각보다 빨리 온 것에 토르 자신조차 놀라고 있었다.

'코크라…… 너 정말 많이 변했구나…….'

디오스에게 똑같은 말을 들으면서도 펜터그램 마법이 자신을 헬나이트에서 해방시킬 수도 있는 방법이란 걸 생각도 하지 못한 코크라가 조금 우스웠다. 그리고 고마웠다. 마족임에도 자신의 입장보다는 친구를 먼저 생각한 코크라의 마음이. 아나테를 진심으로 걱정하지 않았다면 디오스의 말을 들으며 자신의 봉인을 해제시킬 수 있는 방법이란 걸 생각 못했을 코크라가 아니었다. 그래서 토르의 음성은 어느 때보다 부드러웠다.

"하하. 내가 너한테 그런 거짓말을 할 놈이야?"

「그, 그건 그렇지만…… 펜터그램을 그릴 때 네 피를 얼마나 써야 반응이 있을지 아직 알 수 없잖아. 이번엔 아나테만 해. 나까지 하려다 잘못해서 피를 너무 많이 쓰게 되면 넌…….」

토르는 헬나이트의 검신을 손가락으로 퉁겼다. 맑은 검명과 함께 헬나이트가 강렬하게 진동했다.

코크라가 소리를 질렀다.

「윽! 무, 무슨 짓이야!」

"자식! 쓸데없는 걱정 하지 마. 아직 할 일이 많아. 그 일들 다 끝낼 때까지는 절대 안 죽어."

지켜보고 있던 디오스가 슬쩍 토르의 허리를 찔렀다.

"토르, 몇 번 더 퉁겨라. 사나이 코크라의 자상한 마음을 진심으로 치하해 주라구. 미족들은 두들겨 패면서 칭찬해 주는 거라잖아."

「디오스, 나 다 듣고 있다.」

코크라가 으르렁거리고 디오스는 낄낄 웃었다. 라나와 커트도 함께 웃음 지었다.

토르도 킥킥거리며 웃다가 낭랑한 목소리로 소리쳤다.

"자, 그럼 혼돈의 슈라임으로 가볼까?"

"아참! 거기가 어딘데?"

디오스의 질문에 토르는 빙긋 웃었다.

"가보면 알아. 멀지 않아."

토르가 몸을 일으키더니 잠든 아나테를 안아 올렸다.

"네가 안아."

아나테를 넘겨주자 엉겹결에 아나테를 받아 안고서 디오스가 물었다.

"지금 이대로 간다고?"

"당연하지."

"뭐 준비할 건……?"

토르는 대답을 하는 대신 빙긋 웃었다. 그리고는 갑자기 손가락을 튕겼다.

딱!

잠든 아나테와 함께 토르 일행이 한꺼번에 아공간에서 사라졌다.

2

바닥에 배를 깐 채 로키가 낮은 목소리로 물었다.

"어찌 된 일로 보이오?"

티바의 목소리가 울렸다.

"쉿! 조금 더 목소리를 낮춰요."

"아, 미안하오. 알겠소이다."

"괜찮아요. 하지만 조심해서 나쁠 건 없지요. 벨키 성 안에 싸움이 있거나 특별한 움직임이 있는 것 같지는 않아요. 성안에 살고 있는 부하에게 연락을 보냈으니까 곧 상황을 보고할 거예요."

"그나저나 놀랍구려. 벨키 성 안에 첩자를 심어놓다니."

티바가 빙긋 웃으며 대답했다.

"사막의 붉은 이리는 전통의 전사 집단이니까요. 드래곤들이 지배하기 전부터 우리 쪽 사람은 벨키에 있었어요."

벨키 성의 외곽에 있는 낮은 둔덕에는 네 사람이 엎드려 있었다. 로키와 티바, 로키의 수하 아르마와 티바의 부하인 자이언트였다. 그들은 드래곤들의 정찰에 들키지 않게끔 둔덕의 관목 아래 그늘에 배를 깐 채 벨키 성에서 연락이 오기를 기다리고 있었다. 벨키 성에 당도했는데도 토르가 싸우는 기척을 발견하지 못하자 대부분의 붉은 이리를 티바가 돌려보냈고 이들 넷만 남아 상황을 살펴보기로 한 것이다.

자이언트와 아르마는 로키와 티바가 엎드려 있는 곳에서 꽤 떨어진 나무 아래에 엎드려 있었다. 디오스를 사이에 두고 티바와 아르마가 하도 신경전을 벌이자 로키가 두 사람을 아예 떼어놓았던 것이다.

티바의 자리를 노리던 매튜스의 간계에 휘말려 손목을 잃은 자이언트였지만 강철 의수를 부착한 뒤 전보다 더한 위용을 발휘하고 있었다. 티바의 오른팔로 확고한 지위를 굳힌 자이언트였기에 이번 벨키 성 공략의 선발대에도 티바를 호위하고 모습을 드러냈던 참이다.

자이언트가 아르마를 향해 낮은 목소리로 물었다.

"마스터 로키께서는 혹시 결혼을 하셨소이까?"

아르마는 고개를 흔들었다. 냉정한 얼굴에는 그런 걸 왜 묻느냐는 듯한 의혹이 떠올라 있었다.

자이언트가 다시 물었다.

"그럼 혹시 두 사람이 특별한 사이오?"

아르마가 로키와 자신을 번갈아 가리키며 반문했다.

"군단장님과 저요?"

자이언트가 고개를 끄덕였다.

"하!"

어이없다는 듯 코웃음을 친 후 아르마가 고개를 저었다.

"당치도 않아요. 우리 둘만 티폰까지 왔다고 우리 둘이 무슨 특별한 관계라도 되는 줄 알아요? 그럼 수하들을 다 돌려보내고 이리 왕과 함께 남은 당신은 이리 왕과 특별한 사이인가요?"

자이언트의 두꺼운 입술이 슬쩍 위로 올라갔다.

"물론 아니오. 확인해 보고 싶었을 뿐이오."

"뭘 확인해요?"

자이언트는 그 두터운 입술로 로키와 티바를 가리켰다. 목소리를 낮춰 대화를 나누고 있는 로키와 티바는 언뜻 보기에 참으로 다정스러운 모습을 연출하고 있었다.

"잘 어울리는 한 쌍 아니오?"

자이언트의 말에 아르마가 눈을 반짝였다. 어차피 벨키 성에서 연락이 오기 전까지는 할 일도 없었던 차라 사랑의 경쟁자 티바를 로키와 연결시킬 수도 있다는 생각이 들자 여러 가지 방법들이 한꺼번에 떠올랐다.

아르마는 의미심장한 눈으로 자이언트를 바라보았다. 자이언트는 덩치에 어울리지 않는 깊은 눈으로 아르마에게 미소를 보냈다.

"당신도 바라는 바 아니오?"

"물론이죠."

"아마 임페라토르는 아직 오지 않았거나 전투를 시작하시지 않은 모양이오. 시간은 충분하외다."

"그렇군요."

같은 목적을 가진 동료임을 확인한 아르마와 자이언트가 눈을 가늘게 뜨고 의미심장한 웃음을 주고받았다. 둘은 곧 낮은 목소리로 소곤거리기 시작했다.

3

시아아아아—

날카로운 바람 소리가 귀청을 파고들었다.

사방에 솟은 칼날 같은 바위 조각들이 지옥을 표현한 조각상처럼 시야를 압박했다. 발밑은 까마득한 절벽이었다.

정신을 잃은 채 축 늘어진 아나테를 꼭 끌어안고 서서 디오스가 주위를 두리번거렸다.

"어? 여긴!"

"어딘지 알겠어?"

토르의 말에 디오스가 목소리를 높였다.

"당연하지! 여긴 티폰이잖아. 이 산줄기를 넘어가면 펠바레트고. 이쪽은 지형이 워낙 지랄 같아서 사람들이 거의 안 다니는데……. 여기가 혼돈의 슈라임이라고? 그런 말은 들어본 적이 없는데?"

커트가 디오스의 어깨를 짚었다.

"혼돈의 슈라임이 맞네. 정확하게 말하면 혼돈의 슈라임은 이곳의 땅속에 있지. 이 밑에 던전이 있다네. 인간들은 그 존재를 거의 모르겠지. 발견했더라도 폐광 정도로 인지하고 있을 걸세. 티폰은 예로부터 철광석의 산지로 이름이 높은 곳이니까. 실제 이 근처에 광산도 많이 있지 않은가."

"그럼 이 아래로 내려가야 하는 건가?"

까마득한 절벽을 내려다보며 디오스가 묻자 커트는 고개를 가로저었다.

"그건 아닐세. 이 절벽의 중간쯤에 오래된 동혈이 하나 있지. 그곳이 혼돈의 슈라임으로 가는 입구일세."

"던전이라면 위험한 함정이 있는 그런 곳 아냐?"

불안한 듯 디오스가 묻자 토르가 가벼운 웃음을 지었다.

"그렇지는 않아. 이곳은 성지로 활발했을 때에도 비밀의 장소였을걸? 함정 같은 건 없을 거야."

"장담할 수는 없을 것입니다. 지형상 몬스터들이 모여 있을지도 모르겠군요."

커트의 말에 토르는 픽 웃었다.

"몬스터? 이 중에 몬스터 따윌 두려워하는 놈이 어딨어? 라나만 가도 몬스터 정도는 다 잡아 죽일 수 있을걸?"

라나가 잔잔히 웃으며 토르의 팔을 잡았다.

"그 말이 절 무시하는 말씀인 거 아세요?"

"하하. 그런가? 하지만 우리 중에 있으니 네가 제일 약하지, 너 혼자만 있어도 해방군의 기사들쯤은 다 상대할 수 있을 거야."

"로키가 들으면 땅을 치겠군."

"그래 봐야 제놈 손만 아픈 거지 뭐. 슬슬 내려가자."

소풍이라도 온 듯 가볍게 말한 토르는 훌쩍 한 발을 내디뎠다. 절벽의 허공에 둥둥 뜬 채 토르가 일행에게 말했다.

"다들 내려가자구. 서두르는 게 좋아. 지금 이 시간에도 곤은 드래곤 나이트인 채 카이서스의 지배를 받고 있다구."

"그러자."

디오스가 토르의 말을 따라 플라이 마법을 시전했다. 라나도 디오스를 따라 옆에 섰다. 커트마저 허공에 올라서자 토르의 몸이 스르르 절 벽 아래로 내려서기 시작했다.

밑으로 내려가는 토르의 머리를 보며 커트는 살짝 미간을 찌푸렸다. 디오스나 라나가 걱정할까 봐 표를 내지는 않았지만 커트는 왠지 토르의 태도가 불안했다. 너무 여유가 만만한 토르의 모습에는 조금의 긴장감도 느껴지지 않았던 것이다.

'왜 저러는 것일까? 꼭 죽음을 앞둔 사람처럼. 너무 담담해.'

커트는 친구를 위해서는 물불을 가리지 않는 토르의 성격을 잘 알고 있었다. 그러기에 더 불안한지도 몰랐다.

'잘 지켜봐야겠어. 어딘지 평소완 달라.'

깊은 시선으로 토르를 지켜보다 커트도 절벽으로 내려가기 시작했다.

동굴의 입구에 내려선 토르가 손가락을 팅기자 일행의 앞에 밝은 광채가 일어났다. 가벼운 라이트 마법으로 시야를 밝힌 토르는 뒤를 돌아보았다. 아나테를 안은 디오스와 라나, 커트를 보며 토르는 살짝 미소를 띠었다. 토르의 시선은 수혈을 제압당해 디오스에게 안겨 있는 아나테를 향하고 있었다.

'아나테, 디오스 덕분에 널 회복시켜 줄 방법을 찾았어. 다른 친구들한테는 말하지 않았지만 나도 사실 펜터그램을 그릴 때 내 피가 얼마나 필요할지는 모르겠어. 생각보다 많이 내 피를 써야 할지도 모르지. 하지만 얼마나 내 피를 써야 하든 반드시 널 낫게 해줄게. 걱정하지 마.'

"그럼 가자구."

명랑하게 말하고 고개를 돌리는 토르의 얼굴은 무섭게 굳어 있었다. 선두에 선지라 아무도 얼굴을 볼 수 없는 그곳에서 결의에 가득 찬 시선으로 동굴을 바라보았다.

'아나테, 곤! 목숨을 걸어도 좋아! 드래곤들의 손아귀에서 반드시 해방시켜 줄게. 너희를 자유롭게 해줄 거야!'

토르의 걸음을 따라 허공에 밝혀둔 라이트가 앞으로 움직이기 시작했다.

한참을 걸어가도 위험이 나타나지 않자 라나가 슬쩍 토르의 옆으로 다가왔다. 오랜만에 시간을 가져보라고 디오스가 슬쩍 허리를 찔러준 탓도 있었지만 라나도 토르와 이야기를 나누고 싶었다. 카이서스에게 조종당한 곤에게 상처를 입은 후, 처음으로 토르와 함께하는 소중한 시간이었던 것이다.

"토르, 디오스가 찾아낸 마법 말이에요."

"응."

토르는 라나가 옆으로 다가오는 것을 느끼자마자 재빨리 평온한 안색으로 돌아간 채 담담한 목소리로 대답했다. 눈은 여전히 동굴의 곳곳을 주의 깊게 살펴보고 있었지만 라나를 향한 웃음은 따뜻했다. 라나는 토르에게 말을 하다 말고 홀린 듯 그 웃음을 바라보았다. 참으로 섹시한 웃음이었다. 따뜻한 배려가 느껴지면서도 강인함이 느껴지는.

말을 하다 말고 멍하니 자신의 얼굴을 보는 라나에게 토르가 물었다.

"말을 해. 내 얼굴에 뭐 묻었어?"

'바보.'

라나는 토르를 잠시 외면하고 한숨을 쉰 후 고개를 돌렸다.

"펜터그램을 그리는 마법이 아나테의 영혼 봉인을 깰 수 있다는 건 확실한 건가요?"

"거의."

"거의라는 건 확신할 수 없다는 거잖아요."

"아니. 내가 거의라고 한 건 방법에 대한 확신이 없기 때문이 아니야. 커트가 말한 대로, 신이면서 악마였던 그 고대의 신이 펜터그램에 화답할지 확신할 수가 없다는 뜻이지. 방법으로만 보면 맞아. 아주 정확한 원리에 근거한 거지."

"구체적으로 어떤 원리인데요?"

"너도 마법을 배울 때 펜터그램을 공부한 적은 있지?"

"예. 워낙 오래된 마법이라 개략적인 것만 배웠지만요."

"그거면 충분해."

토르의 눈은 궁금한 것을 마구 물어보던 토르에게 자상하게 대답해주곤 하던 곤의 눈빛을 하고 있었다. 토르는 거의 의식하고 있지 못했지만 성인의 몸을 갖게 된 후, 토르의 모습은 예전의 곤과 거의 흡사했다. 매사에 주의 깊게 행동하고 배려를 잃지 않으면서도 자신의 원칙만은 철저하게 고수하던 곤의 그 모습이었다.

"라나, 펜터그램은 원래 흑마법을 익히는 마법사들이 마족이나 마신을 소환하기 위해 마법에 도입된 거잖아."

"그건 저도 알아요."

"디오스가 찾아낸 그 마법서에 쓰인 방법은 펜터그램을 그려 신을 소환하는 것뿐 아니라, 영혼을 봉인하는 방법과 그 봉인을 해제하는 방법이 적혀 있었어. 소환과 봉인은 그렇게 다르지 않아. 원리상 비슷하다고 봐야겠지. 봉인하는 방법을 역으로 사용한 게 봉인을 해제하는 것이고. 다만, 영혼 봉인과 해제를 위해 신성한 기운과 사악한 기운을 동시에 이용해야 한다는 게 새로웠을 뿐이야. 그건 아주 기발한 발상이었거든.”

“어떤 면에서요?”

동굴의 굽이를 돌며 전방을 확인한 토르가 빙긋 미소를 지었다. 호기심을 풀기 위해 계속 질문을 하는 라나의 모습이 친근했기 때문이다. 그것은 아이였을 적의 자신의 모습이었다.

“펜터그램은 원래 흑마법에서 출발한 거야. 아주 고대의 마법이지. 마족을 소환하는 것에 한정되어 사용되었고. 그런데, 그 책을 쓴 마법사는 펜터그램을 이용해 신을 소환하는 마법을 생각한 거야. 이건 무척 기발한 거거든.”

“그럼…….”

라나는 잠시 뜸을 들였다가 낮은 목소리로 물었다.

“피를 얼마나 써야 하는 건지는 토르도 정말 모르는 건가요?”

라나가 진짜 묻고 싶었던 것은 바로 이것이었다. 토르의 명랑한 모습이 과장된 것이라 느꼈던 이는 커트만이 아니었던 것이다.

토르의 입가에 미소가 떠올랐다.

“다 왔다. 저곳이 바로 혼돈의 슈라임이야.”

토르는 자신이 가리킨 동굴 광장으로 얼른 몸을 날렸다.

라나는 서둘러 앞으로 달려가는 토르를 바라보며 눈살을 찌푸렸다. 불안스럽게 눈동자가 흔들리고 있었다.

‘말을 피하고 있어……. 좋지 않아…….’

토르가 밝힌 불빛이 동굴 광장의 곳곳을 밝히고 있었다. 제단처럼 보이는 넓적한 바위가 전면의 벽에 바싹 놓여 있는 것 외에는 아무런 인위적 손길도 보이지 않는 곳이었다.

그때 헬나이트에서 코크라가 갑자기 튀어나왔다.

"큭! 정말 견디기 힘들군."

디오스가 옆에 내려선 코크라를 보며 의아한 듯 물었다.

"왜 그래?"

"마족에게는 너무 치명적인 기운이야. 아주 조금밖에 남지 않았는데도 이 정도라니……."

"그럼 이곳이 맞는 건가?"

"그래. 이곳이 바로 혼돈의 슈라임이다."

"전혀 성지처럼 보이지 않는걸?"

주위를 두리번거리던 디오스가 툴툴거렸다. 코크라가 질겁할 정도라면 뭔가 그럴듯한 게 보여야 할 텐데 전혀 그런 게 없었던 것이다. 그냥 맨땅이었다.

"흐흐. 눈이 있어도 보지 못하니……. 끌끌."

"뭐야? 나 무시하는 거냐?"

"커트랑 라나를 봐라. 쟤네는 알아보잖아. 네 마법 실력이 역시 제일 떨어져. 쯧쯧."

코크라의 말에 고개를 돌려보니 커트와 라나는 정말 홀린 듯한 얼굴로 놀라움을 표하고 있었다.

디오스가 이맛살을 찡그렸다.

"젠장……!"

"보이게 해주랴?"

"정말?"

금방 얼굴을 펴는 디오스에게 코크라는 혀를 차주었다.

"쯧쯧. 사내자식이 진중하지 못하기는……."

"야, 너!"

"에이, 관두자. 네가 그런 게 한두 번이냐? 옜다."

코크라의 손톱이 디오스의 양 눈썹 위를 휙 긋고 지나갔다. 그러자 갑자기 디오스의 시야가 달라졌다. 그전까지는 토르가 밝힌 불빛에 비친 푸석푸석 마른 맨땅만 보였는데 이젠 아니었다. 밝은 황금 빛과 칙칙한 검은 빛이 묘하게 어울려 바닥에 깔려 있는 게 디오스의 눈에도 분명히 보였던 것이다.

그때 코크라의 음성이 다시 울렸다.

"보이지?"

"어. 근데……."

"뭐가 보이긴 하는데 그게 뭔지 모르겠지? 쯧쯧."

디오스는 코크라를 노려보았다.

"그냥 좀 가르쳐 주면 어디 덧나냐? 왜 꼭 빈정대는 거야?"

"내가 달리 미족이겠냐?"

"흐……."

발끈할 것 같던 디오스가 갑자기 진지한 얼굴로 물었다.

"저 기운이 성스러운 기운과 사악한 기운인 거야? 난 왜 아무것도 안 느껴지지?"

"아니, 웬일이냐? 이렇게 순순히 모르는 걸 인정하다니."

"장난칠 때가 아니잖아. 코크라, 나 심각해. 황금색 빛이 성스러운 기운인 거겠지? 근데 왜 나만 못 느끼는 거야?"

코크라는 코를 만지더니 눈살을 찌푸렸다.

"네가 그렇게 나오니 긴장이 안 풀리잖아. 분위기 좀 풀려고 했더니. 에휴."

툴툴대던 코크라는 바닥을 고르고 있는 토르를 가리켰다.

"저곳에 저렇게 서 있을 수 있는 놈은 아마 저놈밖에 없을 거야. 성스러운 기운과 사악한 기운을 동시에 지니고 있으니 저기 서 있을 수 있는 거지. 커트나 라나도 저곳에 서면 마기 때문에 버티지 못할 거다. 예민하게 단련한 자가 아니면 느낄 수 없지만 섣불리 들어가면 죽음밖에 남지 않아. 너도 예외가 아니다. 넌 저 기운들을 느낄 정도로 마법 수련을 쌓은 게 아니라 못 느끼는 거야."

"아직…… 내 실력은 그 정도인 건가?"

"그래. 고비를 넘어야 하는데 아직 만나지 못했지."

그때 토르가 몸을 돌렸다. 땅을 다 고르고 뭔가 생각하더니 끌끌 혀를 차며 일행을 돌아보았던 것이다.

"코크라, 그 책 좀 읽어봐. 우선 땅에다 먼저 그림을 그려야겠는데…… 펜터그램 정확하게 그리는 법이 기억 안 난다."

"그 책에도 안 나와 있는데?"

"뭐? 너 혹시 기억 안 나냐? 정오각형 그리는 법 말이야. 나도 펜터그램을 그려본 적은 없거든."

"이런 대책없는 놈을 봤나! 그것도 생각 안 하고 이렇게 서둘러 왔나?"

"까먹을 수도 있다는 건 생각 못했거든. 나 아무래도 잊어먹었나 봐."

으쓱 어깨를 치켜드는 토르의 눈은 웃음을 담고 있었다. 그 눈에는 코크라를 향한 단단한 신뢰가 담겨 있었다.

"하! 야! 나도 모르고 있으면 어쩌려고 그랬어? 답답한 놈!"

"네가 모를 리가 없잖아. 초기 흑마법에서 사용한 게 펜터그램인데."

코크라는 혀를 차고는 토르에게 소리쳤다.

"우선 슈라임의 중심에 정확한 원을 그려!"

"정확한 원?"

"에잇! 내가 하고 만다! 너 거기 가만있어!"

코크라가 갑자기 손가락을 움직였다. 그러자 토르의 머리맡 허공에 매끈한 원이 모습을 나타냈다.

코크라의 손가락이 바닥을 향하자 동그란 원은 토르를 가운데에 둔 채 서서히 바닥으로 내려앉기 시작했다.

장난치듯 소리친 것과는 달리 코크라의 눈이 심각하게 빛나고 있었다.

작은 소음과 함께 코크라가 허공에 그린 원이 바닥을 파고들었다. 너무도 매끈하게 파인 원이라 디오스와 커트가 감탄성을 내뱉었다.

"굉장하다!"

"흐흐. 마족만이 그릴 수 있는 완벽한 원이지."

그때 토르가 손을 흔들었다.

"잘했어! 아예 땅에 그리는 건 네가 다 해라!"

"칫!"

투덜대는 것과는 달리 코크라의 눈은 미동도 하지 않았다. 완전히 뿌리라도 박힌 듯 꼼짝도 하지 않으면서 손가락만 움직이기 시작했다.

슥, 슥슥.

코크라의 손가락이 움직이자 원의 둘레에 다섯 개의 선이 그어졌다.

선과 원이 만난 다섯 개의 점을 연결하자 삽시간에 정오각형이 원 안
에 나타났다.

그때 디오스가 고개를 갸웃거렸다.

"응? 펜터그램은 별 모양 아니야?"

코크라가 디오스는 돌아보지도 않은 채 콧김을 불었다.

"무식한 놈! 좀만 기다려라."

다시 손가락이 움직였다.

슥슥.

정오각형의 꼭짓점들을 대각선으로 연결하자 디오스가 말한 대로
선명한 별 모양이 모습을 드러냈다.

"와! 진짜 신기하네!"

"신기할 것도 많다."

어려운 부분은 끝난 듯 코크라가 인상을 펴며 손을 휘저었다. 코크
라의 손길을 따라 정오각형의 변들이 사라지자 토르가 원 안의 별 중
심에 서 있었다.

"이제 다 된 거야?"

디오스가 묻자 코크라는 고개를 저었다.

"일반적인 펜터그램이라면 완성이지만 우리가 그려야 할 건 이게 아
니야. 별 속에 거꾸로 된 별을 하나 더 그려야 한다."

"어? 그럼 미리 작은 걸 그리고 큰 걸 그리는 게 낫잖아?"

"보기나 해라. 이건 쉬우니까."

그때 토르의 웃음소리가 들렸다.

"하하. 이건 나도 할 수 있어. 수고했다, 코크라."

토르의 몸이 가볍게 허공으로 떠올랐다. 토르가 몸을 띄운 별의 중

심은 또 하나의 정오각형 모양이었다. 각 꼭짓점을 연결하자 거꾸로 선 모양의 별이 모습을 드러냈다.

"어? 진짜 신기하네?"

디오스가 감탄하자 코크라가 흐흐 웃었다.

"펜터그램의 중심은 언제나 정오각형이야. 끊임없이 안에 거꾸로 된 별을 그릴 수 있지. 그게 펜터그램의 신비 중 일부인 것이지."

"코크라, 나 네가 다시 보인다."

"커흠. 괜히 대마족인 게 아니야."

바닥에 내려선 토르도 코크라를 칭찬했다.

"하하. 잘했어. 과연 코크라야!"

엄지를 치켜든 토르가 슬며시 팔을 휘저었다. 아나테의 몸이 디오스의 품에서 토르의 머리맡으로 날아갔다. 토르가 서 있는 머리 위 허공에 아나테는 똑바로 누웠다.

그때 코크라의 안색이 확 변했다.

"토르! 무슨 짓이냐! 왜 마나 방벽을 치는 거야!"

코크라의 말에 커트와 라나도 알아차린 듯 당황한 얼굴로 소리쳤다.

"토르! 결계를 거두십시오!"

"토르!"

디오스는 어리둥절한 얼굴로 한 걸음 다가서려다 벽에 부딪친 듯 전진을 하지 못하자 그제야 사태를 파악했다. 토르가 자신을 펜터그램 안에 고립시켰던 것이다.

토르는 웃고 있었다.

"거기서 지켜봐. 펜터그램 안에서 뭐가 나올지 모르잖아. 위험할 수도 있어."

코크라가 고함을 질렀다.

"이 자식! 이게 무슨 짓이야! 너 이런 식으로……!"

"걱정 마. 내가 그렇게 쉽게 죽을 놈으로 보여?"

"토르!"

"내가 헷갈릴 수도 있으니까 디오스가 마법서를 꺼내 읽어. 우리 중에 그 악필을 자연스럽게 읽을 수 있는 건 너밖에 없으니까."

디오스의 얼굴이 경련을 일으켰다. 더 이상 다가설 수 없는 결계의 벽에 얼굴을 처박은 채 디오스가 눈을 부릅떴다.

"토르, 너…….."

"걱정 마, 디오스. 나 절대 안 죽어. 약속한다."

디오스의 표정이 여러 번 변해갔다.

라나가 디오스의 팔을 붙들었다.

"디오스! 토르 좀 말려요! 저러면 안 되잖아요!"

디오스의 눈엔 토르의 얼굴만이 가득했다. 토르의 머리 위에 떠 있는 아나테도 순식간에 스쳐 지나갔다. 디오스의 눈살이 파르르 떨렸다. 마침내 디오스의 입술이 움직였다.

"그 말…… 잊지 마……."

"디오스!"

라나가 소리를 질렀으나 디오스는 고개도 돌리지 않았다. 토르를 향한 눈길이 뜨겁게 불타고 있었다.

"더 기다려 방법을 찾자는 건 포기하자는 것과 같지……. 그래, 네 맘 알아. 나라도 그랬을 거야. 하지만 잊지 마, 토르. 네가 죽어서 아나테가 회복되면 아나테가 얼마나 괴로워할지 생각해……. 절대 죽어선 안 돼. 절대……."

"디오스! 당신 정말!"

디오스가 홱 고개를 돌려 라나를 노려보았다.

으드득.

파육음과 함께 디오스의 입가에 붉은 핏물이 배어 나왔다.

"그럼 어떻게 할 건데! 다른 수가 있어? 토르나 나나 아나테가 저 꼴로 있는 걸 계속 보는 게 얼마나 괴로운지 알아? 내 사지를 다 잘라 아나테를 회복시킬 수 있으면 그렇게 할 거야! 하지만 안 된다잖아! 토르 피밖에 안 된다잖아! 해보지도 않고 포기할 수 있을 것 같아? 너라면 토르가 아나테 꼴로 변했을 때 어떻게 할 것 같아? 또 머리로 생각할래? 방법이 안 떠오른다고 계속 생각만 할래? 그럴래?"

라나는 꼼짝도 할 수 없었다. 얼굴에 디오스의 피가 튀는데도 피할 수도 없었다. 부르르 몸을 떨 수밖에 없었다. 폭풍같이 몰아치는 디오스의 말에 라나는 아무런 생각도 할 수 없었다.

디오스는 토르에게 고개를 돌리고는 피를 튀기며 소리쳤다.

"명심해! 죽기 직전까지 피를 뽑아 써도 좋아! 하지만 죽으면 안 돼! 죽을 것 같으면 혼자서 지랄하지 말고 내 피 가져가! 내 피 다 뽑아 먹어도 좋으니까 넌 죽으면 안 돼!"

토르가 빙그레 웃음을 띠었다. 입은 웃고 있었지만 눈은 촉촉하게 젖어 있었다.

"너 죽으면 아나테가 퍽도 좋아하겠다. 그리고 내가 무슨 뱀파이어냐? 피를 먹게?"

"아무튼! 네 피 너무 쓰면 내 피를 너한테 줄게! 혼자 무리하지 마!"

토르의 웃음이 짙어졌다. 그리고 눈에 덮인 물막도 진해졌다.

"한계가 오면 갈게. 어차피 너희는 이 안에 못 들어와. 그래서 결계

를 친 거야. 그리고 제발 흥분 좀 하지 마. 너 지금 너무 앞서 가고 있
는 거야, 디오스.”

“토르! 야 임마!”

“시작한다. 책이나 읽어.”

토르는 그 말을 끝으로 눈을 감았다. 토르의 발밑으로 진한 핏물이
흐르기 시작했다. 스스로 생명이라도 가진 것처럼 붉디붉은 토르의 피
가 코크라가 그어놓은 펜터그램을 따라 움직이기 시작했다.

라나는 차마 볼 수가 없다는 듯 고개를 돌리고 커트의 가슴에 머리
를 박았다. 단단히 라나의 어깨를 끌어안은 채 커트는 타는 듯한 눈으
로 결계 안의 토르를 보고 있었다.

툭.

코크라가 디오스의 어깨를 쳤다. 잔뜩 가라앉은 음성이 흘러나왔다.

“읽어.”

“코크라.”

“틀리게 읽으면 머리통을 두드려 줄 테다. 눈물 닦아.”

“제, 젠장!”

디오스가 이를 악문 채 품속에서 마법서를 꺼내 파라락 책장을 넘겼
다. 하도 들여다보아 먼지 한 올 남지 않은 마법서는 디오스가 책갈피
를 끼워놓은 곳까지 빠른 속도로 책장이 넘어갔다.

“펜터그램을 다 그린 후…….”

코크라의 목소리가 디오스의 귀청에 울렸다.

“아직! 피가 다 안 찼어.”

고개를 들려는 디오스를 코크라가 강하게 막았다.

“안 돼! 넌 책에 집중해! 읽어야 할 때는 내가 말한다!”

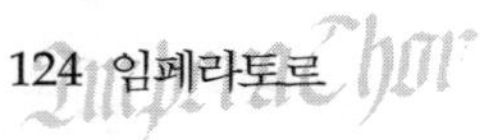

"빌어먹을……."

"한 자도 틀려선 안 돼! 집중해!"

"으……."

꿀꺽 침을 삼키는 소리가 들렸다.

코크라가 그려놓은 원까지 토르의 피가 다 찰 무렵, 코크라의 눈이 번쩍 빛났다.

─토르! 지금이다. 눈을 뜨고 펜터그램의 삼각형 안에 룬 어를 적어! 피는 멈추지 마라!

토르가 눈을 뜨자 코크라가 디오스의 등을 팡 때렸다.

"자! 읽어!"

"좌우 네 방향에 공기와 물, 불과 흙을 놓는다."

토르의 손가락이 움직였다. 손가락 끝에서 핏물이 흘러나와 허공을 갈랐다.

펜터그램을 이루는 다섯 개의 삼각형 중 네 개의 삼각형에 토르의 핏물이 이상한 문자를 만들어갔다. 원과 점, 선으로만 이루어진 기호처럼 보이는 글자였다.

팡!

코크라의 손길에 디오스의 어깨가 들썩였다.

"다음!"

"정상에 신성의 상징을 얹는다."

다시 토르의 핏물이 허공을 갈랐다.

토르의 손이 멎자 코크라의 음성이 울렸다. 점점 목소리가 커지고 있었다.

팡!

“다음!”

“신이며 악마인 신성한 이름을 그대의 영혼으로 새겨 불러라. 자, 잠깐! 우린 이 신의 이름을……!”

“내가 알아! 걱정 마!”

코크라는 디오스에게 소리친 후 토르에게 말했다. 토르만 들을 수 있도록.

―이게 가장 중요하다. 인간이나 엘프들은 잊었지만 우리는 그 이름을 기억하고 있어. 너도 알면서 입에 담지 않은 거지? 나도 감히 입에 담을 수 없다. 이름은 알겠지?

‘알아. 말하지 마.’

토르의 손가락이 천천히 움직였다. 지금은 잊혀진 고대의 문자, 룬어로 다섯 개의 글자를 적어가며 토르는 부르르 몸을 떨었다.

‘아프라삭스……. 과연 응답을 할 것인가…….’

신이며 악마라는 고대의 신.

신의 이름은 아프라삭스였던 것이다. 드래곤이었던 토르도, 대마족인 코크라도 입에 올리기 꺼리는 존재. 신성을 받드는 자에겐 모독의 징표로, 마성을 받드는 자에겐 변절의 징표로 여겨져 완전히 잊혀진 그 이름을 적고서 토르는 부르르 몸을 떨었다.

이미 펜터그램은 토르의 피로 꽉 차 있었다. 짙은 피 냄새가 코를 찔렀다. 참으로 오랜만에 맡는 자신의 피 냄새였다.

그때 코크라의 음성이 들렸다.

―토르, 이제부터 어려운 단계다. 알고 있지?

‘알아.’

―몸을 더 띄워라.

토르의 몸이 스르르 떠올랐다. 머리 위에 떠 있던 아나테의 바로 밑까지 떠오른 후 토르는 펜터그램 안에 그려진 또 하나의 펜터그램을 노려보았다.

—정신을 집중해! 아직 어지럽거나 그렇지는 않냐?

'괜찮아.'

안 괜찮다. 벌써 현기증이 나려 하고 있었다.

하지만 토르는 담담하게 손가락을 움직였다.

펜터그램의 정중앙에 모습을 드러낸 정오각형 안의 또 다른 펜터그램.

거꾸로 선 별 모양의 각 공간에 토르는 꼼꼼히 핏물로 문자를 적어 내려가기 시작했다. 방금 전 쓴 순서와 완전히 반대의 순서였다.

코크라의 목소리가 귀를 울렸다.

—명심해, 토르! 반응이 올 때까지 계속 펜터그램을 그리면서 문자를 써야 한다! 정신을 놓지 마! 새로 그리는 펜터그램은 점점 작아진다! 정신을 집중해야만 해!

'걱정 마.'

토르의 눈이 점점 가늘어지고 있었다.

A tome of this nature is usually guarded magically—
manifesting itself, more often than not, in a protective
or magical trap.

side view
of key

separated view

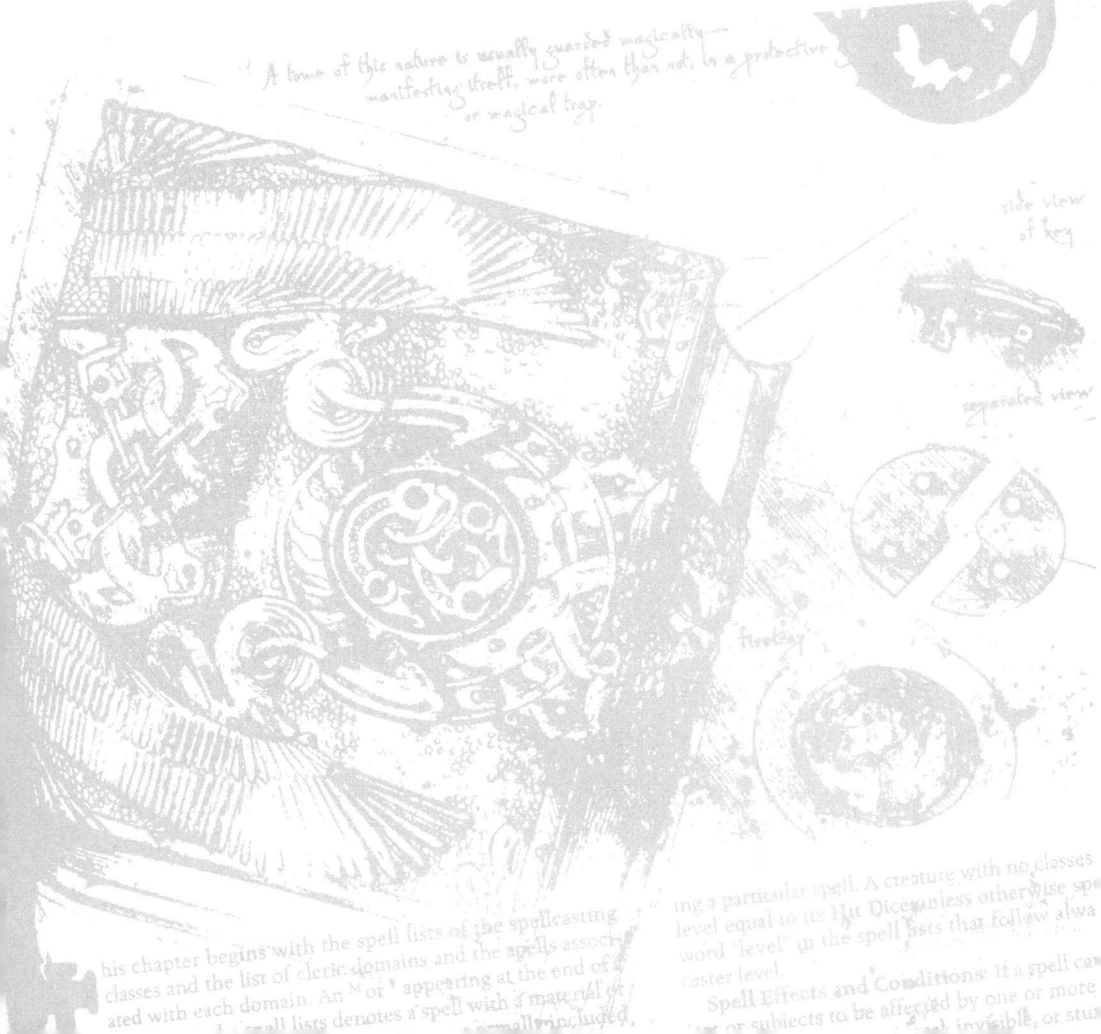

"디오스, 이제부터는 한 글자도 틀려선 안 돼! 잘 불러줘!"

코크라의 음성이 들리자 디오스는 머리를 들어 토르를 보려 했지만 코크라의 커다란 손이 디오스의 머리를 내리눌렀다.

"안 보는 게 좋아! 넌 책을 읽는 데만 집중해! 토르는 네가 불러주는 대로 따라 외쳐야 한다고!"

코크라의 붉은 눈에서 시뻘건 화염이 일렁거렸다.

토르의 얼굴은 언뜻 보기에도 이미 창백하게 질려 있었다. 디오스가 보면 마음이 흔들릴 것이 틀림없었다.

"흐으……."

디오스는 으드득 이를 갈고는 천천히 마법서에 적힌 의식의 주문을 읽기 시작했다. 고개를 들어 토르를 보고 싶었지만 코크라의 말이 맞았다. 토르가 위험한 것을 보면 자신은 평정을 잃고 말 것이 분명했다.

디오스의 목소리를 따라 토르가 낭랑하게 소리치기 시작했다. 음울하게도, 청아하게도 들리는 묘한 목소리였다.

"나는 당신을 믿는 빛의 이름이며 어둠의 이름이다. 빛과 어둠을 동시에 관장하는 당신의 존재를 소환한다."

펜터그램 안의 정오각형은 이제 토르의 손바닥만 한 크기로 작아져 있었다. 계속 펜터그램 안에 거꾸로 선 펜터그램을 그리다 보니 점점 크기가 작아지고 있었던 것이다.

토르의 눈이 마침내 번쩍번쩍 빛나기 시작했다. 곤이 가르쳐 준 심안을 끌어올려 눈동자에서 붉은 빛이 일렁였다. 작아진 펜터그램 안에 미세한 힘 조절을 하며 문자를 적어 넣기 위해 심안을 끌어올렸던 것이다.

디오스가 불러주는 대로 토르는 계속해서 주문을 외쳤다.

"이 영원한 빛과 어둠의 의식에 당신도 참여해 주시오. 나는 신성한 빛과 어둠의 능력으로 영원한 광명과 암흑에 봉사하겠소. 우리는 지금 영원한 빛과 어둠, 시간과 공간을 뛰어넘을 것이오. 오시오! 그리하여 나의 신성하고도 사악한 의식의 증인이 되어주시오!"

토르의 목소리에 동굴 광장이 웅웅 몸서리를 쳤다.

커트가 지그시 이를 물었다. 창백한 얼굴로 주문을 외던 토르가 서서히 손을 떨고 있는 것을 발견했던 것이다.

경련을 막으려는 듯 왼손으로 오른손의 팔목을 잡은 채 토르는 천천히 펜터그램 안에 문자를 적고 있었다. 손가락 끝에서 흘러나오는 핏줄기가 거미줄처럼 가늘게 흘러나오고 있었다.

'토르… 힘을 내십시오.'

라나의 어깨를 안은 팔에 저도 모르게 힘이 들어가고 있었다. 라나는 커트의 가슴에 머리를 기댄 채 토르를 보지도 못하고 있었다.

디오스가 읽어준 주문을 끝까지 외쳐도 펜터그램에서 반응이 없자 토르는 계속해서 주문을 외우며 더 작은 펜터그램을 그리고 더 작은 문자를 적고 있었다. 이제 육안으로 보기엔 펜터그램의 가운데에는 뻘건 피 웅덩이만 고여 있는 것으로 보일 지경이었다.

더 이상 마법서를 읽어줄 필요가 없자 디오스는 눈을 부릅뜨고 토르를 보고 있었다. 꽉 다문 입술이 파르르 떨렸다. 할 수만 있다면 대신해주고 싶었다. 그러나 디오스로서는 할 수 없는 일이었다. 그래서 미칠 것만 같았다. 디오스는 결계의 벽에 쿵 머리를 박았다.

"빌어먹을!"

커트의 가슴에 머리를 기대고 있던 라나는 토르의 목소리가 점점 급박하게 들리기 시작하자 움찔움찔 몸을 떨고 있었다.

보고 싶었지만 무서웠다.

지금 토르가 어떤 모습을 하고 있을지 상상도 하고 싶지 않았다.

'하지만…… 내가 할 수 있는 건 이것밖에 없잖아……'

간신히 용기를 낸 라나가 고개를 돌리려는 찰나 커트의 손이 라나의 얼굴을 막았다.

─안 보는 게 좋을 것 같구나.

커트의 텔레파시를 듣고 라나는 고개를 들어 커트를 바라보았다. 라나와 눈이 마주 친 커트는 안타까운 시선으로 고개를 저었다.

라나의 눈동자가 흔들렸다. 그러나 그녀는 커트의 팔을 붙잡으며 용기를 내어 말했다.

"보겠어요. 여기서 그를 보는 것이 제가 할 수 있는 유일한 응원이
니까요……."

"괴로울 것이다."

"그래도요."

커트가 장탄식을 내뱉고는 손을 거두었다.

라나는 비명이 터지려는 것을 두 손으로 입을 가리며 간신히 막았
다.

'토르!'

손가락에서 미세하게 솟구치고 있는 핏줄기를 빼고도 토르의 전신
에는 땀처럼 핏방울이 솟아오르고 있었다. 온몸이 시뻘겋게 변해 있었
다. 옷마저 피에 젖어 전신에 찰싹 달라붙어 있었고 붉은 머리칼은 핏
방울이 맺혀 검붉게 빛나고 있었다. 토르의 주위에 안개처럼 핏방울들
이 뿌려지고 있었다.

마침내 토르의 음성이 흔들리기 시작했다. 벌써 네 번째 외치는 주
문이었다.

"나는…… 토르! 당신은…… 빛이며 어둠인 아프라삭스! 내 모든 것
을…… 빛과 어둠의 정수에 맡기겠소……! 나는 당신과 하나가 될 것
이며…… 우리의 결합은 광명과 암흑이 기억할 것이오……!"

피를 토하는 심정으로 외우는 주문이었다. 머리맡에 둥둥 떠 있는
아나테를 의식할 때마다 토르는 안타까움과 분노, 회한과 서글픔을 한
꺼번에 느끼고 있었다.

'제발, 제발……! 나도 이제 한계란 말이다! 아프라삭스여! 당신은
정말 소멸한 존재인 것인가? 제발 응답하란 말이야!'

그때였다.

파아아아아—!

토르의 피로 그린 펜터그램에서 붉은 빛이 강렬하게 피어나기 시작했다.

"오오!"

코크라가 소리치는 것이 들린다.

토르는 눈을 빛내며 펜터그램을 바라보고 있었다.

피로 그린 펜터그램들이 광채를 발하며 스으으 허공으로 떠오르기 시작했다. 토르의 발을 지나 허벅지를 거쳐 허리까지 올라온 펜터그램은 토르를 중심에 두고 빙글빙글 돌기 시작했다.

곧이어 엄청난 빛이 솟구쳤다.

커트와 라나, 디오스는 눈이 부서 고개를 숙였지만 코크라는 꼿꼿이 그것을 바라보고 있었다.

—크크. 해냈구나! 방심하지 마!

토르는 코크라의 말에 고개를 끄덕여 대답했다. 토르의 붉은 눈이 냉정하게 빛을 발했다.

펜터그램의 중심이 토르를 살짝 비켜나 북쪽으로 움직였다. 이윽고 펜터그램의 중심에서 머리로 보이는 검은 물체가 서서히 솟구치기 시작했다.

토르가 결계를 쳐 막아놓은 공간에 갑자기 바람이 일기 시작했다. 우르릉 천둥소리가 동굴을 울렸다. 토르의 주위에 안개처럼 일렁이고 있던 핏방울들이 펜터그램에서 솟아나는 존재에게 썰물처럼 빨려들었다.

'우욱!'

토르의 볼이 마구 떨렸다.

전신의 땀방울을 통해 아직도 피가 빨려 들어가고 있었다. 애초에 코크라가 우려한 대로 너무 많은 피를 쓰고 있는 것이다.

시야가 흔들리기 시작했지만 토르는 이를 악물고 참았다.

'여기서 정신을 잃으면 여태까지 애쓴 게 모두 허사가 돼! 정신 차려!'

눈을 깜박이며 시야를 바로잡으려고 안간힘을 쓰는데, 마침내 몸속에서 피가 빠져나가는 것이 멈추었다. 토르는 안도의 숨을 내쉬었다.

"후……."

펜터그램에서 솟아오른 존재는 차츰차츰 제 모습을 드러내고 있었다.

주먹을 쥔 토르의 손이 부르르 떨리고 있었다.

'네가 아프라삭스인가? 데바와 사트바 이전, 광명과 암흑을 동시에 지배했다는 혼돈의 신이?'

그때 토르의 뇌리에 신비로운 음성이 들렸다. 펜터그램에서 솟아오른 존재가 말하는 것이 분명했다.

―대단하군요. 아프라삭스를 소환하다니.

"어?"

토르의 눈이 흔들렸다. 분명 들어본 목소리였다. 한 번 들어본 목소리는 절대 잊지 않는다. 토르의 얼굴이 와락 일그러졌다.

"너는 사트바잖아!"

2

허탈한 얼굴로 토르는 고개를 저었다.

"도대체 어떻게 된 거야? 난 분명히 아프라삭스를 불렀는데…… 왜 당신이 나온 거야? 당신 사트바 맞지?"

―그래요, 토르. 다시 만났군요.

토르는 자신의 머리칼을 마구 헝클어뜨렸다.

"으으! 도대체 어디서 잘못된 거야! 마법서에 쓰인 대로 다 했는데! 왜! 왜!"

―잘못되지 않았어요. 그대의 의식은 훌륭했어요. 그대의 집념과 의지 또한 순수하고 집요했어요. 성스럽고도 사악했어요. 잘못된 게 아니에요.

"뭐가 잘못이 아냐! 아프라삭스가 아니라 네가 나왔잖아!"

흥분한 토르가 삿대질을 하다 비틀거렸다. 기대가 어긋나자 엄청난 피를 소모한 피로가 온몸을 덮쳤던 것이다.

사트바의 음성이 경쾌하게 울렸다.

―호호. 여전히 성격이 급하군요. 그게 그대의 매력이긴 하지만요. 내 말을 잘 생각해 봐요. 난 잘못된 의식이 아니라고 했어요.

토르는 검은 안개 속에 잠긴 아리따운 여인의 얼굴을 바라보며 투덜거렸다.

"전에는 형체는 보여주지 않는다더니 왜 여자 모습으로 나온 거야? 그리고 그게 도대체 무슨 말이야? 아프라삭스를 불렀는데 당신이 나왔으니 실패한 의식인 거잖아."

―한 가지씩 대답하지요. 이번엔 형체를 갖추어야만 했어요. 의식에 따라 소환된 거니까요. 나머지는 이 모습으로 대답해 드리지요.

갑자기 사트바의 몸이 빙글 회전했다. 순식간에 검은 안개가 사라지고 환한 광채가 눈을 부시게 했다. 눈부신 빛 안에는 당당한 체구의 남성이 서 있었다.

토르가 눈을 깜박였다.

"뭐, 뭐야? 이번엔 남자 모습이야?"

토르의 뇌리로 담백한 음성이 들려왔다.

—반갑소, 위대한 존재여. 오랜만이구려.

"왜 갑자기 헷갈리게 하는 거야? 당신 사트바 맞지?"

맑고도 당당한 웃음소리가 들렸다.

—허허. 나는 사트바가 아니오.

"뭐?"

—나는 그대를 위대한 존재라 처음 칭한 존재, 대륙에서 창조신이라 일컫는 데바요.

"뭣!"

빛에 감싸인 데바가 살짝 몸을 틀자 반대편에는 사트바가 서 있는 게 보였다. 그들은 둘이었지만 하나였던 것이다. 데바와 사트바는 한 몸으로 붙어 서 있었다.

"이, 이게……."

당황한 토르가 더듬거리는데 사트바의 음성이 뇌리를 울렸다.

—토르, 언젠가 사트바의 의지로 그대에게 말해주었지요. 데바와 사트바는 둘이지만 하나이고 하나지만 여럿이라고요. 기억하나요?

기억난다.

죽음의 세계에서 사트바를 만났을 때, 데바가 위대한 자라 토르를 칭송한 것에 대해 의견을 묻자 사트바는 그렇게 알 수 없는 말로 대답했던 것이다. 둘이지만 하나고, 하나지만 여럿이라고.

"그럼? 당신들은 실은 한 존재인 거야?"

이번엔 데바의 목소리가 대답했다.

—그렇소. 고대에 우리는 아프라삭스라 불리는 하나의 존재였소. 시간이 흘러 생명의 의지는 빛과 어둠을 구분하고자 하였소. 그 결과 우리의 의지는 둘로 나뉘었소. 빛의 세계는 데바가, 어둠의 세계는 사트바가 관장하게 되었소이다. 그대에게 데바와 사트바의 모습을 함께 보여준 것은 그대의 이해를 돕기 위한 방편일 뿐, 실은 하나의 존재요. 그 하나를 아프라삭스라 일컫는 것이오.

토르가 기쁨에 차 소리쳤다.

"그럼 의식은 실패한 게 아니구나! 나는 아프라삭스를 소환한 게 맞구나!"

—그래요.

사트바의 음성이 뇌리에 울리자 토르는 하하 웃음을 터뜨렸다.

"아하하! 그랬어! 난 잘못하지 않았어! 의식은 잘못된 게 아니었던 거야!"

—처음부터 실패하지 않았다고 말해주었잖아요.

"맞아, 그랬지!"

만세라도 부르는 듯 양팔을 든 토르는 흥이 나서 웃음을 터뜨리다 소리쳤다.

"데바! 아니, 사트바! 아니, 아프라삭스라고 불러야 하나?"

—편한 대로.

"그럼 소환한 게 아프라삭스니까 그렇게 부를게."

—그게 맞소.

데바와 사트바의 목소리가 뒤섞여 묘한 톤으로 토르의 뇌리를 울렸다. 남자의 목소리이기도 하고, 여자의 목소리이기도 한 그것은 선하게도 악하게도 들리는 기묘한 음성이었다.

"좋아, 아프라삭스! 의식은 올바르게 진행되었다. 그러면 이제 내 피의 대가를 치러주어야지! 아나테의 영혼 봉인을 풀어줘!"

―위대한 존재여. 그대의 피는 아프라삭스를 부르는 데 소용되었을 뿐이오. 무언가 목적을 이루고 싶으면 다른 대가를 치러야 하오.

"뭐?"

토르의 얼굴이 딱딱하게 굳었다.

"이봐! 아무리 신이라도 그렇지, 너무하는 거 아냐? 모르는 사이도 아니잖아! 데바야 만난 기억이 나지 않지만 사트바를 만난 건 아직도 생생한데! 데바가 사트바고 사트바가 데바라며? 둘이 하나고 하나 이름이 아프라삭스라며? 아는 사이에 정말 이러기야?"

―이것은 의식이오. 의식에는 절차가 있고 절차를 지배하는 것은 신의 원칙이오. 아무도 그 인과의 고리에서 자유로울 수는 없소이다.

"이런……."

토르는 한숨을 쉬었다.

슬쩍 일행을 바라보는데 정말 가관이다.

코크라는 사트바의 출현에 기겁해 땅바닥에 코를 박고 있었다. 라나와 커트는 데바의 출현에 정중히 무릎을 꿇고 고개를 숙이고 있었다. 디오스 또한 넙죽 엎드려 경복하고 있었다.

어이가 없어 토르는 툴툴거렸다.

"쟤네 왜 저래? 어이! 코크라! 라나! 커트! 디오스!"

아무도 대답이 없다.

─그들의 눈엔 내가 사트바로 보이고 데바로 보일 것이오. 그대와 나의 목소리는 들리지 않으나 나의 존재는 똑똑히 느끼고 있을 것이오.

"뭐야? 내 친구들 눈을 속이고 귀를 막아놓았다는 거야?"

─그들 스스로 나를 그렇게 보는 것일 뿐이오. 그들 스스로 내 목소리를 감히 듣지 못할 뿐이오. 귀를 막은 것도 그들 자신이고 눈을 가린 것도 그들 자신이오.

"그럼 나는?"

─당신이 달리 위대한 존재라 불리는 게 아니외다. 스스로 만든 허상에 움직이지 않는 존재, 구름을 가르는 바람처럼 자유로운 존재, 그것이 바로 위대한 존재 당신이오.

토르는 눈을 반짝이며 아프라삭스를 바라보았다. 데바와 사트바가 하나의 신이었고 아프라삭스였음을 밝힌 이후, 아프라삭스의 몸은 다시 모호하게 흐려 보이고 있었다. 남자로도 보이고 여자로도 보이는 신비한 모습, 선하게도 악하게도 보이는 그런 모습이었다.

"칭찬은 고마워. 그런데 정말 뭔가 대가를 치러야 하는 거야?"

─그렇소. 그것은 피할 수 없는 인과율이오.

"좋아. 뭘 주면 되지?"

─대가를 나에게 정하라는 것이오?

"뭐든 주겠어. 아나테를 제정신으로 돌릴 수만 있다면."

─무엇이든이라……. 참으로 고귀하고도 무모한 말이구려.

선과 악이 뒤섞인 신, 아프라삭스는 신비한 눈으로 토르를 바라보았다.

토르의 심장이 쿵쿵 세차게 뛰기 시작했다.

눈빛만으로도 토르의 가슴을 뛰게 하는 힘이 아프라삭스에게는 있었다. 사트바나 데바와 대화할 때는 느끼지 못했던 무언가가 토르의 심장을 절로 뛰게 했다.

칼루토 호수를 처음 보고 바다라 느꼈을 때와 비슷한 기분이었다. 아프라삭스가 바란다면 마음껏 주고 싶었다. 그것이 무엇이든. 그것이 어떤 희생을 요구하든.

문득, 아프라삭스의 목소리가 들렸다.

―다시 한 번 묻겠소. 정말 무엇이든 주겠소?

토르는 꿈을 꾸는 듯한 눈으로 고개를 끄덕였다.

"응. 진심이야."

―그대의 영혼을 요구해도?

토르는 힘차게 고개를 끄덕였다.

"내가 할 일을 다 할 때까지 기다려만 준다면. 그리고 아나테의 봉인을 풀 때, 곤과 코크라의 봉인도 함께 풀어줘. 그럼 다 줄게. 뭘 원해도 다."

아프라삭스의 바다처럼 깊은 눈이 찬찬히 토르를 바라보았다. 갸우뚱 옆으로 숙인 고개를 하고 아프라삭스는 눈을 빛냈다.

참으로 묘한 느낌이 드는 눈이다. 아름답고도 거칠고, 평온하면서도 광포한 눈이었다.

아프라삭스의 눈이 슬쩍 움직였다. 마치 웃는 것처럼 보였지만 다시 보니 그것도 아니었다. 찬찬한 목소리가 토르의 뇌리에 울렸다.

―대가로 인정하겠소. 하지만 즉시 봉인이 해제되는 건 아나테뿐이오. 코크라와 곤의 봉인은 때가 되어야 풀릴 것이오.

"때?"

―그대도 알다시피 신은 본디 세상에 간섭하지 않소. 신의 간섭을

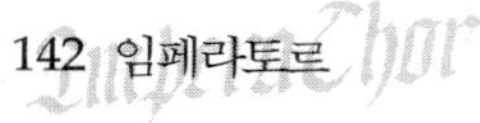

요구하기 위해서는 그만한 대가를 치러야 하는 것이오. 그대의 대가는 합당하오. 하지만 영혼을 바치는 시기를 사명을 마친 후로 미루었으니, 나 역시 지금 봉인을 푸는 대상은 아나테만으로 한정하겠소. 그러나 코크라와 곤의 봉인도 분명히 풀릴 것이오. 그대의 사명을 완수하는 날, 둘의 봉인도 풀릴 거외다. 그 둘의 의지와 그대의 의지가 합치하는 날, 그들의 봉인은 풀릴 것이오.

"좀…… 쉽게 말해주면 안 돼? 안개처럼 모호한 대답이잖아."

─최대한 쉽게 말해준 것이오.

토르는 입맛을 다셨다.

여태까지 만난 어떤 존재보다 매력적인 건 분명한데, 어째 좀 쩐쩐하다.

'내가 시기를 미뤘다고 자기도 미루나? 흐…….'

아프라삭스의 목소리가 즉시 뇌리를 울렸다.

─이것은 계약이오. 펜터그램의 소환은 신성한 것, 계약의 원칙도 마찬가지요. 요구는 대가의 가치에 따라 행하는 것, 그것이 펜터그램 소환의 원칙이오.

토르의 입이 삐죽 튀어나왔다.

"속마음까지 읽을 필요는 없잖아?"

─들으라고 한 말이잖소. 대답하는 게 당연하오.

"하하. 넌 참 묘하게 웃기는구나."

─그대야말로. 아직도 아이 때 심성을 갖고 있으니 그 또한 그대의 위대함이오.

"그럼 계약이 된 건가?"

─그렇소.

"내 영혼은 언제 가져갈 건데?"

—그대가 할 일을 마쳤을 때. 그대의 사명을 다 했을 때. 운명의 해방자로서 스스로 내 존재를 자각했을 때.

"역시 어렵게 말하는구나."

—후회하지 않겠소?

토르는 빙긋 웃음을 지었다. 웃고 있었지만 웃음 한편에 비장함이 숨어 있었다. 그러나 토르는 단호하게 대답했다.

"안 해."

—그대의 영혼은 고귀하오. 그것을 내게 준다 한 것이오. 그런데도?

토르의 비장하고도 냉소적이었던 웃음이 따뜻하게 변했다. 곤과 아나테, 코크라를 떠올리니 자연스럽게 웃음이 변했던 것이다. 그들은 친구였다. 토르에게 가장 소중한 존재인 친구.

"셋 다 지금의 나를 있게 한 친구들이야. 그 친구들을 위해 뭔가 할 수 있다면 아무것도 후회하지 않아."

—보답을 받지 못할 수도 있소.

"보답? 누구에게?"

—당신이 구한 그들로부터. 그리고 세상으로부터.

"으하하! 그런 걸 바라고 하는 게 아니잖아. 내가 그런 놈으로 보여?"

아프라삭스는 갸우뚱 고개를 숙이고 토르의 눈을 바라보았다. 모호하기만 한 눈 속에는 정감인지 냉소인지 모를 묘한 빛이 맴돌고 있었다.

토르는 아프라삭스의 눈이 참으로 섹시하다고 느꼈다. 남자이기도 하고 여자이기도 하고 아무것도 아니기도 하고 모든 것이기도 한 존재. 아프라삭스의 묘한 눈빛은 가슴을 울렁거리게 하는 이상한 힘이 있었다.

"넌 참 이상한 존재구나."

―무엇이 이상하오?

"남자 같기도 여자 같기도, 선한 것 같기도 악한 것 같기도 해. 이상해."

―내가 불완전해 보이오?

토르는 잠시 생각하다 고개를 저었다.

"아니. 넌 멋져."

아프라삭스의 나직한 웃음소리가 토르의 뇌리에 울렸다. 처음 듣는 아프라삭스의 웃음소리는 정말 기묘한 매력을 갖고 있었다. 가슴이 울렁거리고 충만감이 느껴진다. 단지 웃기만 했는데도. 단지.

―후후. 재미있는 대답이었소.

"난 느낀 대로 말했을 뿐이야."

토르의 말에 아프라삭스는 빙그레 웃었다. 하지만 아프라삭스의 멋진 웃음은 순식간에 사라졌다. 다시 엄정한 목소리가 들렸다.

―조금 전 내가 한 말을 잊지 마시오. 그대가 운명의 해방자로서 내 존재를 완전히 자각하게 될 날이 곧 올 것이오. 그날이 오면 그대 앞에 나타나리다. 그때엔 좀 더 멋진 대답을 기대하겠소.

"그게 무슨……?"

―시작하겠소.

아프라삭스는 토르의 말을 끊고 슬쩍 숙이고 있던 고개를 들었다. 그와 동시에 토르의 머리맡에 떠 있던 아나테가 둥둥 뜬 채 펜터그램 안으로 이동했다.

토르는 입을 다물고 아나테를 바라보고만 있었다. 아나테의 몸이 허공에 떠 빙글빙글 돌고 있는 펜터그램의 중앙에 멈추었다.

아프라삭스의 손길이 부드럽게 움직였다. 백발로 변한 아나테의 머리칼을 쓰다듬으며 아프라삭스는 웃는 것처럼 보였다. 화난 것처럼 보였다. 아무 감정 없이 보는 것도 같았다.

아프라삭스의 손이 아나테의 눈을 스치자 아나테가 번쩍 눈을 떴다. 수혈을 짚어놓았지만 아프라삭스는 토르의 점혈술을 너무나 쉽게 깨뜨렸던 것이다.

어떻게 점혈술을 깬 건지 너무나 궁금했지만 토르는 말을 아꼈다. 지금 중요한 건 점혈술 따위가 아니었다. 아나테의 봉인된 영혼이 깨어나냐 마냐가 무엇보다도 중요했다.

아프라삭스의 긴 손가락은 아나테의 눈썹을 스쳐 콧잔등을 지나고 있었다. 까맣게 변한 눈을 뜬 채 아나테는 아무런 저항도 하지 않고 아프라삭스를 바라보고만 있었다. 아프라삭스의 손가락이 아나테의 입술을 살짝 건드렸다. 아나테의 입술이 기다리기라도 한 것처럼 방긋 벌어졌다.

아프라삭스가 손가락을 입에 넣자 아나테는 젖이라도 빨 듯 아프라삭스의 손가락을 물었다. 손가락 사이와 손바닥, 손등과 손목까지 아나테는 차례차례 아프라삭스의 손에 키스했다. 아이가 어미의 품을 그리워하듯, 연인의 손에 정성을 다하듯 아나테의 키스는 은근하고도 부드러웠다.

토르는 저도 모르게 뒤를 돌아보았다. 디오스의 반응이 궁금했던 것이다. 아나테와 키스하는 토르를 얼마나 질투했던 디오스였던가.

"흐……."

토르는 그만 웃고 말았다.

납작 엎드린 디오스는 아직도 고개를 들 생각도 하지 못하고 있었다. 코크라와 커트, 라나도 마찬가지 상태였다.

그때 환한 빛이 느껴졌다. 동시에 음습한 어둠이 느껴졌다. 토르는 휙 고개를 돌렸다.

아프라삭스는 한 손을 아나테의 머리에 얹고 있었다. 아나테가 애무한 바로 그 손이었다. 아프라삭스의 손에서는 신비롭게도 빛과 어둠이 동시에 솟구치고 있었다. 찬란한 빛과 끝없는 어둠이 묘하게 공존하며 아나테의 전신을 감싸고 휘돌았다.

번쩍!

빛과 어둠이 동시에 폭발했다. 그와 함께 피로 그려진 펜터그램이 폭발에 휩싸이며 먼지처럼 소멸해 버렸다. 아프라삭스도 폭발과 함께 희미하게 사라지고 있었다.

아나테의 백발이 폭풍을 만난 듯 펄럭이더니 잔잔하게 가라앉기 시작했다. 허공에 떠 있던 몸이 유영이라도 하듯 천천히 바닥으로 내려앉았다. 토르가 번개같이 달려들어 아나테의 몸을 받아 안았다. 아나테는 눈을 감고 있었다. 평온한 얼굴이었다. 좋은 꿈을 꾸고 있는 듯 입가엔 살며시 미소가 떠올라 있었다.

"아나테……."

토르는 고개를 숙여 아나테의 이마에 키스했다.

그때 아프라삭스의 목소리가 토르의 뇌리에 가늘게 울렸다.

—잊지 마시오. 그대는 나를 자각해야 하오. 데바도, 사트바도 아닌 아프라삭스를. 우리는 그때 다시 만나게 될 것이오.

토르는 고개를 들었다.

'그래. 그리고 그때 나는 너에게 내 영혼을 주게 되겠지.'

"후후."

쓸쓸한 웃음이 맴돌았지만 토르의 웃음은 곧 함박웃음으로 바뀌었다.

"뭐야……?"

아나테가 눈을 뜨고 있었다.

검은 눈자위만 가득한 눈이 아니었다. 흑백이 분명한 아나테만의 눈이었다.

"아나테!"

토르는 아나테를 와락 껴안았다.

아나테는 어리둥절한 얼굴로 눈을 깜박이다가 표정을 굳혔다. 아직 힘이 없는 듯 작은 목소리였지만 분명한 의사표현을 했다.

"어……? 너 누구야……?"

"하하! 아나테!"

토르는 감격에 겨워 아나테의 볼에 얼굴을 마구 비볐다. 아나테의 얼굴이 점점 찌푸려졌다. 날카로운 목소리가 울렸다.

"너 죽을래? 이거 안 놔?"

아이였을 때 토르의 모습만을 기억하는 아나테였다. 토르가 각성을 하고 성인이 된 건 곤과 아나테가 나트판에게 납치된 후였으니까.

토르의 눈에 뿌연 물막이 맺혔다. 영혼을 대가로 주고 되찾은 친구였다. 그의 친구 아나테였다.

"너 누군데 비비적대는 거야? 젠장! 내 몸이 왜 안 움직이는 거야? 뭔 수작을 한 거냐? 너 이 자식! 빨리 안 떨어져!"

이 말투가 너무나 그리웠다. 마구 내뱉는 살기 어린 아나테만의 말투였다. 토르는 미친 듯이 웃으며 아나테를 꽉 끌어안았다.

"하하! 아하하하하! 아나테! 아나테!"

"떨어져, 이 자식아!"

토르의 웃음소리와 아나테의 고함이 묘하게 뒤엉켜 동굴 속을 울렸다.

3

동굴 안은 떠들썩했다.

토르가 마나 결계를 풀자, 디오스가 제일 먼저 달려왔고 커트와 라나, 코크라가 뒤를 따랐다.

그들은 아나테를 둘러싸고 환호작약했고 기쁨의 눈물을 흘렸다. 웃고 울고 껴안고 뒹굴었다. 난리였다.

토르가 아나테의 몸을 풀어주었다. 점혈술은 완전히 풀린 것이 아니었던 것이다. 점혈을 풀자마자 죽일 듯 달려드는 아나테를 끌어안고 토르가 외쳤다.

"나 토르야! 아나테, 나 토르라고!"

"무슨 소리야! 우리 토르가 얼마나 귀엽고 섹시하고 예쁜 아인데! 너도 물론 멋지고 섹시하고 잘생겼긴 하지만 우리 토르가……."

아나테의 목소리가 갑자기 멈추었다. 토르의 얼굴을 꽉 움켜쥔 아나테는 토르의 얼굴을 요리조리 돌리며 뜯어보았다. 붉은 머리칼을 보고 냄새를 맡고 푸른 눈동자를 들여다보고 시원한 콧날을 매만졌다. 아나테의 입이 점점 벌어졌다.

"…맙소사! 토르! 왜 갑자기 이렇게 늙은 거야?"

"늙다니! 이건 그냥 큰 거잖아!"

"늙은 거야! 나의 어여쁜 토르를 돌려줘!"

"지금도 섹시하다며?"

"이익! 디오스, 도대체 어떻게 된 거냐?"

곧이어 아나테의 엄청 빠른 질문과 토르와 디오스의 재빠른 대답이 뒤를 이었다.

코크라가 큭큭 웃음을 지었다.

평소에 아나테에게 확실한 단련을 받은 토르와 디오스는 두서없는 아나테의 질문에 너무나 재빨리 적절한 대답을 하고 있었다.

그러나 곧 코크라의 웃음은 소리없이 지워졌다.

'토르… 아프라삭스와 무슨 말을 나눈 거냐?'

사트바의 기운에 경복해 정신이 없었지만 사트바의 기운이라기엔 어딘가 간지러운 광명의 느낌이 있었다. 전설의 신, 아프라삭스가 나타났던 것이 분명했다.

선과 악을 동시에 관장했던 혼돈의 신.

아프라삭스는 마족도 두려워할 만큼 엄정한 신이었고 알 수 없는 존재였다. 그러나 코크라가 두려운 것은 아프라삭스의 존재가 아니었다. 펜터그램 소환을 당한 아프라삭스가 토르의 피를 소환의 대가로만 인정했는지, 아니면 소망의 대가로까지 인정했는지가 궁금할 뿐이었다.

'토르, 설마 아나테의 영혼 봉인을 풀어주는 대가로 뭔가를 지불한 건 아니겠지?'

마족들이 소망의 대가로 요구하는 것은 거의 다 소환자의 영혼이었

다. 아프라삭스는 어둠의 신이기도 했으므로 영혼을 요구했을 확률이
높았다.

　하지만 토르는 분명히 살아 있었다. 영혼을 빼앗기지는 않은 것이
분명했다. 그런데 대답을 해주지 않는다. 아나테가 깨어나고 난 후 제
일 먼저 물었으나 토르는 그에 대해서는 웃음만을 보낼 뿐이었다.

　'젠장…….'

　답답했다. 코크라는 토르와 아프라삭스가 함께 있는 동안 아무 소리
도 듣지 못했고 아무것도 보지 못했다. 고개를 들 수 없었다. 아프라삭
스의 압도적인 어둠의 힘이 코크라를 꼼짝도 못하게 만들었던 것이다.
토르가 마나 결계를 깰 때까지 코크라는 아무것도 지각할 수 없었다.
그것이 코크라를 불안하게 만들고 있었다.

　고개를 흔들다 커트와 눈이 마주쳤다.

　라나는 디오스와 토르의 대답에 합세해 '전 라나예요' 라고 말해 아
나테를 한 번 더 놀라게 하고 있었지만 커트는 그들과 떨어져 토르를
보다 코크라와 눈을 맞추었던 것이다.

　─커트, 너는 혹시 들었느냐? 토르와 그…… 고대 신의 대화를?

　─듣지 못했소. 광명의 힘에 경의를 표하느라. 코크라 당신도?

　─그렇다.

　─토르에게 여쭈어야겠소.

　─이미 물었다. 말해주지 않더군.

　─그렇다는 건…… 소망의 대가로 뭔가를 지불했다는 말이겠구려.

　─그렇겠지. 그러니 말을 안 하겠지.

　─코크라… 혹시 토르의 영혼을…….

　─그만!

코크라는 붉은 눈을 빛내며 고개를 저었다. 강한 목소리가 커트의 뇌리에 울렸다.

―최악의 가정은 하지 마! 토르는 살아 있어!

―코크라……

―만약 소환된 신이 그것을 요구했다면…… 다른 영혼을 주면 되겠지!

―코크라?

커트가 놀라 코크라를 바라보았다. 토르의 영혼 대신 자신의 영혼이라도 바칠 것처럼 말했기에.

그때, 아나테의 고함이 들렸다.

"뭐, 곤이? 근데 여기서 뭘 하고 있는 거야! 곤부터 찾아야지!"

"아나테, 둘을 함께 찾다가 널 먼저 찾은 거야. 이제 곤을 찾을 차례지. 흥분하지 마."

"디오스! 내가 흥분 안 하게 됐어? 너라면 흥분 안 해? 너라면?"

디오스에게 삿대질을 하다 아나테가 새된 비명을 질렀다. 자신의 손을 보았던 것이다.

"악! 내 손이 왜 이래? 왜 이렇게 까매?"

"저…… 아나테, 까매진 건 손만이 아니거든? 하얘진…… 데도 있어."

디오스가 슬그머니 래피어를 뽑아 아나테의 얼굴을 비춰주자 아나테가 비명을 질렀다.

"악! 악! 이게 뭐야! 이게 뭐야아!"

"아나테…… 까만 피부는 나름대로 섹시한 매력도……"

퍼억!

디오스의 턱이 휘청 올라갔다.

그러나 턱주가리를 강타당하고도 디오스는 실실 웃고만 있었다.

아나테가 그들의 곁으로 돌아왔던 것이다.

4

떠들썩한 소란이 어느새 멈추어 있었다. 토르가 홰홰 손을 저으며 말을 막았기 때문이다. 프로시안에게서 연락이 왔던 것이다.

한 손을 귀에 대고 토르는 심각한 표정으로 고개를 끄덕이고 있었다. 가끔 빠른 말투로 질문도 했다. 잠시 후, 토르가 모두를 향해 입을 열었다. 토르의 표정은 냉정하게 가라앉아 있었다.

"벨키 성으로 가봐야겠다. 이상해."

커트가 고개를 끄덕였다. 프로시안의 말은 듣지 못했지만 토르의 이야기만 듣고도 상황을 대충 파악했던 것이다.

"그래야겠군요. 해방군이 벨키 성을 점령했답니까?"

"응. 우리가 한바탕한 후에 로키가 티바와 함께 벨키 성을 정찰했나 봐. 그때 이미 벨키 성에 블랙 드래곤들은 없었다는군. 붉은 이리들과 로키, 아르마가 벨키 성에 무혈 입성했대. 그 후에 해방군들이 라미아에서 속속 온 모양이고."

라나가 미간을 찌푸리며 말했다.

"블랙 드래곤들이 성을 비운 것처럼 속이고 한꺼번에 우리를 몰살시키려는 건 아닐까요?"

"아닌가 봐. 드로우가 와서 직접 조사를 마쳤대. 블랙 드래곤들은 완전히 사라졌다는군."

디오스가 재빨리 물었다.

"토르, 아까 듣자니 신전 얘기를 묻던데 신전 지하실도 조사했대?"

토르는 디오스와 눈을 마주쳤다. 디오스가 무엇을 생각하고 있는지 토르도 알고 있었다. 벨키 성에 있는 데바 신전의 지하에는 라토시의 본체가 샐레아나와 함께 있었다. 디오스가 묻는 것은 라토시의 행방이었다.

"아니. 나도 그것 때문에 가보려는 거야."

이미 모든 이야기를 다 듣고 머리끝까지 화가 나 있던 아나테가 고함을 질렀다.

"그럼 그 검은 도마뱀 자식들이 없다는 거야? 내 몸을 이렇게 만든 놈이 없다고?"

"응."

토르는 묘하게 가라앉은 눈으로 아나테를 보다가 그녀에게 손짓을 했다.

"아나테, 잠시 할 말이 있는데."

"뭘? 벨키로 간다며? 빨리 해치우고 곤을 구해야지! 한가하게 무슨 얘기야?"

"벨키 성에 가기 전에 반드시 너와 단둘이 할 얘기가 있어."

디오스가 잔뜩 불만스러운 얼굴로 나서려 했지만 토르는 고개를 저었다.

"디오스, 미안해. 이것만은 아나테한테 먼저 말하는 게 옳아. 나중에 아나테가 말해주고 싶으면 말할 거야."

아나테와 동굴 벽을 바라보며 나란히 선 토르는 그녀에게 텔레파시를 보냈다.

―아나테, 방금 얘기한 이름…… 드로우라는 이름 말이야.

아나테가 고개를 끄덕였다.

"그게 뭐?"

―아까 자그레브 이야기를 하며 대충 얘기해 줬지만 드로우는 오올리가 해방군들도 모르게 심복으로 심은 자야. 그런데…….

아나테의 눈썹이 바짝 올라갔다.

"뭔데 그렇게 뜸을 들여?"

―아까도 말했지만…… 난 너와 곤이 죽은 줄 알고 죽음의 세계에도 다녀왔어.

아나테의 얼굴이 갑자기 풀어졌다. 두 눈 가득 정감을 담고서 아나테는 쌩긋 미소를 지었다. 이제는 자신보다 키가 커져 안을 수 없게 된 토르였지만 어깨를 꼭 안고는 볼에 입을 맞추었다.

"그래, 토르. 아까 그 말 들을 때 정말 황홀했어. 귀여운 녀석. 그리고 정말 훌륭해! 내 필생의 숙원을 네가 이루다니. 넌 이미 네크로맨서 마법으로도 날 넘어섰어."

―하지만 말하지 않은 게 있어, 아나테.

"뭔데?"

토르는 깊은 눈으로 아나테의 눈을 응시하며 조용히 말을 전했다.

―아나테, 절대 흥분하지 마. 난 죽음의 세계에 가서 곤과 너만 찾았던 게 아니야. 네가 목숨을 걸고 찾으려 했던 사람도 찾아다녔지.

아나테의 눈이 커졌다. 토르가 누굴 말하는지 너무나 분명하게 깨달

왔던 것이다.

오르스!

그녀의 첫사랑, 그를 살리기 위해 네크로맨서까지 된 아나테였다. 자신도 모르게 목소리가 떨렸다.

"그래서……? 찾았어……?"

토르의 눈빛이 더욱 깊어졌다.

—아니. 그는 죽지 않았어. 죽음의 세계에 오르스는 없었어.

"뭐? 그럴 리가 없어! 내 눈앞에서……."

토르의 손이 아나테의 어깨를 꽉 쥐었다.

—사트바에게 직접 들었어. 그는 죽지 않았어. 그리고…… 난 오올리가 심었다는 드로우라는 소환술사가 오르스가 아닐까 의심하고 있어. 오르스(Orth)와 드로우(Thro)야. 이름을 거꾸로 읽어봐.

아나테의 검은 얼굴이 파르르 떨렸다. 검지만 않았다면 새파랗게 질렸으리라.

—아나테, 네가 그자의 얼굴을 확인해 줘야 해. 그자는 평소에는 철가면을 쓰고 있어. 가면을 벗겨봤자 나는 오르스의 얼굴을 모르니까 목과 양 손목만 확인했어. 처음에는 그자가 오올리가 아닐까 의심했거든. 리치라면 계속 몸이 부패하잖아. 하지만 죽은 몸이 아니었어. 네가 확인해 줘. 그자가 오르스인지 아닌지. 그리고 이참에 오올리를 불러내 후환을 없애자. 드로우는 오올리의 *끄나풀*이니 가능할 거야.

아나테가 멍한 얼굴로 동굴 벽만 보고 있었다. 토르는 무거운 눈으로 아나테를 바라보았다. 오르스가 그녀에게 어떤 존재인지 토르는 잘 알고 있었다. 정신적인 충격이 엄청날 것이다. 그러나 피할 수 없는 일이었다.

'드로우……. 만에 하나 네가 오르스라도 아나테를 일부러 속인 게 아니길 빌 뿐이다……. 그랬다면 넌 정말 용서받지 못할 거야……. 아나테가 용서해도 내가 용서 못한다.'

아나테와 오르스 : *Chapter 66*

텔 레포트를 한 토르 일행은 벨키 성을 바라보고 있었다.

아나테는 토르와 나란히 서서 벨키 성을 조용히 응시하고 있었다. 복잡한 눈빛이었다.

'토르의 말이 진실이라면…… 오르스와 오올리가 한편일 가능성도 있어……. 하지만 왜……? 날 속일 이유는 전혀 없잖아…….'

토르가 아나테의 손을 잡았다. 따스한 손길에 아나테가 고개를 돌렸다.

"아나테, 최악의 가정을 했을 뿐이야. 미리 상심하지는 마. 내가 틀렸을 수도 있어."

"알아."

아나테는 방긋 웃고는 토르의 머리칼을 흩어놓았다.

"갑자기 큰 것도 기분 나쁜데, 이렇게 오빠처럼 굴면 더 징그러워.

넌 나한테 영원히 꼬마 토르야. 알았어?”

“후후. 물론이야.”

“그럼 지금부터 몸을 감출게.”

“그래.”

아나테의 몸이 스르르 사라졌다.

헬나이트 안에 있던 코크라가 말을 걸었다.

―토르, 아나테 일부터 먼저 해결할 생각이냐?

‘함께 해결할 거야. 드로우를 데리고 신전 지하로 간다.’

―오올리도 이참에 불러낼 작정이지?

‘맞아.’

―조심해야 한다. 그자는 죽음을 극복한 마법사, 리치야. 만만한 상대가 아니다.

‘괜찮아. 우리에겐 비밀 병기가 있잖아.’

―아나테?

‘그렇지.’

―흐흐. 아나테에겐 정말 멋진 복수가 되겠군.

‘오올리에 한해서는…….’

―디오스와 커트, 라나는 남겨두고 가자. 오올리와 붙게 되면 셋 다 이용물이 될 수 있어.

‘내 생각도 같아. 블랙 드래곤의 행방을 조사하는 것도 중요하니까. 티바도 와 있다니 디오스가 한몫해 주겠지. 커트와 라나가 벨키 성의 전체 정세를 판단하면 될 거고.’

―토르.

‘왜?’

─아프라삭스와 한 얘기는 정말 안 해줄 거냐?

'나도 잘 모르는 부분이 있어. 때가 되면 이야기하지.'

─언제?

'지금은 아냐, 임마.'

토르는 고개를 돌리며 디오스와 커트, 라나에게 말했다.

"셋이서 벨키 성을 맡아줘. 난 지하로 가볼 테니까."

"또 우릴 떼어놓으려고?"

디오스가 버럭 소리를 질렀으나 토르는 웃으며 고개를 저었다.

"블랙 드래곤이 정말 없는지 확실히 파악하면 되잖아. 확신이 들면 디오스가 길 아니까 같이 내려와!"

이미 모두에게 전음으로 아나테에게 드로우의 정체를 확인시키겠다는 이야기를 한지라 더는 반대하는 소리가 나오지 않았다. 드로우만 데리고 지하로 가겠다는 토르의 계획이 누구를 위한 것인지 알고 있었기 때문에.

2

프로시안과 로키, 아르마, 티바 등과 바삐 인사를 나눈 후 토르는 지하 신전 확인을 위해 도움이 필요하다며 드로우를 찾았다.

프로시안은 토르의 말에 아무 의심 없이 드로우를 붙여주었고 커트에게 벨키 성에 정말 블랙 드래곤들이 없는지 확인을 부탁한 토르는 드로우와 단둘이 데바 신전의 지하로 내려갔다. 물론 그 둘의 뒤에는 모습을 감춘 아나테가 따르고 있었다.

토르가 잠입한 이후, 다시 보수하지 않았는지 무너졌던 지하 계단은 그대로였다. 고개를 돌려 의사를 묻는 드로우에게 토르가 고개를 끄덕였다.

드로우가 훌쩍 뛰어내리자 토르도 따라서 바닥에 내려섰다. 라토시의 본체가 있던 통로를 토르가 턱짓하자 드로우가 앞장을 섰다.

그때 코크라의 목소리가 들렸다.

—토르. 난 이 계획이 좀 걱정된다. 라토시와 샐레아나가 아직도 여기 있으면 어쩔래? 오르스 문제에만 신경 쓸 여유가 없을 거야.

'글쎄……. 라토시와 샐레아나는 여기 없을 확률이 높다고 생각해.'

—왜?

'우로보스는 냉정한 놈이야. 그리고 타고난 전사지. 싸우기로 마음먹었으면 절대 물러나지 않을 놈이야. 하지만 벨키 성에서 퇴각한 건 사실 같아. 벌써 통관을 해 블랙 드래곤들을 찾아보았지만 확실히 이 근처에는 없어. 벨키 성 주변에는 블랙 드래곤의 기운이 전혀 느껴지지 않아. 떠난 게 확실해. 우로보스가 날 피했다면 그건 한 가지 이유밖에는 없어. 카이서스의 명령이겠지. 그랬다면 라토시를 그대로 두고 갔을 리가 없어. 라토시의 본체를 보관한 것도 카이서스의 명을 따랐을 테니까.'

—흠……. 그럴까?

'아마도. 물론 확인은 해야겠지.'

—그럼, 저놈 정체만 밝혀내면 되겠구나. 철가면만 벗기면 본얼굴일까?

'마법이나 다른 방법으로 얼굴을 바꾸었다면 금방 알아볼 수 있겠지. 코크라, 너도 신경 써서 살펴봐.'

―알았다.

토르는 어깨를 만지는 손길을 느꼈다. 아나테였다. 드래곤에게 주입받은 힘은 정신을 차리고도 사라지지 않아 모습을 감춘 아나테는 토르도 눈치 챌 수 없었다.

아나테의 목소리가 뇌리에 울렸다.

―토르, 혹시 들리니?

―들려, 아나테.

토르도 아나테처럼 텔레파시를 보냈다.

―마법 도구가 없어도 생각을 전할 수 있다니⋯⋯. 이렇게 되면 도마뱀 놈들한테 감사해야 하나?

심상하게 말하려 하고 있었지만 아나테의 목소리는 은은하게 떨리고 있었다. 왜 그렇지 않겠는가? 토르의 앞을 묵묵히 걸어가는 소환술사 드로우가 오르스일지도 모르는 상황인데.

―어때, 아나테? 오르스 같아?

조심스럽게 묻자 망설이는 듯 떨리는 목소리가 들려왔다.

―잘 모르겠어⋯⋯. 얼굴을 봐야 알 것 같아. 맞는 것도 같고, 틀린 것도 같아. 오르스가 죽은 지 너무 오래되었어⋯⋯.

마지막 말을 할 때는 곧 꺼질 촛불이라도 된 듯 목소리가 줄어들었다.

아직도 곤의 마지막 표정을 기억하고 있었다. 얼어 부서지는 얼굴을 하고서도 끝까지 웃으려 했던 곤⋯⋯. 곤은 확실하게 자신의 마음을 알았을 것이다. 고백은 듣지 못했지만 곤도 같은 마음이었음을 아나테는 정신을 잃는 순간 알았다.

오르스의 얼굴이 어느 순간부터 곤과 겹치기 시작하곤 했었다. 애초에 곤을 살려줄 때도 오르스와 비슷한 분위기를 풍겨 살려주었던 것이지만 함께하는 동안 곤의 존재는 오르스를 넘어 아나테의 마음을 사로잡았던 것이다. 네크로맨서의 차가운 마음마저 곤은 부드럽게 녹여주었던 것이다.

'과연…… 오르스일까?

주위를 세심하게 살피며 전진하는 드로우는 토르의 말처럼 검은 로브를 두르고 모자를 깊게 눌러써서 몸매도, 얼굴도 볼 수 없었다.

언제나 예민하게 사물을 대하던 태도는 오르스인 것도 같았다. 하지만 그것만으로는 오르스라 판단할 수 없었다. 결국 맨얼굴을 보아야 알 수 있으리라.

'오르스라면…… 난 어떻게 해야 할까?

이미 오르스가 아니라 곤을 마음에 품었다. 오르스의 이미지와 곤이 뒤섞여 있었지만 지금은 곤의 존재가 훨씬 더 큰 게 사실이었다.

드로우가 오르스가 맞고 고의로 자신을 속인 게 아니라면 어떻게 해야 할까……? 오올리와 짜고 고의로 자신을 속였다면 또 어떻게 해야 할까……?

아나테는 머리가 터질 것만 같았다. 지난 세월을 한꺼번에 다시 겪는 것만 같은 고통이 온몸을 덮쳤다.

토르의 목소리가 뇌리에 울렸다.

―아나테, 이제 곧 라토시의 본체가 있던 곳이야. 침착해. 오르스가 맞더라도 오올리를 불러낼 때까지는 나서지 마. 오르스가 아니더라도 마찬가지야. 오올리를 불러내 결판을 낼 거야. 드로우가 오르스가 아

니라면 오올리야말로 오르스의 거취를 아는 유일한 자일 거야. 마음을
단단히 먹어.

　—응…….

아나테는 피가 나도록 입술을 깨물었다. 지난 세월의 고통은 과거일
뿐이다. 하지만 그 과거가 해결되지 않는다면 아나테의 미래는 없을
것이다.

3

토르는 라이트 마법으로 불을 밝힌 동굴을 둘러보며 중얼거렸다.

"없군……."

라토시와 샐레아나는 생각했던 대로 없었다. 묘한 아쉬움이 한편에
남았으나 토르는 고개를 흔들었다. 이곳에 온 목적은 라토시와 샐레아
나를 보려 했던 것이 아니니까.

토르와 조금 떨어져 동굴을 살피던 드로우가 말을 걸었다.

"이곳엔 아무것도 없소. 묘한 열기가 느껴지지만 잔존 마나일 뿐이
오. 블랙 드래곤은 완전히 철수한 것이 분명하외다. 이제 밖으로 나갑
시다."

토르는 팔짱을 긴 채 묵묵히 동굴의 한구석을 바라보고 있었다. 라
토시가 묶여 있던 바로 그곳이다. 무언가 박혀 있던 자취는 역력했지
만 그곳엔 아무것도 없었다. 하지만 토르가 생각하고 있는 건 라토시
나 샐레아나가 아니었다. 토르의 입에서 담담한 음성이 흘러나왔다.

"드로우, 얼마 전 우로보스에게 재미있는 말을 들었다."

등을 돌려 밖으로 나가려던 드로우가 토르에게 몸을 돌렸다.

토르의 목소리가 이어졌다.

"우로보스가 말하길, 해방군 안에 드래곤 측의 첩자가 있다고 하더군."

"첩자? 드래곤들이 그런 짓을 할 정도로 우릴 경계한다니 뜻밖이구려. 하지만 내가 몇 번이나 조사하였소. 우리 측에 첩자는 없소이다."

"그럴까? 우로보스는 그 첩자의 얼굴도 보여주었다. 해방군들의 얼굴을 다 기억하지는 못하지만 눈빛이 아주 익숙했지."

"무슨 소리를 하고 싶은 거요?"

"네 얼굴이 보고 싶다. 내가 본 첩자의 눈빛이 너와 아주 비슷했어."

드로우가 모자를 확 벗어젖혔다. 번들거리는 철가면이 모습을 드러냈다. 철가면 속에서 드로우의 눈이 번쩍였다.

"지금 나를 의심하는 것이오?"

"그렇다. 철가면을 벗어봐. 너만 데려온 건 나름대로 널 배려한 거다. 첩자가 아니라면 맨얼굴을 보여주면 그만이잖아. 마법으로 얼굴을 바꿨다면 금방 알아볼 수 있다."

갑자기 드로우가 큭큭 웃음을 터뜨렸다. 쇳덩이를 칼로 긁는 듯한 묘한 웃음소리였다.

"내가 얼굴을 가린 건 내 얼굴이 너무나 추악하기 때문이오. 당신이 어떤 얼굴을 보았는지 모르겠지만 나는 아니오. 내 얼굴은 화상으로 온통 뭉개져 있으니까. 온전한 건 눈과 입 주위일 뿐이오."

"드로우, 나는 내 눈으로 본 것만 믿는다. 이곳엔 해방군의 그 누구도 없다. 얼굴을 보여라."

드로우는 철가면 속에 표정을 감추고 묵묵히 토르를 노려보고 있었다. 눈빛이 활활 타올랐다.

토르는 그사이 아나테에게 물었다.

―아나테, 드로우의 맨얼굴이 정말 화상을 입은 걸 수도 있어. 얼굴 말고 오르스를 분간해 낼 수 있는 표지 같은 거 있어?

아나테는 침묵했다. 드로우의 목소리가 오르스의 것인지 분간할 수 없었던 것이다. 벌써 오르스의 목소리마저 잊었던 것일까? 아득한 감상에 빠지려는데 드로우가 으르렁거리는 목소리로 토르에게 대답했다.

"싫다면?"

토르의 입가에 하얀 웃음이 맺혔다.

"어차피 네가 날 탐탁하게 생각하지 않는다는 것쯤은 알고 있다. 하지만 드래곤의 지배를 끝낼 때까지 우리는 동료가 아니던가? 내 의심을 풀어주지 않는다면 앞으로 해방군들에게 더 이상의 진격은 없을 것이다. 잘 생각해라."

"협박하는 것이오?"

"맞다."

"훗!"

드로우가 갑자기 설레설레 고개를 저었다.

"정말 단번에 인정하시는구려. 뻔뻔함이 지나친 것 아니오?"

"난 쓸데없는 격식은 좋아하지 않아."

"좋소. 하지만 후회할 거요. 꿈에 볼까 두려운 추악한 얼굴이니까."

"난 비위 좋아."

드로우는 나직하게 웃음을 터뜨리고는 양손을 머리 위로 가져갔다.

딸각!

철가면의 걸쇠를 푸는 소리가 울렸다. 차례차례 네 개의 걸쇠를 푼 드로우는 천천히 철가면을 벗어젖혔다.

드러난 얼굴은 과연 끔찍했다. 어떤 상황에서 화상을 입었는지 알 수 없었으나 온전한 부위는 철가면 사이로 보이는 눈 주위와 입 주변밖에 없었다. 쭈글쭈글 오그라든 살가죽들이 이리저리 겹겹이 붙어 시뻘건 속살을 드러낸 채 흉하게 일그러져 있었다.

"어떻소? 이제 속이 후련하오?"

흰 이를 드러내며 드로우가 웃었다.

철가면을 쓴 드로우가 냉정한 인상을 풍겼다면 맨얼굴의 드로우는 전혀 다른 느낌을 주고 있었다. 우리 속에 갇혀 곧 폭주라도 할 것 같은 사나운 맹수를 보는 것만 같았다. 눈동자가 마치 불길에 휩싸인 것처럼 보였다.

드로우의 말처럼 꿈에 볼까 두려운 얼굴이었지만 토르의 눈은 한 점의 동요도 없었다. 토르가 보는 것은 오직 하나, 화상 자국이 진짜일까 가짜일까 하는 것뿐이었다.

'코크라, 내가 보기엔 저 화상은 진짜다. 네가 보기엔 어때?'

─내가 보기에도 그래. 하지만 최근에 생긴 화상이다. 그것부터 확인해 봐.

'그러지.'

토르의 목소리가 울렸다.

"드로우, 그 화상은 언제 생긴 거지?"

"해방군에 합류하기 직전이었소. 소환수를 다루다 불길에 휩싸였소. 목숨을 구한 것만도 다행이었지. 이제 되었소?"

"넌 마법사다. 왜 얼굴을 고치지 않았지?"

"마법을 써봤자 고작 남의 눈을 속일 수 있을 뿐이오. 훼손이 너무 심해 근본적인 치료는 불가능했소. 마법으로 가릴 수는 있겠지만 그런 불필요한 곳에 마나를 소모하기엔 내가 맡은 일이 너무 막중하오."

토르는 주의 깊은 눈으로 드로우를 바라보았다. 마음속은 여전히 장막을 드리운 것처럼 읽을 수 없었지만 거짓말을 하는 것 같지는 않았다.

그때, 아나테의 목소리가 들렸다.

─토르, 아무리 화상을 입었어도 오르스인지 알아볼 수 있는 증표가 있어. 그걸 확인해 줘.

─뭔데?

아나테의 목소리는 잔뜩 긴장한 상태였다.

─오르스는 어릴 때 왼쪽 정강이뼈가 부러졌어. 꽤 심하게 부러졌기 때문에 뼈가 붙었어도 자국이 남아 있을 거야. 난 볼 수 없지만 너는 뼈도 볼 수 있지? 확인해 줘.

아나테는 토르의 심안을 생각해 낸 것이 분명했다. 토르의 심안은 육체를 뚫고 내부 장기까지 투사할 수 있었으니까.

토르의 눈이 빨갛게 변하기 시작했다.

드로우가 긴장한 듯 양손을 치켜들었다.

"나를 공격할 셈이오?"

"네 얼굴이 진짜인지 마지막으로 확인해 보겠다. 공격이 아니야."

드로우가 묵묵히 토르의 눈길을 받는 동안, 토르는 드로우의 얼굴을 찬찬히 훑어보았다. 심안으로 바라본 결과도 같았다. 드로우의 화상을 입은 얼굴은 진짜였다.

토르의 눈이 힐끗 왼쪽 다리를 향했다. 그리고 토르의 눈이 활활 불타올랐다.

　드로우의 정강이뼈는 부러졌다 다시 붙은 자국이 선명했던 것이다.

　찰칵, 찰칵.

　드로우는 철가면을 다시 쓰고 있었다. 토르가 드로우의 얼굴이 진짜라는 것을 인정했던 것이다.

　철가면을 쓴 드로우는 다시 냉정한 태도를 되찾고 있었다.

　“이제 내가 첩자가 아니라는 것을 인정하오?”

　“인정해.”

　“그럼 나갑시다.”

　“아니. 한 가지 더 말할 게 남아 있다.”

　드로우가 후 한숨을 쉬었다.

　“토르, 솔직한 분인 줄 알았는데 어째 말하는 게 노련한 정치가 같구려. 할 말이 있으면 한꺼번에 용건을 밝히시오. 이렇게 속내를 숨기고 대화를 이어나가는 건 무의미한 짓이오.”

　“어쩔 수 없어. 나도 이런 방식은 좋아하지 않지만 말이야. 네 정체를 확인할 필요가 있었거든. 네가 정말 드래곤의 첩자라면 이 말은 할 수 없는 거니까.”

　“무슨 말씀이오?”

　토르의 손이 허공을 휘젓자 동굴 주위에 뒹굴던 바위 두 개가 토르의 곁으로 날아왔다. 가까운 바위에 엉덩이를 붙인 토르가 앞에 놓인 바위를 가리켰다.

　“앉지.”

　드로우가 알 수 없다는 듯한 눈으로 토르를 바라보다가 자리에 앉았다.

"무슨 말씀이신데 그러시오?"

"이번엔 정말 단도직입적으로 말하지. 자그레브가 죽기 전에 그대에 대해 말해주었다. 부정할 생각은 하지 마. 드로우, 너는 오올리의 지시를 받는 거겠지?"

차분히 허벅지에 놓여 있던 드로우의 손이 꿈틀했다.

토르는 드로우의 눈을 주의 깊게 바라보며 말을 이었다.

"오올리가 죽었다는 말 따위는 하지 마. 죽음의 세계에 그의 영혼이 없다는 건 이미 확인한 바야. 난 오올리와 만나 상의할 게 있다. 지금 이 자리로 부를 수 있지? 불러줘."

"무슨 말씀을 하시는지……."

토르가 손을 들어 드로우의 말을 막았다.

"나는 조금 있으면 드래곤 로드 카이서스와 상대해야 한다. 오올리의 도움이 있어야 해. 물론 오올리와는 청산할 빚이 서로 있지만 그건 나중 일이고. 오올리는 나와 손을 잡을 의향이 있을 거야. 지금 불러."

드로우의 눈이 이리저리 흔들렸다. 좌우의 허공을 번갈아가며 바라보던 드로우의 시선이 마침내 토르의 눈에 머물렀다.

"지금 그분을 이 자리에 부르는 건 온당하지 않소이다. 내가 먼저 연락을 하고 따로 약속을 잡으심이……."

갑자기 토르의 몸에서 엄청난 위압감이 솟구쳤다. 벼락같은 고함이 터졌다.

"드로우! 내가 누구라고 생각하는 거냐!"

"으으……."

드로우는 감히 토르의 눈을 마주 보지 못하고 고개를 숙였다. 드래곤 피어를 감당할 수 없었는지 덜덜 몸을 떨고 있었다.

토르의 고함이 계속되었다.

"너 따위 하수인과 타협하려고 하는 게 아냐! 당장 오올리를 부르지 못해!"

"크으…… 아, 알았소……. 연락을 할 테니 우선은 날 좀…… 컥!"

드로우가 부르르 몸을 떨었다. 토르가 이미 드래곤 피어를 거두었으나 아직도 충격이 남아 있는 모양이었다.

"빨리 연락해라."

위엄이 가득한 목소리로 토르가 말하자 드로우는 두려운 눈으로 토르를 바라보다가 고개를 숙였다. 중얼중얼 무언가 읊조리고 있었다.

그때 코크라의 목소리가 들렸다.

―토르, 잘했다.

'으…… 꼭 이따위 짓을 해야 해? 사기꾼이라도 된 것 같잖아! 이런 건 내 스타일이 아니라구!'

―아나테를 위해서잖아. 닭살 돋아도 좀 참아. 오올리는 교활하고 음흉한 자다. 그런 자는 상대하는 방법이 따로 있는 법이야. 낚싯밥을 던졌으니 곧 물 거다. 그자라면 피하기 어려운 유혹일 테니까.

'젠장.'

―너무 투덜거리지 마. 네 소질도 상당하던데 뭐. 사기 치면 아주 잘하겠다. 역시 디오스 친구다워.

'코크라, 너 죽을래?'

―호호. 아나테나 좀 더 진정시켜. 지금 많이 흥분해 있을 거다.

코크라의 말에 번뜩 정신을 차린 토르는 아나테를 불렀다.

―아나테!

─여기 있어.

토르의 어깨를 살짝 짚는 손길이 있었다. 코크라가 말한 대로 동요가 심해 보였다. 아나테의 손이 떨리고 있었다.

─토르…… 정강이뼈에 분명히 세 조각의 금이 있다고 했지? 그럼 이 사람은…… 오르스가 분명해.

─진정해. 아직 오르스가 왜 너에게 죽은 사람이 되었는지 밝혀진 건 아니야. 오르스가 제정신인지, 오올리에게 조종당하고 있는 건지도 확실하지 않아. 오올리에게 캐내야 해. 조금만 더 참아, 아나테.

─그래…….

떨리는 가운데 미묘한 살기가 맴도는 아나테의 목소리였다.

두 개의 가정이 있었다. 오르스가 오올리와 짜고 아나테에게 자신이 죽은 것처럼 속였거나, 오올리의 농간에 의해 의식이 완전히 제압당해 오올리의 수족이 되었거나.

아나테는 첫 번째 가정이 틀리길 간절히 바라고 있었다.

만일 오르스가 자신을 속인 것이라면 그동안의 삶이 완전히 무의미해져 버리는 아나테였다. 그것은 치 떨리는 배신이었다.

'만일 그렇다면…… 다 죽여 버리겠어!'

그때였다.

중얼중얼 낮은 소리로 무언가를 읊조리던 드로우의 입술이 뚝 멎었다.

그리고 너무도 귀에 익숙한 목소리가 흘러나왔다.

"토르, 오랜만이구려."

토르의 눈이 번쩍 빛났다. 그것이야말로 오올리의 낮고도 깊은 목소리였기에.

드로우의 눈동자는 보이지 않았다. 눈알이 온통 새까맣다. 드로우는 입을 벌리지도 않는데 오올리의 목소리가 흘러나오고 있었다.

'영혼만 드로우에게 온 것인가? 이게 리치의 흑마법?'

"오랜만이야, 오올리. 드로우의 몸을 빌렸을 뿐인가?"

"그렇소이다. 당신 앞에 내 몸을 드러내는 건 너무 위험한 일이니 말이오. 드로우를 죽이더라도 날 해칠 수는 없을 것이오. 드로우의 몸을 빌려 대화를 나눌 뿐이니."

"여전히 철저하군."

"당신을 알아보지 못해 실수를 한 건 한 번으로 족하오. 아주 비싼 대가를 치렀지만 말이외다."

"왜 네 존재를 해방군들에게 속인 거지? 리치가 된 게 부끄러웠나?"

"그럴 리가? 단지 그렇게 하는 것이 당신과 해방군이 어울리기 쉬울 거라 생각했을 뿐이오. 당신은 날 싫어하니까. 결과가 말해주지 않소이까? 우리는 각자 원하는 걸 하고 있고 원하는 걸 얻고 있소."

토르는 씩 웃음을 지으며 다리를 꼬았다. 살짝 말려 올라간 입꼬리가 하얀 이를 드러내 주었다.

"난 내게 거짓말하는 놈들을 굉장히 싫어해."

"선의의 거짓이었다 이해해 주시오. 그대가 이렇게 나와 대화를 원할 거라고는 나도 생각하지 못했으니까. 나는 인간 해방을 바랄 뿐인 죽은 늙은이에 지나지 않소."

토르는 냉소를 짓다가 고개를 저었다.

"그 정도로 넘어갈 문제는 아니지. 너였잖아. 자그레브를 충동질해 드래곤에게 내 친구들을 판 건."

"자그레브가 말해주었소? 그 친구는 죽을 때까지 착한 척을 하다 갔구려. 맞소이다. 내가 그대의 친구들을 드래곤에게 팔았소. 하지만 나도 몰랐소이다. 드래곤들이 그들을 죽이지 않았다는 건.”

오올리의 목소리는 한 점의 동요도 없었다. 두려움도 내비치지 않았다. 그것이 토르의 심기를 건드렸다. 토르가 버럭 소리를 질렀다.

“뭐가 떳떳하다고 그리 당당하지? 그게 비열한 짓이라고는 생각도 못하나?”

“떳떳하오. 나는 내 신념에 어긋나는 일은 하지 않았소. 인간의 대륙을 만들기 위해 난 무엇이든 할 수 있소. 당신 또한 당신의 목적을 위해 날 부른 것 아니오. 이런 대화를 나누면서도 내게 손을 쓰지 않는다는 것 자체가 우리는 동류라는 것을 말해주는 것이오. 원한의 청산은 일이 끝난 후에 합시다.”

토르의 눈에 붉은 광망이 어렸다. 헬나이트의 검자루를 꽉 쥔 채 토르는 어금니를 깨물었다. 그때 코크라의 목소리가 뇌리에 울렸다.

—토르, 흥분하지 마. 지금 드로우의 몸을 샅샅이 보고 있는 중이다. 잘하면 드로우가 지금 어떤 상태인지 파악할 수 있어. 자기 영혼이 있는 것인지, 아니면 영혼이 봉인당한 상태인지 말이야. 좀 더 시간을 끌어. 내가 가르쳐 준 대로만 말하면 될 거야.

‘알았다, 젠장.’

갑자기 토르가 흐릿한 미소를 지으며 조금 느끼한 목소리로 말했다.

“흐……. 좋아. 나도 네가 필요하니까. 이번 일이 끝나는 순간, 널 찾아 도륙을 내주마.”

“나도 준비 중이오. 기대하셔도 좋소. 하지만 드래곤들을 모두 몰아내기 전까지는 우리는 이제 뜻을 함께한 동료외다. 자, 그럼 내게 원하는 것이 무엇인지 말씀하시오.”

토르는 피라도 뚝뚝 떨어질 것만 같은 눈으로 드로우를 노려보다가 살기가 가득 어린 미소를 지었다.

"흐흐, 좋아. 블랙 드래곤들은 어디 있지?"

"펠바레트로 갔소. 아마 카이서스가 우로보스를 소환한 듯싶소. 카이서스도 펠바레트에 있는 듯싶구려. 최후의 결전 장소는 펠바레트가 될 듯하오."

"고오트와 우로보스, 카이서스가 함께 있다 이건가?"

"그럴 것이오."

"상황을 자세히 파악해서 알려주도록."

"알겠소."

"그리고 카이서스와 싸울 때 너도 함께 싸워줘야겠다. 리치의 힘을 아낄 필요는 없으니까. 우로보스는 네가 상대해도 될 거야."

"허허. 늙은이의 힘을 과대평가하는구려."

"리치를 과소평가할 사람은 아무도 없어. 죽음도 극복할 집념과 그에 걸맞은 실력을 가진 마법사만이 리치가 될 수 있으니까."

"허허, 알겠소. 하지만 너무 기대는 하지 마시오."

"좋아."

갑자기 토르가 헬나이트의 검자루를 손가락으로 톡톡 두드리기 시작했다. 살기가 흐르던 미소가 어느 순간 봄바람이 불 듯 다정한 웃음으로 바뀌었다.

"그랬군."

드로우의 입에서 오올리의 목소리가 흘러나왔다.

"뭐가 말이오?"

토르는 느긋한 자세로 헬나이트의 검신을 통통 팅기며 대답했다.

"마법에 대해 이것저것 배울 때, 리치에 대해 배운 게 있어. 무척 궁금했지. 어떻게 불사의 몸을 갖게 되나 하고 말이야. 리치는 언데드의 몸을 하고 있지만 일반 언데드와는 다르다고 들었거든. 죽여도 죽여도 다시 살아난다고 들었으니까."

"호……. 리치에 대해서도 연구를 하셨다는 것이오? 과연 드래곤의 지식은 놀랍구려."

"아니. 인간이 된 후 배운 거야. 드래곤일 때는 공부 같은 따분한 일은 관심없었어."

"그래서 배우셨소?"

"물론이지. 흑마법에 관해서는 대륙의 제일인자라 할 만한 이들한테 배웠으니까."

갑자기 토르의 몸이 튕기듯 바위에서 일어섰다. 그림자만 일렁대는 놀라운 스피드로 몸을 움직이며 번개 같은 손놀림으로 드로우의 몸을 두드렸다. 일순, 드로우의 몸이 뻣뻣하게 굳었다. 그와 동시에 토르의 손가락이 딱 소리를 내며 퉁겨졌다. 점혈술과 함께 포박의 마법을 베푼 것이다.

드로우의 검은 눈이 희미하게 움직였다. 입은 움직이지도 않는데 웃는 소리가 났다.

"허허허. 토르, 소용없는 짓이오. 드로우를 죽여도 나는 죽일 수 없소. 나는 단지 드로우의 눈과 입을 빌려 그대와 이야기를 나눌 뿐이니까. 내 본체는 따로 있소."

"알아. 하지만 이 상태가 너와 대화를 하는 데는 더 편하거든?"

"토르, 협상을 하다 무력을 사용하는 것은 협상을 깨자는 말에 다름 아니오. 내 도움을 바란다 했지 않소? 이제 필요없는 것이오? 이 자리에는 프로시안 공주나 로키가 없소이다. 내 존재를 그들은 모르오. 그대가 아무리 임페라토르라 불리는 외경의 대상이라도 궁중 마법사를 둘이나 죽이게 되면 해방군들도 그대를 외면할 것이오.”

“걱정하지 마. 드로우를 죽일 생각은 없으니까. 확인하고 싶은 게 있을 뿐이야. 오올리, 드로우가 실은 오르스지? 난 이미 죽음의 세계에서 확인했어. 아나테가 죽었다고 믿은 오르스는 죽지 않았어.”

오올리의 대답은 거침이 없었다.

“드로우의 얼굴을 보고서도 그렇게 말하시오? 그는 룬 학파에서 심혈을 기울여 키운 소환술사일 뿐이오. 오르스는 내가 알기로도 죽었소. 그가 살아 있다는 건 나도 처음 듣는 이야기요.”

“이렇게 거짓말로 부정할까 봐 몸을 못 움직이게 한 거야. 이봐, 오올리. 난 아나테에게 오르스에 대한 모든 걸 각성하기 전에 이미 다 들었어. 아나테가 이제 오르스 얼굴도 잘 기억이 나지 않는다고 해서 물어봤거든? 얼굴 말고 오르스를 가려낼 방법이 있냐고. 그때 아나테가 알려줬어. 오르스의 왼쪽 다리가 심하게 부러진 적이 있다는걸. 너도 이 생각은 못했나 보지? 봐봐.”

토르가 드로우의 로브를 헤치고 왼쪽 다리를 드러냈다. 얼기설기 꿰맨 흉터가 화상의 상처로도 덮이지 않아 선명했다.

“게다가 난 투시를 할 수 있거든. 이 상처는 오르스가 다친 상처가 맞아. 정강이뼈가 부러졌다가 다시 붙은 자국이 아나테가 가르쳐 준 거랑 똑같거든. 인정해! 드로우가 오르스지!”

갑자기 드로우의 입에서 음산한 웃음소리가 새어 나왔다.

“흐흐. 용케도 알아내셨구려. 하지만 이것으로 나에게 유리한 카드가 한 장 더 넘어온 것이나 마찬가지란 것을 아시오?”

"뭐?"

"드로우는 오르스가 맞소. 그러니 아나테의 친구인 당신이 드로우를 해칠 리 만무하지. 또한 나는 언제라도 드로우의 영혼을 완전히 소멸시킬 수 있소. 다시 환생조차 하지 못하게 말이오. 당신이 과연 그것을 바랄까?"

토르는 검은 눈을 번뜩이는 오올리를 뚫어질 듯 노려보았다.

"이 징그럽게 치사한 놈!"

"이런 것을 협상이라고 하는 것이오."

"젠장! 내가 내 무덤을 판 꼴이군."

토르가 인상을 잔뜩 찌푸리자 오올리가 득의한 웃음을 터뜨렸다.

"허허. 너무 좌절하지 마시오. 내가 그대를 단련시킨다고 생각하면 이 또한 좋은 공부가 될 것이오. 공부를 좋아하게 되었다 하시지 않았소."

토르는 죽일 듯 드로우를 노려보았지만 결국 입맛을 다시고 말았다. 포기한 듯한 음성에는 아무 적의도 실려 있지 않았다.

"쩝. 내가 졌다. 넌 역시 대단한 마법사야. 그래도 다행이네. 드로우가 오르스란 걸 확인했으니까."

"허허. 그렇게 생각하다니 여전히 낙관적이시구려."

"근데, 오올리."

"무엇이오? 아, 우선 이 포박술이나 푸시오."

토르는 점혈술이나 포박의 마법을 풀지는 않고 고개를 갸웃거리며 물었다.

"궁금한 게 있어. 아나테는 오르스가 죽는 걸 눈앞에서 보았다고 했거든? 도대체 어떻게 된 거야?"

"호호. 그게 궁금한 거요? 그때만 해도 아나테는 진짜 초보 마법사였소. 그 정도 실력의 아이를 속이는 건 기본 중의 기본이지."

"그래? 그럼 오르스와 네가 짜고 아나테를 속인 거야? 내가 들은 오르스는 그럴 사람이 아니던데?"

"호호. 이거나 풀어주고 이야기를 시키시오. 배우는 자세로는 극히 바람직하지 못한 자세요."

"졸지에 네가 내 스승이 된 거냐?"

토르가 투덜거리며 화려하게 손을 움직였다.

점혈과 포박술이 동시에 풀리자 드로우가 몸을 움직여 보고는 눈을 빛냈다. 검은 눈이 광택을 흘렸다.

"나로선 어쩔 수 없는 선택이었소. 오르스는 내가 수제자로 생각할 만큼 실력있는 아이였지. 하지만 그애는 학파의 수장이 지녀야 할 정치적 자세를 이해하지 못했소. 내가 흑마법을 연구하는 걸 인정하지 못했지. 학파 전체에 나의 행위를 알리겠다고 감히 날 협박하지 뭐요."

토르가 친근한 얼굴로 고개를 끄덕였다.

"그래? 순진했구나. 하긴 나도 예전엔 그랬어."

"허허. 인간 생활에 몹시도 익숙해지셨구려. 오르스도 그랬다면 좋았을 것을. 쯧쯧. 할 수 없이 그애 앞에선 스스로 마법사들에게 내 과오를 고백하고 수장의 자리에서 물러서겠다고 말했소."

"그리고는 뒤로 손을 쓴 거구나? 좋은 방법인데? 방심하게 하고 뒤통수를 친다 이거지?"

"그전에 상대를 철저하게 승복시키는 것이 무엇보다 중요한 수순이외다. 오르스는 내 말을 믿었고 아나테와 함께 내가 준 과업을 수행하러 떠났소이다. 약간의 정치력을 발휘했을 뿐이지."

"그리고 해치운 거야?"

"그 또한 약간의 정치가 필요했소. 오르스가 납득할 수 없는 죽음을 당한다면 학파의 마법사들에게 낯이 서지 않으니까. 증인으로는 아나테가 있으면 되었고. 오르스는 나도 아끼던 아이였으니 죽이지는 않았소. 다만 그의 영혼을 완전히 굴복시켜 놓았지. 정화시켰달까? 그때까지만 해도 아나테는 전혀 마법에 자질이 없었던 아이라 그렇게 쓸 만하게 성장할 줄은 나도 몰랐소. 그걸 알았다면 버리다시피 방치하지는 않았을 것을. 쯧쯧."

"그랬구나. 정말 대단해."

토르가 감탄한 듯 고개를 끄덕였다.

드로우의 검은 눈이 희미하게 눈웃음을 지었다.

"허허. 과찬이오. 에이션트 드래곤에게 치하를 들으니 몸 둘 곳을 모르겠구려."

토르의 목소리가 다시 울렸다.

"아니. 너 말고."

"무슨……?"

그때, 토르의 손이 다시 번개처럼 움직였다.

타타타타타탁! 딱!

점혈술과 포박의 마법을 한꺼번에 베푼 토르가 드로우의 어깨에 손을 얹으며 귓속말을 했다.

"우리 코크라가 대단하다는 거야. 코크라가 말하길 넌 자긍심이 대단하고 스스로 똑똑하다고 여기고 있는 데다 나를 무척 두려워하고 경계한다고 하더군. 내가 너에게 졌다고 승복하고 나서 진실을 물으면 우쭐해져서 다 털어놓을 거라고 그랬어. 유치하게 그럴까 하고 물었더니 인간은 원래 그런 동물이래. 코크라 정말 대단하지 않아? 널 갖고 논 거니까."

드로우의 검은 눈에는 아무 감정도 엿보이지 않았다. 당황한 빛도 없었다.

"그랬소? 하지만 그래도 상관없소. 그 정도 말은 해줘도 무방하니까. 그나저나 이 포박을 풀지 그러시오? 그대는 드로우, 아니, 오르스를 죽일 수도 없고 날 죽일 수는 더 더욱 없소. 드로우의 몸을 제압하는 것은 정말 쓸데없는 짓이오."

"글쎄? 그럴까?"

토르는 빙긋 웃더니 옆으로 고개를 돌렸다.

"아나테, 이제 모습을 드러내도 좋아."

토르의 옆에 갑자기 아나테가 모습을 드러내자 드로우의 눈이 미약하게 움직였다.

"아나…… 테?"

백발에 검은 피부를 지니게 된 아나테는 죽일 듯한 시선으로 드로우를 노려보고 있었다. 두 눈에는 눈물이 그렁그렁 매달려 있었다.

"오올리… 이 개만도 못한 늙은이……."

아나테가 이를 갈았지만 드로우의 입을 통해 흘러나오는 웃음소리는 득의하기만 했다.

"허허. 그래서 날 죽일 텐가? 어떻게? 이 몸은 그저 내가 말을 하기 위해 빌린 몸일 뿐이야. 그리고 몸의 주인은 오매불망 그리던 연인, 오르스지. 허허."

토르가 갑자기 씨익 웃음을 지으며 드로우의 머리를 움켜잡았다.

"이봐, 오올리. 지금 그럴 처지가 아니란 걸 아직 몰라?"

"허허. 토르, 그대야말로 나를 협박해 봤자 남을 것이 하나도 없다는 것을 모르는 것이오? 그대가 이렇게 나와봤자 내게 진 빚이 점점 늘어날 뿐이오."

"그래? 이봐, 오올리. 아까 내가 한 말 기억해?"

드로우가 무슨 말이냐는 듯 눈을 굴리자 토르의 웃음이 조금 더 짙어졌다.

"원래 이렇게 사기 치는 건 내 스타일이 아닌데, 코크라가 말하니 어쩔 수 없었어. 하지만 내가 리치에 대해서도 자세하게 배웠다고 말할 때 알아들었어야지. 너 꽤 머리가 나쁘구나? 아니, 한 번 죽고 나더니 머리가 굳은 건가?"

"무슨 소리요?"

"후후. 리치가 왜 죽지 않는지 배웠다고 했잖아. 리치는 말이지, 몸은 썩어가지만 완전히 썩지는 않잖아. 몸은 언데드지만 소멸시켜 버려도 다시 부활하지. 그 이유야 너도 알잖아? 영혼을 저장하는 곳이 따로 있기 때문이야. 몸속에 자신의 영혼이 없으니 아무리 죽여도 또 살아나는 거지, 뭐."

드로우의 입에서 으스스한 음성이 흘러나왔다.

"흐흐. 그래서? 말하고 싶은 게 뭐요?"

"뭐긴. 넌 지금 드로우의 몸을 이용해 나와 대화만 나누는 게 아니잖아. 드로우의 몸을 네가 지배하고 있는 거잖아. 드로우, 아니, 오르스의 몸 자체가 오올리, 너의 영혼 저장소잖아. 안 그래?"

드로우의 눈은 그래도 아무런 변화가 없었다. 토르가 드로우의 머리를 만지며 이죽거렸다.

"왜 말이 없지? 겁먹었나?"

"그걸 알아냈다고 해도 변할 것은 없소. 그대는 결코 오르스를 해칠 수 없으니까."

"과연 그럴까?"

토르의 눈이 빨갛게 물들기 시작했다.

헬나이트의 검끝을 드로우의 가슴에 댄 토르가 힘껏 소리쳤다.

─코크라, 들어가!

순간, 드로우의 몸이 작살을 맞은 물고기처럼 펄떡였다. 드로우나 오올리의 의지가 아니라 코크라가 몸속에 들어갔기 때문이었다.

"이, 이게 무슨?"

검은 눈을 일그러뜨리며 오올리의 목소리가 울리자 토르는 으스스한 미소를 지었다.

"영혼 저장소를 파괴해야만 네 영혼을 소멸시킬 수 있는 건 아니지. 방금 드로우의 몸속에 코크라가 들어갔다. 코크라와 잘 싸워봐. 그 싸움에서 이기지 못하면 넌 완전히 소멸할 테니까. 드로우의 몸은 완전히 마나 결계로 묶어버렸으니까 넌 도망칠 수도 없어."

"으으…… 이 간교한!"

검은 눈이 빙글 돌아가더니 천천히 움직임이 멎었다. 더 이상 오올리의 목소리는 들리지 않았다.

아나테가 다급한 목소리로 토르에게 물었다.

"토르! 어떻게 된 거야?"

"코크라와 의논한 대로 한 거야. 내 몸이 아니라서 코크라가 오래 머물 수는 없어. 하지만 오올리의 영혼을 소멸시킬 시간으로는 충분할 거야. 코크라를 믿자구."

“나도 들어가겠어!”

“무슨 소리야, 아나테?”

“넌 코크라의 마나를 빌릴 수 없으니까 불가능하겠지만 지금의 나는 가능해. 나도 오르스의 몸속으로 들어가겠어! 오올리의 처단을 코크라에게만 맡길 수는 없어!”

“아나테!”

“토르, 다 네게 달렸어. 너는 오올리의 영혼이 도망치지 못하게 여기서 막아. 코크라는 몰라도 내 영혼이 다시 내 몸으로 돌아오려면 네 도움이 필요할 거야. 연락할게!”

거센 바람을 맞은 것처럼 아나테의 백발이 허공으로 떠올랐다. 아나테는 드로우의 손을 쥔 채 딱딱한 석상처럼 몸이 굳었다. 토르는 한숨을 쉬며 아나테의 손을 잡았다. 벌써 아나테의 영혼은 드로우의 몸 안에 들어간 후였다.

“아나테…… 널 말리지 않은 게 잘한 일일까……?”

토르의 탄식 소리가 동굴을 울렸다.

아나테와 코크라는 나란히 서서 오르스의 대동맥을 따라 달리고 있었다. 몸속에 들어와 크기를 축소시킨 두 영혼은 심장의 박동을 따라 오르스의 머리를 향하고 있었다.

코크라의 목소리가 웅웅 울렸다.

—아나테, 뜻밖이군. 원래 그렇게 생겼던가?

—지금 그런 말 할 때야? 오올리의 영혼은 어디 있는 거야? 너, 알고 달리는 거야?

—흐흐. 걱정 마라. 나만 따라오면 되니까. 그나저나 이젠 막 기어오르는구나. 지금 네 모습을 보면 곤이라도 놀라 물을 거야.

—됐어!

코크라는 흐릿하게 웃으며 고개를 돌렸다. 곱슬곱슬한 밤색 머리를 휘날리며 하얀 얼굴의 여인이 옆을 달리고 있었다. 아나테의 영혼이었다.

'뜻밖이군. 여태 영혼의 순수함을 잃지 않았다니……. 그래서 토르가 그렇게 아나테에게 끌린 것인가?'

지치고 상처받은 흉한 영혼일 것이라 생각했건만 뜻밖에도 아나테의 영혼은 네크로맨서가 되기 전의 순수했던 모습을 고스란히 간직하고 있었던 것이다.

아나테의 흥분한 목소리가 울렸다.

─코크라, 어떻게 할 거지?

─오올리의 영혼은 토르 때문에 이 몸에서 도망칠 수 없을 거야. 여기서 끝장을 내는 거지. 네가 온 게 잘한 것인지 모르겠구나.

─무슨 소리야? 오올리를 네 손에 맡긴다는 게 말이 돼? 그자는 내가 죽일 거야!

─아나테, 여기엔 오르스의 영혼도 있다는 걸 잊지 마. 오올리는 틀림없이 오르스의 영혼으로 널 협박할 거다. 견딜 수 있겠어?

아나테의 고개가 홱 돌려졌다.

─오르스가?

─그래. 토르가 오올리와 이야기하는 동안 이 녀석의 몸을 자세히 관찰했지. 오르스의 영혼은 오올리에게 완전히 제압당한 상태야. 아마 널 알아보지도 못할 거다. 거의 인형 같은 상태일 테니까. 지금 결정해라. 오올리가 오르스의 영혼을 인질로 잡고 협박하면 넌 어쩔 셈이지?

순간, 아나테의 얼굴이 와락 일그러졌다.

─나, 난……!

코크라가 완전히 일그러진 아나테의 얼굴을 보며 혀를 찼다.

─쯧쯧. 그럴 줄 알았다. 오르스는 네게 너무 치명적인 약점이니까.

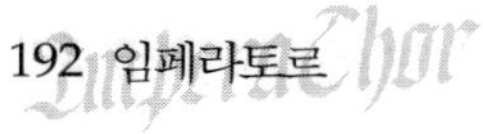

내게 맡겨. 오르스를 구하는 것은 내가 하마. 넌 오올리를 죽여. 지금
의 너라면 리치의 영혼도 상대할 수 있을 거다. 알았냐?

―코크라…….

―고맙다는 말은 이 일이 끝난 후에 해. 생각대로 될지는 나도 모르
니까.

둘의 영혼은 말없이 질주했다.

잠시 후, 회색빛으로 이루어진 찐득한 공간에 다다르자 아나테와 코
크라는 동시에 멈춰 섰다. 멈출 수밖에 없었다. 상상하지도 못했던 광
경이 눈앞에 펼쳐져 있었으니.

―흐흐. 꽤 잔머리를 썼구나. 하지만 여기까지다!

오올리의 목소리가 웅웅 울렸다.

―오르스……!

아나테가 신음했다. 코크라가 말한 방법을 절대 쓸 수 없는 상태였
기 때문이다. 오르스의 영혼은 코크라가 말한 대로 그의 뇌 속에 있었
으나 오올리의 영혼과 결합된 상태였다. 오올리의 영혼에 매달려 덜렁
거리고 있었지만 단정한 이목구비는 생전의 오르스 그대로였다. 희미
해져 가던 오르스의 얼굴이었지만 한 번 보자마자 화인처럼 아나테의
가슴에 박혀 버렸다.

―오올리……. 이 개자식…….

오올리는 빙글빙글 웃으며 코크라와 아나테를 번갈아 바라보았다.

―둘 다 이 몸에서 썩 나가라! 오르스를 이 자리에서 죽여줄까?

오올리는 가슴에 매달린 오르스의 목을 틀어잡았다. 오올리의 손에
번쩍번쩍 뇌전이 맺혔다.

―악! 하지 마!

아나테가 비명을 질렀다. 아나테의 두 눈에서 주르륵 눈물이 흘러내렸다. 앞으로 달려나가려는 아나테를 코크라가 가로막았다.

—무슨 짓이야! 정신 차려!

—하지만 오르스가……. 오르스가……!

코크라의 가슴에 매달려 몸부림치는 아나테를 코크라는 애잔한 눈으로 바라보았다.

—아나테…….

그때 뇌 속을 웅웅 울리며 오올리의 웃음소리가 터져 나왔다.

—으하하하하! 토르! 들리시오? 이것들을 이 몸에서 썩 꺼내가시오! 아니면 오르스의 영혼을 이 자리에서 소멸시키겠소!

번쩍거리는 뇌전이 오르스의 목을 따라 움직이고 있었다. 툭 떨어진 오르스의 고개는 아무 반응도 보이지 않았다.

코크라는 아나테를 향해 빠르게 말했다.

—아나테, 오르스를 저 상태로 살려두는 게 의미가 있을까? 저대로는 평생 오올리의 개 노릇만 할 거다. 오올리는 리치니 그를 죽이지 않는 이상 오르스는 죽음의 세계에도 가지 못해. 이 자리에서 죽여주는 게 그를 돕는 게 아닐까?

—코크라!

—넌 네크로맨서야. 죽음의 의미에 대해 너만큼 절절하게 아는 자는 이 땅에 존재하지 않는다. 삶과 죽음은 다르지 않잖아. 죽어야 다시 살 수 있는 거다. 저건 산 것도 죽은 것도 아니야.

—오르스를……? 내 손으로……? 어떻게 그런 말을…….

—부활은 자연의 이치를 거스르는 것이다. 지금쯤은 너도 알 텐데? 네 집착에서 오르스를 놓아주어라. 영혼의 순환은 영혼들이 원해서 정

해진 이치야. 오르스를 자유롭게 해주는 게 무엇이겠나? 아나테……
순간이라도 진실한 오르스의 마음을 듣고 싶지 않은가? 오올리를 죽여
야 그게 가능하다.

—하지만…….

—네가 산 세월을 부정하지 마라. 넌 네크로맨서야. 죽음을 벗 삼는
네크로맨서다운 선택을 해라. 넌 대마족인 내가 진심으로 인정한 인간
이야. 날 실망시키지 마.

코크라는 그 말을 끝으로 홱 몸을 돌렸다. 오올리가 비릿하게 웃으
며 코크라를 바라보았다.

—흐흐. 아무리 말해봐야 소용없지. 여자가 어떤 존재인지 아직 모
르는구려.

—글쎄. 최소한 너보다는 아나테를 잘 안다고 생각하는데.

—오르스가 내 손에 있는 한 아나테는 절대 나를 공격하지 못하오.
헛수고하지 말고 이 몸에서 나가시오, 코크라!

그때였다. 코크라의 뒤에서 갑자기 검은 빛이 폭발했다.

파앗—!

—음?

오올리가 놀라 한 걸음 뒤로 물러섰다. 코크라의 등 뒤에서 천천히
아나테가 걸어나왔던 것이다. 밤색의 곱슬머리는 처연한 백발로 바뀌
어 있었다. 검은 피부가 번뜩이는 현재의 아나테 모습 그대로였다.

—아나테! 마족의 말장난에 놀아날 셈이냐? 봐라! 네가 꿈에도 그리
던 오르스란 말이다!

오르스의 목을 잡고 오올리가 고함을 질렀으나 아나테의 걸음은 멈
추지 않았다. 하얀 머리칼이 허공으로 떠올라 물결치고 있었다. 아나

테의 눈은 결의에 차 불타오르고 있었다.

—아나테!

아나테의 몸이 그대로 떠올라 빛살처럼 허공을 갈랐다.

오올리는 협박이 통하지 않자 오르스를 죽이려다 마음을 고쳐먹었다. 오르스는 최후에 남은 마지막 인질이었다. 이렇게 죽일 수는 없었다.

'일단 피하고 다시……!'

아나테의 공격을 피하려 했으나 그의 진로는 코크라에 의해 가로막혔다.

—비켜!

오올리의 손에 맺혀 있던 뇌전이 코크라를 향해 폭사되었으나 코크라는 비릿하게 웃음을 지었다.

—내게 번개를 써? 흐흐.

순간, 코크라의 온몸에서 검은 번개가 번뜩이며 피어올랐다. 오올리가 뿜어낸 뇌전은 검은 번개에 부딪치자마자 그대로 소멸해 버리고 말았다.

—헉!

아나테의 손이 덥석 오올리의 머리를 잡은 것은 그때였다. 코크라가 신경을 분산시켜 준 덕분에 손쉽게 오올리의 머리를 잡아챈 것이다. 아나테의 눈은 여전히 불타고 있었으나 그 눈빛은 무섭도록 차갑기만 했다. 네크로맨서 아나테의 바로 그 눈빛이었다.

—이년!

오올리의 손이 번개처럼 오르스의 목을 쳐 버리려고 했으나 그 손은 코크라에 의해 봉쇄되었다. 그 순간, 오올리의 입에서 검은 안개가 폭염처럼 솟구쳤다.

화아아아―

아나테의 온몸이 검은 안개에 휩싸이자 오올리가 웃음을 터뜨렸다.

―흐하하하! 감히 네게 마법을 가르쳐 준 내게 대항하겠다고? 곧 녹아버릴……. 컥!

갑자기 오올리의 말이 뚝 멎고 말았다.

검은 안개가 한순간 반으로 갈라지고 그 속에서 아나테의 하얀 머리칼이 창날처럼 튀어나왔기 때문이다.

오올리의 머리에는 온통 아나테의 머리칼이 빽빽하게 꽂혔다. 곧 오올리의 머리가 기묘하게 일그러지기 시작했다.

―끄아아아아!

오올리의 머리가 제 형체를 잃고 쭈글쭈글하게 쪼그라들기 시작했다.

오르스의 목을 다시 치려는 오올리의 손을 코크라가 틀어잡으며 혀를 찼다.

―쯧쯧. 아나테는 이미 과거의 그 아나테가 아니야. 방심한 리치의 영혼 정도는 그대로 흡수할 수 있지.

―내, 내가 이대로 당할 줄 아느냐……! 오르스는 절대 구하지 못해……!

―흐흐. 너는 내가 대마족이라는 것도 잊은 모양이군.

후두두두둑.

무언가 뜯어내는 듯한 기묘한 소리가 울렸다. 오올리와 결합되어 있던 오르스의 영혼이 코크라의 손길을 따라 끌려 나왔다. 오올리가 툭툭 끊어지는 목소리로 이죽거렸다.

―그래 봤자…… 오르스는 곧 소멸해……. 나와 분리되면 이미 존재하지 못하지…….

―알고 있으니 걱정 마. 하지만 소멸하지는 않는다. 너와는 달리 오르스의 영혼은 죽음의 세계에 보내줄 수 있으니. 넌 아무래도 미족을 너무 만만하게 아는 모양이군.

―내, 내가 이대로……!

갑자기 오올리의 몸이 배배 꼬이며 회전하기 시작했다.

―크아아아아!

꽉 짠 빨래처럼 배배 꼬인 오올리의 몸이 아나테의 머리카락으로 빨려 들어가기 시작했다.

슈아아아앙!

돌풍이 일고 엄청난 굉음이 귀청을 때렸다.

코크라의 낮은 음성이 들렸다.

―병신. 리치가 아무리 대단하다고 해도 드래곤의 힘을 가진 네크로맨서는 상대할 수 없다구. 너야말로 영원히 소멸한 거다.

돌풍이 가라앉고 아나테의 백발이 차분하게 가라앉자 코크라는 한 걸음 뒤로 물러섰다.

―아나테, 잠시뿐이다. 오르스의 영혼이 말을 할 기력이 있을지는 모르겠다만…….

아나테는 아무 말 없이 오르스의 영혼 곁에 주저앉았다. 오르스의 영혼이 희미하게 형체를 잃어가고 있었다.

―오르스.

오르스의 눈에 처음으로 제 빛이 돌아왔다. 아나테를 바라보는 그 눈은 맑고도 처연했다. 아나테는 스러지려는 오르스의 영혼을 천천히 쓰다듬었다.

—오르스…….

그때 오르스의 입이 미약하게 움직였다. 아나테가 귀를 가져갔다. 툭툭 끊어지는 목소리가 아주 조그맣게 울렸다.

—고…… 마워……. 행복해…….

—오르스……. 나는…….

아나테가 오르스의 영혼을 꼭 끌어안을 때, 코크라는 몸을 돌렸다. 더 보고 싶지 않았다. 천 년이나 지났지만 상처를 쿡쿡 쑤시는 아픔에 코크라의 얼굴이 온통 일그러져 있었다. 죽은 연인 리아가 새삼 생각났던 것이다.

코크라의 몸이 그 자리에서 사라졌다.

아나테와 오르스의 이별은 둘만의 시간으로 남겨주고 싶다고 변명하며.

2

타닥. 타닥.

벨키 성의 외곽에 있는 높은 언덕에는 나무가 타는 소리가 조용히 울리고 있었다.

활활 불타오르는 장작더미를 바라보는 아나테를 토르는 묵묵히 지켜보고 있었다. 토르의 옆에는 커트와 라나, 디오스가 말없이 서 있었다.

오르스는 결국 구하지 못했다. 오올리와 결합되어 있던 오르스의 영혼을 죽음의 세계에 보내주는 것만이 코크라가 할 수 있는 최선이었던 것이다.

아나테는 오르스의 몸 밖으로 나와 시체가 된 오르스를 화장하고 있었다. 눈을 감고 있는 아나테가 무슨 생각을 하고 있는지는 토르로서도 알 수 없었다.

'그래도 다행이야……'

토르는 무뚝뚝하게 간단한 상황만 알려주고 헬나이트로 들어간 코크라의 마음을 잘 알고 있었다. 아마도 죽은 연인 리아가 떠올랐으리라.

간단한 상황을 듣는 것으로도 토르는 모든 것을 알 수 있었다. 그래도 다행이었다. 최소한, 아나테의 손으로 오르스를 죽인 것은 아니었으니까.

아나테가 장례를 치르는 동안, 토르는 프로시안에게 간략하게 상황을 설명해 주었다. 드로우가 아나테의 연인 오르스였고 리치가 된 오올리의 영혼을 저장하는 역할을 해왔음을. 앞으로 해방군이 토르와 함께할지 반기를 들지는 관심없었다. 판단은 알아서 하라는 말을 끝으로 토르는 프로시안과의 통신을 끊었다.

마음이 너무 무거웠다.

아나테에게 오르스를 부활시키는 건 생의 목적이었다. 그러나 오르스의 몸 밖으로 나온 아나테는 오르스를 부활시키겠다고 말하지 않았다. 곤을 구하면 오르스를 데려오러 죽음의 세계로 가자는 토르의 말에 조용히 고개를 저었을 뿐이다.

"오르스는 나를 놔줬어. 나도 오르스를 놔줬고……"

코크라가 떠난 후, 오르스와 아나테가 무슨 이야기를 나누었는지는 토르도 알 수 없었다. 쓸쓸하면서도 묘하게 평온한 얼굴을 한 아나테가 더 걱정될 뿐이었다.

어느새 불길이 잦아들고 있었다. 유골을 모으는 아나테의 완강한 뒷모습을 보며 토르는 한숨을 쉬었다. 스스로 입을 열기 전까지는 말을 걸어도 아나테가 대답을 할 것 같지 않았다.

유골을 모두 수습한 아나테에게 디오스가 다가섰으나 아나테는 조용히 고개를 저었다.

"지금은 혼자 있게 해줘……."

디오스가 안타까운 얼굴로 한 걸음 물러서자 아나테는 조용히 토르를 바라보았다.

"아공간에 갈래."

"그래, 먼저 가. 곧 따라갈게."

아나테가 사라지자 토르는 잿더미로 변해 버린 장작더미를 묵묵히 바라보았다. 쇳덩이라도 매달아놓은 듯 마음이 무거웠다. 헛된 꼭두각시 인생을 살다 한 줌 재로 변해 버린 오르스와 오르스의 죽음으로 엄청난 타격을 받았을 아나테를 생각하니 손가락 하나 까딱하고 싶지 않은 무기력함마저 느껴졌다.

'하지만…… 아직 할 일이 남아 있어.'

토르는 주먹을 불끈 쥐었다. 아나테를 구한 지금, 남은 일은 자명했다. 곤을 구해야 할 때였다.

"아나테…… 들어가도 될까요?"

아나테는 묵묵히 유골을 담은 항아리를 바라보다가 고개를 돌렸다.

아공간의 구석에 자리잡은 그녀의 침실이었다. 문밖에 서서 머뭇거리는 라나에게 아나테는 고개를 끄덕였다.

라나는 조심스럽게 아나테의 곁에 다가와 옆에 앉았다. 아나테는 멍한 눈으로 하염없이 유골 단지만을 바라볼 뿐 라나에게는 눈길도 주지 않았다.

라나는 말없이 앉아 있다 조용히 아나테의 손을 잡았다. 그리고 아무 말 없이 아나테의 거친 손을 조심스레 쓰다듬기만 했다.

아나테는 이상하게도 라나의 손길에서 한없이 많은 위로의 말을 듣는 것만 같았다. 한마디도 하지 않는데도 라나의 애정 어린 손길은 아나테의 아프고 쓰린 마음을 부드럽게 어루만져 주고 있었다.

한참의 시간이 흐른 후, 아나테가 작은 미소를 지었다.

"여태…… 여자 친구를 사귀어본 적이 없었어요."

뜻밖의 말에도 라나는 조용히 아나테의 손을 계속 쓰다듬기만 했다.

"어릴 때도 이상하게 여자들보다는 남자들과 더 친했어요. 오르스와 함께 있으면 내가 오히려 남자 같았죠. 함께 마법을 배우던 친구들도 대부분 남자였고 몇 명 없었던 여자애들은 남자들과 더 친한 나를 이상하게 여길 뿐 다가오려 하지는 않았어요."

라나의 손이 아나테의 어깨와 목을 매만졌다. 아나테는 고개를 젖히며 눈을 감고 시원한 듯 기분 좋은 미소를 띠었다.

"이상하네요. 당신과 있으니 마음이 편해요, 라나. 여자 친구는 이런 거였군요."

"저도 당신을 친구라 생각해요. 하지만 나이는 제가 훨씬 더 많아요, 아나테."

아나테가 눈을 반짝거리다 씩 웃었다.

"그렇죠. 하지만 제가 더 먼저 죽을 거예요."

이상한 비교에도 라나는 방긋 웃기만 했다.

"그렇겠죠. 당신이 먼저 죽으면 많이 쓸쓸할 거예요. 하지만 그게 무서워 당신을 좋아하지 않을 수는 없잖아요. 그리고…… 언젠가 엘프는 질투를 모른다고 한 말 취소할게요. 엘프도 질투를 하더라구요."

아나테가 고개를 젖힌 채 깔깔 웃음을 터뜨렸다.

"토르에게 접근한 여자가 많았나 보죠? 하긴, 저렇게 멋지게 컸으니까요."

"여왕님이나 나나 같은 경우는 참겠는데, 프로시안 공주가 토르에게 살살대는 건 정말이지 눈 뜨고 못 보겠더라구요. 참느라고 혼났어요."

"나 같으면 안 참을 텐데."

"당신이었으면 확 죽여서 언데드로 만들었겠죠. 당신이 얼마나 그리웠는지 몰라요."

라나와 아나테가 동시에 까르르 웃음을 터뜨렸다. 그녀들은 오르스의 죽음에 대해서는 한마디도 나누지 않았다. 하지만 따스한 분위기가 점점 퍼지고 있었다. 아나테의 뻣뻣하게 굳어 있던 몸이 조금씩 풀려가기 시작하고 있었다.

아나테의 아공간, 공격 방법을 논하던 테이블에는 어느새 펠바레트의 지형이 상세히 드러나 있었다. 언제나처럼 커트가 준비한 것이었다.

커트가 무거운 목소리로 물었다.

"토르, 라나와 아나테 없이 시작할까요?"

"그래야 하지 않을까? 당분간 아나테는 혼자 두는 게 나을 것 같은

데. 라나가 함께 있으니 한결 안심이야. 우선 우리끼리 이야기하자.”

토르는 묵묵히 펠바레트 지형의 모형을 보고 있는 디오스를 힐끗 바라보았다.

아나테가 입을 꼭 다문 후, 디오스도 계속 침묵을 지키고 있었던 것이다. 벨키 성에서 티바와 아르마에게 붙잡혀 행복한 비명을 질렀던 디오스지만 오르스가 죽은 이후엔 완전히 말을 잃었다.

커트가 걱정스러운 듯 디오스를 바라보다가 토르를 향해 고개를 저었다.

그때, 토르의 옆에 스르르 검은 그림자가 모습을 드러냈다. 코크라였다.

“흐흐. 완전히 초상집 분위기군. 이따위 마음으로 무슨 일을 하겠다는 거야? 이제까지와는 차원이 다른 싸움을 해야 하는데. 쯧쯧. 하여튼 이 연약한 것들은…….”

커트가 얼른 코크라를 말렸다.

“코크라, 제발…….”

“뭘?”

“아나테는 전 생애를 걸고 구하려던 사람을 눈앞에서 잃었소. 그 마음은 코크라도 잘 알지 않소…….”

“흐흐. 그래서 이렇게 죽상을 하고 곤을 구하자는 말이냐? 최고의 결의를 갖고 덤벼도 모자란 상대들이다. 지금까지야 각개격파를 한 것이나 마찬가지지만 이제는 에이션트 드래곤 둘에다 드래곤 로드가 모여 있는 펠바레트를 공격해야 해. 거기다 지금쯤 어떤 괴물로 변해 있을지 알 수 없는 곤을 상대해야 한다. 이렇게 바닥을 기는 사기로 싸움을 할 수 있을 것 같아?”

“하지만 코크라…….”

커트가 코크라의 말에 반박하려 할 때였다.

냉엄한 음성이 울렸다.

“코크라의 말이 맞아.”

모두 놀란 시선으로 목소리의 주인공을 바라보았다. 아나테였다. 아나테의 뒤에는 라나가 서 있었다.

“아나테!”

하얀 머리칼을 출렁이는 아나테의 눈은 형형하게 빛나고 있었다. 묘하게 안정된 태도였다.

아나테는 걸음을 옮겨 코크라의 옆에 털썩 앉고는 테이블 위에 놓인 펠바레트의 지형을 바라보았다. 라나도 조용히 커트의 옆에 자리를 잡고 앉았다.

디오스가 떨리는 목소리로 물었다.

“아나테…… 괜찮니?”

아나테는 씨익 웃으며 백발을 치켜 올렸다.

“물어도 꼭 대답하기 곤란한 걸 묻네. 안 괜찮으면 어쩔래? 네가 다른 여자들한테 해준 것처럼 달콤한 찬양이라도 해줄 거야? 난 웬만한 찬양으로는 꿈쩍도 안 하는 거 잘 알지?”

디오스가 당황한 얼굴로 말을 고르지 못하자 아나테는 쌩긋 미소를 지었다.

“걱정 끼쳐서 미안해. 나 때문에 이럴 거 없어. 곤을 구하는 게 급선무잖아. 슬퍼하는 건 그 후에 할게. 이럴 때가 아니야.”

코크라가 킄킄 웃었다. 엄지를 치켜들어 아나테의 눈앞에 흔들었다.

“역시 넌 최고의 네크로맨서다. 저런 빈대 심장 가진 녀석들보다 훨씬 사내다워!"

"코크라, 나 여자야. 그 말 나한테 욕이라는 거 몰라?"

"흐흐. 그럼 최고의 여장부라고 해주지."

디오스는 묘한 눈으로 아나테를 바라보다가 한숨을 쉬었다.

'넌…… 정말 너무 강해. 그래, 나에겐 절대 약한 모습 따위는 보여주지 않겠지. 곤이나 돼야 너의 그런 모습을 볼 수 있을까?'

씁쓸한 눈으로 아나테를 바라보다 디오스는 곧 빙긋 웃었다. 곤을 질투하는 마음은 예전에 버렸다. 애초에 자신과 상대가 될 수 없는 바탕을 가진 사내가 곤이었다. 새삼 곤이 그리워졌다.

코크라와 아나테는 묘한 공감이 서린 눈으로 서로 바라보다가 싱긋 웃음을 주고받는 것으로 말을 그쳤다. 많은 말이 필요하지 않을 정도로 서로에 대한 감정이 쌓인 상태였기에.

라나가 손뼉을 쳤다.

짝!

"그럼, 펠바레트를 공략할 계획을 짜볼까요?"

"좋지!"

아나테와 라나의 등장으로 갑자기 활기를 띤 자리에 열띤 토론이 오갔다.

토르는 팔짱을 낀 채 아나테를 바라보다가 조용히 시선을 돌려 펠바레트의 지형을 바라보기 시작했다. 가슴속에서 활활 불길이 타오르기 시작했다.

'곤, 기다려. 내가 간다!'

토르의 눈이 붉은빛을 띠며 이글거렸다.

3

쾅!

굉음과 함께 탁자가 가루로 부서졌다.

펠바레트의 수도, 케이프 성의 한 방이었다. 검은 망토를 걸친 사내와 휘황찬란한 황금색 치장을 한 사내가 마주 앉아 있었다. 우로보스와 고오트가 인간의 모습을 하고 있었던 것이다.

블랙 드래곤 우로보스는 씩씩거리며 조용히 앉아 있는 골드 드래곤 고오트를 보고 있었다.

"소환까지 해놓으시고 왜 나를 만나주시지 않는 거지? 도대체 로드께서는 무슨 생각을 하시는 거냐?"

"내게 물어봐야 소용없다는 걸 알잖아. 넌 지시대로 케이프 성 외곽을 지켜. 로드께서 광범위 마나 결계를 치셨으니 토르가 곧장 케이프 성으로 텔레포트할 방법은 없어. 1차 저지를 네게 맡기신 거야."

"왜 토르에게 그토록 관대하신 것이지? 내게는 이제 밝힐 때가 되었잖아! 나트판과 그리니아, 비아토가 죽었어! 나도 단지 이용물일 뿐인 거냐!"

"말이 지나치군, 우로보스. 로드께 불경하면 어찌 되는지 너도 알잖아. 아무리 섭섭하더라도 말을 골라서 해."

고오트의 충고에 우로보스는 섬뜩한 표정으로 주위를 바라보다 목소리를 낮추었다.

"고오트, 너라도 말해줘야 할 게 아닌가. 도대체 뭐가 어떻게 돌아가는 거야?"

"나도 잘 몰라. 언제 내가 제대로 아는 거 봤어? 난 아버지, 아니, 로드께서 시키는 대로 할 따름이야. 내 처지는 너도 잘 알 텐데?"

"후우!"

우로보스가 답답한 듯 고개를 젖혀 천장을 바라보았다.

"정말 미치겠군."

"내가 너에게 말해줄 것은 하나밖에 없어. 로드께서 무얼 꾀하고 계신지는 나도 잘 모르겠지만…… 심경에 변화가 있으신 건 분명해."

"무슨 소리지?"

우로보스가 눈을 빛내며 고오트를 바라보았다.

"죽여도 된다고 하시더군. 전에는 토르를 죽이라고는 하시지 않았잖아. 그런데 이번엔 죽여도 좋다고 하셨어."

"그래? 드래곤 나이트가 아니라 내 손으로 죽여도 좋다고?"

"맞아."

우로보스는 뚫어져라 고오트를 바라보았지만 고오트의 황금색 눈동자 속에서는 아무것도 발견할 수 없었다.

"이제 라토시에 대한 미련을 완전히 끊으신 것인가? 그럼 라토시의 본체는?"

"당신께서 직접 데려가셨어."

"드래고니아로?"

"그래."

"허참……. 이게 도대체 무슨 놀음인지……."

절레절레 고개를 젓던 우로보스가 몸을 일으켰다.

"고오트, 답답하지 않은가? 언제까지 아버지의 권위에 짓눌려 살

건가?"

"어쩔 수 없잖아. 로드를 거역할 수는 없어. 더구나 내겐 아버지야."

"흐……. 어쨌든 듣고 싶은 말을 들었으니 이만 물러가겠다. 너는 결코 토르를 볼 수 없을 것이야. 내 손으로 죽이고 차기 로드 자리를 내게 달라 말씀드리겠다."

"마음대로. 하지만 조심해. 로드께 불경하다간 너도 어찌 될지 모르니까."

"쯧쯧. 내가 정말 로드를 두려워한다고 생각하나? 난 단지 전대 로드께 거역한 채 로드가 되고 싶지 않을 뿐이야. 드래곤의 역사에 그런 로드는 하나도 없었으니까."

"잘해봐, 우로보스."

"그럼 토르의 목을 갖고 돌아오지."

"그래."

"너도 좀 가슴을 펴고 살아봐. 그게 뭐냐? 넌 골드 드래곤의 수장이라고."

고오트가 아무 말 없이 바라보자 우로보스는 혀를 차더니 창밖으로 몸을 날렸다. 검은 유성처럼 허공을 가르는 우로보스를 보며 고오트가 조용히 중얼거렸다.

"넌 절대 돌아올 수 없을 거야. 로드의 큰 뜻은 이제까지 어긋난 적이 없어……."

고오트는 조용히 눈을 감았다.

4

“정말 재미있군.”

코크라가 긴 손톱으로 탁자를 탁탁 두드렸다.

그들의 눈앞에는 커다란 양피지가 놓여 있었다. 프로시안이 토르에게 연락해 커트가 방금 프로시안에게서 받아온 것이었다. 프로시안은 드로우, 아니, 오올리의 죽음에도 불구하고 토르를 향한 지지를 철회하지 않겠다는 뜻을 밝히고 펠바레트의 전언이라며 이것을 보내왔던 것이다.

양피지에는 토르를 향한 메시지가 분명하게 적혀 있었다.

라토시, 케이프 성으로 올 것 마나 결계를 쳤으니 텔레포트는 불가. 기다리겠음.

고오트가 적음.

“머리 아프게 계획 짤 필요 없겠네. 가자.”

토르의 말에 라나가 목소리를 높였다.

“토르! 틀림없이 무슨 음모가 있을 거예요!”

“음모면 어때? 여태는 그럼 아무 음모도 없었나? 오히려 잘된 일이야. 부딪치고 깨뜨리는 게 내 스타일이야. 복잡하게 생각할 것 없어. 함정이 있으면 함정을 깨면 돼.”

“하지만 토르!”

“그만.”

토르는 라나의 말을 막고 천천히 친구들을 둘러보았다.

"이 싸움으로 모든 걸 정리하고 싶어. 아마 카이서스도 그런 모양이야. 고오트는 카이서스 말이라면 무조건 따르니까. 이 전언도 카이서스의 뜻일 거야. 고오트는 절대 독단으로 일을 처리하지 않아."

코크라가 씩 웃더니 고개를 끄덕였다.

"나도 동의한다. 하지만 재미있어. 이건 완전히 네가 원하는 방식의 싸움이잖아. 이제 와서 이런 방법을 쓰는 이유를 모르겠군."

"이유 같은 거 따질 필요가 있을까? 난 가야 하고 카이서스는 오라고 했어. 텔레포트를 통한 기습은 안 통하니 정면으로 덤벼보라고 선포한 거야. 피할 이유가 없지."

"자신은 있냐?"

토르는 대답없이 빙긋 웃기만 했다.

"적어도 내 능력은 완전히 알고 있지. 생각해 둔 거도 있고."

"그 정도면 됐다. 난 헬나이트 안으로 들어가지."

코크라의 몸이 스르르 헬나이트 안으로 빨려 들어가자 토르는 눈빛을 빛냈다.

"모두 준비해."

아나테가 몸을 일으키며 양 옆구리를 툭툭 쳤다. 전에는 볼 수 없었던 두 개의 주머니가 달려 있었다.

"이미 마쳤어."

디오스와 커트, 라나도 몸을 일으켰다.

토르가 빙긋 미소를 띠었다.

"텔레포트가 가능한 한계까지 케이프 성 가까이 가도록 하자."

토르는 한 명씩 차례로 눈을 맞추고는 씩 하얀 이를 드러내며 웃었다.

"카이서스 놈의 얼굴을 완전히 구겨주자구."

딱!

토르의 손가락이 퉁겨짐과 동시에 아공간에서 모두의 모습이 사라
졌다.

5

"흐음. 여기까지가 한계네. 여기부터 마나 결계가 펼쳐져 있어."

토르는 케이프 성이 한참 떨어져 보이는 평원에서 입맛을 다셨다.

초원이라 할 만한 곳이었으나 곳곳에 커다란 바위가 솟아 있어 몸을
웅크린 복병들이 숨어 있는 것 같은 이상한 지형이었다.

토르의 뒤에 서 있던 아나테가 앞으로 나섰다.

아나테의 턱짓은 곳곳에 솟은 바위들을 가리켰다.

"일단 저것들부터인가?"

"그런 것 같군."

라나가 아나테의 곁으로 와 물었다.

"바위가 왜요?"

"그냥 바위가 아니에요, 라나. 저쪽 바위에 화살을 쏴볼래요?"

아나테가 손가락으로 가리킨 바위에 라나가 놀라운 속도로 화살을
날렸다. 말이 떨어지기 무섭게 날린 화살은 크로스 보우에서 발사된
것이라고는 믿기지 않을 만큼 놀랍도록 정확하게 바위를 맞췄다.

챙!

강한 금속음과 함께 화살이 튀어 올랐다.

“아!”

라나가 감탄성을 내뱉으며 숏 보우의 시위에 화살을 걸었다.

바위가 아니었다. 라나의 화살을 튕겨내고는 바위가 꿈틀꿈틀 움직이며 몸을 일으키는 것이 보였다. 평원 가득 솟아 있던 바위들은 하나하나가 모두 블랙 드래곤들이었던 것이다.

헬나이트 안에서 코크라의 목소리가 흘러나왔다.

―토르, 절대 흩어져서는 안 된다. 정면 돌파를 해야 하는 건 물론이고. 알고 있지?

‘물론이지.’

토르는 커트와 디오스, 아나테와 라나를 바라보고는 싱긋 웃었다.

“블랙 드래곤들에게 극성인 마법은 화염 마법이야. 다이아몬드 대형으로 돌격한다. 우로보스가 나오면 놈은 내가 맡지.”

“함께 맡자, 토르.”

아나테가 나서자 토르는 고개를 끄덕이고는 빙긋 미소를 지었다.

“아나테, 넌 또 하나 맡아줄 게 있어.”

“뭔데?”

“아크의 지휘를 네가 맡아.”

“아크?”

“이름을 지어줬지. 이 모습은 처음 보는 거지? 아크!”

토르의 일갈이 떨어지자 아크의 거대한 모습이 창공을 찢으며 나타났다. 거대한 동체를 꿈틀거리며 포효하는 모습에 블랙 드래곤들이 일순 주춤거렸다.

“오!”

아나테가 감탄한 표정으로 허공을 나는 아크를 바라보았다.

"저 갑옷은 뭐야?"

"나트판을 죽이고 심장과 뼈를 아크에게 주었어. 멋지지 않아? 죽음의 세계에 갔을 때 본 라만테라는 명기사의 갑옷을 본떴지. 네 취향에도 맞지?"

"요 귀여운 것!"

아나테가 갑자기 토르의 목에 팔을 두르고는 쪼옥 입맞춤을 했다.

토르는 빙긋 웃으며 뺨에 느껴지는 아나테의 입술을 참으로 오랜만에 즐겼다.

입을 뗀 아나테가 입맛을 다셨다.

"크니까 좀 재미가 없네. 이건 반항을 해야 할 맛이 나는데."

"볼 정도는 얼마든지 좋아."

토르도 아나테의 볼에 가벼운 키스를 해주자 디오스가 빽 소리를 질렀다.

"싸움 안 할 거야?"

토르는 빙긋 웃으며 헬나이트를 고쳐 잡았고 아나테는 발을 굴러 아크의 등으로 뛰어올랐다. 오랜만에 아나테를 태운 아크가 기쁨의 포효를 질렀다.

캬우우우우—

평원을 진동하는 아크의 포효를 뚫고 천천히 모습을 드러내는 거대한 블랙 드래곤이 있었다. 블랙 드래곤의 수장, 우로보스였다.

우로보스는 창공을 나는 아크를 보며 부드득 이를 갈았다.

"라토시! 저분이 누구신지 잊었느냐? 블랙 드래곤들의 자랑인 전전대 로드 아이크시다! 넌 내게 최소한의 예의도 안 지킬 셈이냐?"

토르가 코웃음을 쳤다.

"예의? 내 친구들을 드래곤 나이트로 만든 넌, 내게 예의를 지킨 거냐? 네가 그런 말을 한다는 것 자체가 웃기는 노릇이야. 쓸데없는 말은 집어치워! 덤빌래? 말래? 아참. 애들은 치우는 게 어떠냐? 일 대 일 어때? 전에 하려다 말았잖아. 애들 동원하면 저 위에 아크보고 상대하게 하지. 볼만할 거야."

우로보스가 으드득 이를 갈았다.

"이 자식……!"

"왜, 깨질까 봐 무섭냐? 무서우면 애들 데리고 딴 데 가. 카이서스와 볼일 끝나면 널 부르마."

이를 갈며 토르를 노려보던 우로보스가 갑자기 미친 듯 웃음을 터뜨렸다.

"으흐흐. 흐하하하하하!"

토르가 뜨악한 표정으로 물었다.

"왜 미친놈처럼 웃고 그래? 귀 따갑다."

우로보스는 웃음을 멈추고 눈을 빛냈다. 토르를 보는 눈이 전의에 불타고 있었다.

"여전하구나. 그 자신감은. 나와 붙으면 언제나 날 이길 수 있다고 생각하겠지?"

토르의 입에 슬쩍 미소가 떠올랐다.

'그래, 우로보스. 넌 항상 도발적이었지. 그래서 너랑 싸우는 게 재밌었어.'

"여태 그랬잖아. 무서우면 도망가도 돼."

"이번엔 좀 다를 것이다. 내가 준비도 없이 네 앞에 나섰다고 생각하면 오산이야."

갑자기 우로보스의 몸이 팽이처럼 회전했다. 거대한 드래곤의 형상이 순식간에 사라지고 몸에 딱 달라붙는 검은색의 체인메일을 입은 인간의 모습으로 화했다. 복면에 가까운 모자를 눌러써 눈빛만이 간신히 보일 뿐인 기이한 모습이었다.

양손을 눈앞에 교차시켜 세운 우로보스가 으스스한 미소를 띠었다.

"오랜만이지? 인간 모습으로 둘이 붙는 건?"

토르가 갑자기 웃음을 터뜨렸다.

"뭐야? 흑암의 버서커? 너 아직도 그 짓 안 그만뒀냐? 그 꼴 해갖고 나한테 깨진 게 벌써 언젠데 그래?"

디오스가 토르의 말을 듣고 깜짝 놀라 우로보스를 다시 보았다.

흑암의 버서커.

옥스칼토네 대륙 전역에 전설처럼 회자되는 죽음의 암살자를 일컫는 칭호였다. 어떤 무기로도 죽일 수 없고, 어떤 곳에 숨어도 암살을 피할 수 없다는 존재, 그야말로 신화와 같이 세대를 건너 인구에 회자되는 전설적 존재가 흑암의 버서커였다.

'과연……. 흑암의 버서커가 블랙 드래곤이었다 이거지?'

놀라는 한편 묘하게 수긍도 갔지만 무엇보다 든든한 건 토르의 반응이었다. 흑암의 버서커가 우로보스라는 것도 놀라웠지만 이미 토르가 이긴 전력이 있는 모양이다. 디오스는 크게 안심이 되었다.

그때, 우로보스가 교차시킨 양손을 부딪쳤다.

챙캉!

날카로운 금속음과 함께 우로보스의 웃음소리가 터졌다.

"흐흐. 이건 안 보이나, 토르?"

"뭐야, 무기를 바꿨냐? 그런 장난감 같은 대거 두 개로 날 상대하겠다고?"

우로보스의 양손에는 날카로운 대거 두 개가 거꾸로 잡혀 있었다. 검은 칼날은 검은색의 옷에 가려 묘하게 눈에 띄지 않았다.

"흐흐. 토르, 헬나이트를 너무 믿나 보구나. 이 대거들…… 눈에 익지 않은가?"

우로보스가 빙글 손목을 휘돌렸다. 손잡이 끝에 고리가 달려 있어 손가락을 걸 수 있는 대거가 방향을 바꾸어 토르를 향해 날을 세웠다. 검은빛을 띤 검신을 보다 토르는 고개를 갸웃거렸다.

"분명히 처음 본 건데…… 익숙하긴 하군."

우로보스의 미소가 짙어졌다.

"이 대거들은 헬나이트를 만드시기 전, 아이크께서 직접 만드신 대거지."

"그래? 그래서 익숙했군. 그래서 뭐 어쨌다고? 그래 봐야 그 대거들은 헬나이트의 실패작이잖아."

"흐흐. 헬나이트에는 코크라를 가두셨지. 이 한 쌍의 대거는 두 개를 함께 쓰지 않으면 효과가 없거든. 마족 둘을 가두실 수는 없으시니 헬나이트를 다시 만드신 거야. 절대 헬나이트보다 떨어지는 병기가 아니야, 토르. 이 대거로도 에이션트 드래곤을 찌를 수 있다."

그때, 헬나이트 안에서 코크라의 음성이 들렸다.

─토르…… 저 대거들…… 너무 얕보면 안 되겠다. 마족의 기운이 느껴져.

'마족? 누군데?'

─너도 아는 놈인 것 같다. 흐흐. 진짜 피 맛 한번 진하게 보겠군……. 전에 죽인 발록이란 놈 기억나냐?

'발록? 아……! 예전에 너와 처음으로 말 섞을 때, 죽인 그 마족?'

—그래. 그놈 냄새가 난다. 어쩐지…… 죽음의 세계에 없더라니……. 저 대거에 영혼이 봉인된 모양이군. 한 번 죽인 놈이라고 너무 방심하지는 마라. 그때는 쉽게 죽였지만 나름대로 실력있는 놈이니까.

'그래서 우로보스가 저렇게 자신만만하군.'

—자신만만은. 멍청한 놈이야. 저렇게 다 밝혀서야 비밀 병기의 효과를 볼 수 있냐?

'아니. 그게 우로보스야. 비겁한 거랑은 체질적으로 거리가 먼 놈이야. 적어도 솔직하게 나쁜 놈이지.'

토르는 빙긋 웃음을 짓더니 우로보스를 바라보았다.

"그래, 인정하마. 꽤 준비를 해왔다는 걸. 발록을 봉인한 대거인가?"

"흐흐. 코크라가 가르쳐 주었나 보군. 그렇다. 스톰 대거라 이름 붙였지. 이제 너와 나의 조건은 동일하다."

토르의 웃음이 짙어졌다. 살벌한 기운이 뚝뚝 흘렀다.

"검 말고도 우린, 애초에 너무 차이가 나."

"그건 네 생각이지!"

"이번엔 확실하게 가르쳐 주마. 너와 나의 영원히 좁혀지지 않을 차이를!"

헬나이트에서 붉은 화염이 치솟아올랐다.

과연 곤이야 : **Chapter 68**

토르와 우로보스를 둘러싸고 거대한 원이 생겨나 있었다. 원의 한 편에는 블랙 드래곤들이 늘어서서 눈을 빛냈고 다른 편에는 토르의 일행이 가슴을 졸이며 싸움을 지켜보고 있었다. 아나테도 아크와 함께 땅에 내려와 토르의 싸움을 보는 중이었다.

라나가 아나테의 손을 살짝 잡았다. 손끝이 떨리고 있었다.

"아나테…… 괜찮을까요?"

"걱정되나요?"

"여태 토르의 싸움을 보면서 마음이 편했던 적은 한 번도 없었어요……."

"걱정하지 말아요. 토르는 인간의 한계도 드래곤의 한계도 뛰어넘었으니까요."

"하지만 너무 위험해 보이는걸요……."

아나테의 입가에 살짝 미소가 서렸다.

"아직 라나의 실력이 저 싸움의 숨은 뜻을 알아볼 만하지 않아서 그래요. 토르가 유리한 싸움이에요. 걱정 마세요."

라나는 아나테의 위로에 가슴을 쓸어내렸지만 여전히 눈에는 불안한 감정이 떠올라 있었다. 토르는 아까부터 일방적으로 우로보스에게 몰리는 것처럼 보였기에. 잘 봐줘도 간신히 대등한 정도로밖에 보이지 않았다.

'왜 유리하다는 거지?'

챙! 챙!

라나의 상념을 끊는 날카로운 소리가 잇따라 울렸다.

우로보스가 장담한 것처럼 스톰 대거는 헬나이트에도 잘려 나가지 않았다. 단검 특유의 움직임으로 적절히 헬나이트를 비껴 막으며 빠른 몸놀림으로 토르를 압박하고 있었다. 거꾸로 잡은 단검으로 사각을 통해 베어 들어오는 공격이 위협적이었다.

꽈꽝!

폭음과 함께 검은 연기가 치솟았다.

토르가 대거를 피해 뒤로 몸을 빼자 우로보스의 입에서 검은 브레스가 뿜어져 나왔던 것이다. 대지를 두드린 브레스 공격은 폭음과 함께 지표면을 끈끈하게 녹이고 있었다.

토르가 헬나이트를 고쳐 잡으며 여유있게 말했다.

"하하. 많이 늘긴 했구나, 우로보스."

"네놈도. 무식하게 돌진만 하던 놈이 제법 검을 익혔구나. 무기술 따위는 인간이나 익힌다고 빈정대더니. 장난은 이제 그만 해라. 언제까지 피하기만 할 거냐?"

"얼마나 늘었는지 보려고 그랬지. 이젠 예전처럼 해볼까 하는데, 준비됐냐?"

"호호. 그럼 해봐!"

우로보스가 고함을 지르며 몸을 날렸다.

헬나이트에 맺힌 검붉은 화염이 일직선으로 폭사되어 우로보스에게 날아갔다.

"어쭈?"

말과는 달리 토르가 다급하게 움직였다.

우로보스가 헬나이트의 검강을 피하며 분신술을 펼쳤던 것이다. 두 개, 네 개, 여덟 개로 늘어난 우로보스가 동시에 토르를 덮쳐 왔다.

따다다다다당!

어지러운 쇳소리가 울렸다. 토르가 정신없이 뒤로 물러나며 헬나이트의 검신을 이리저리 흔들었다.

뒤에서 지켜만 보고 있던 디오스가 깜짝 놀라 커트에게 물었다.

"커트! 저 분신들이 모두 실체인가?"

"그렇군. 대단하네. 버서커의 전설이 전설만은 아니었군. 우리라면 저 공격에 당했겠지."

디오스는 냉정하게 평가를 하는 커트를 어처구니없는 듯 바라보았다.

"자넨 긴장도 안 되나?"

"긴장은. 오히려 불만이네. 토르가 너무 상대를 얕보고 계시는군. 아니면 존중해 주는 것일까?"

"무슨 소리야?"

"저렇게 몰릴 이유가 없으시거든. 발록의 힘을 시험하려는 것일까?"

"그럼 저게 일부러 몰리는 거란 말인가?"

"토르 실력을 알잖나?"

"뭐야? 이길 수 있는데 논다는 거야? 이익!"

디오스가 버럭 고함을 지르려는데 커트가 입을 막았다.

"읍! 무슨 짓이야?"

"다른 의도가 있을지도 모르는데 자네야말로 무슨 짓인가? 집중력이 흩어지면 어찌 되는지 몰라서 그래?"

디오스의 불만에 화답이라도 하듯, 토르의 움직임이 변하기 시작했다. 빛살처럼 분신을 만들어내며 쇄도하는 우로보스에게 맞춰 빠르게 움직이던 토르의 몸이 우뚝 멈춰 섰던 것이다. 그리고 그 순간, 상황이 변하기 시작했다.

차차차차창!

우로보스의 대거는 사방팔방에서 방위를 가리지 않고 토르의 사각을 노리고 있는데 토르는 슬쩍슬쩍 발의 방향만 바꾸면서도 대거의 공격을 모두 차단하고 있었다. 토르의 입가에 웃음이 맺히고 있었다.

우로보스가 돌연 훌쩍 몸을 날려 뒤로 물러섰다. 우로보스의 눈이 이글이글 타오르고 있었다.

"무슨 마법을 쓴 것이냐?"

"우로보스……. 넌 무기만 얻었을 뿐, 예전과 하나도 변한 게 없구나. 그 상태로는 날 절대 못 이겨. 난 마법을 쓰지도 않았어. 빠르게 움직인다고 그게 절대 강한 게 아니야. 움직이지 않고서도 빠른 움직임을 제압할 수 있어. 내가 인간이 된 후 배운 것들 중 하나지."

"무슨 궤변이냐! 강하고 빠른 게 모든 걸 이기는 거야!"

"그래. 너와 나는 언제나 그걸 믿었지. 그래서 더 강하고 더 빨라지기 위해 경쟁했지. 하지만 그것만이 아니야, 우로보스. 강한 걸 이기는 방법이 더 강해지는 것만 있는 게 아니었어.”

“헛소리는 집어치워!”

돌연, 우로보스의 몸에 검은 그림자가 서리기 시작했다. 두 개의 대거에서 피어난 그림자가 우로보스의 몸과 겹쳐 우로보스의 몸을 두 겹으로 겹쳐 보이게 했다.

토르는 쓸쓸한 미소를 지었다.

“발록의 영혼과 결합하는 거냐? 그런다고 날 이길 수 있을 것 같아?”

“닥쳐라!”

우로보스의 목소리가 웅웅 울리기 시작했다. 우드득, 우드득 하는 뼈가 부딪치는 소리와 함께 우로보스의 머리에 뿔이 돋기 시작했다. 등줄기로 날개가 솟아오르기 시작했다.

“흐하하하! 봐라! 너와 하나도 다르지 않아! 나도 마족의 영혼을 소유했단 말이다! 발록은 이제 내 노예야!”

토르의 눈에 얼핏 실망감이 떠올랐다.

우로보스는 라토시와 가장 비슷한 기질을 가진 드래곤이었다. 라토시는 화급하고 우로보스는 냉정하다는 성격만은 달랐지만 삶을 피의 투쟁으로 이해하고 강함을 숭상했다는 점에서는 가장 통하는 바가 많았던 존재였다.

“너는 정말 그대로구나…….”

토르는 날개를 펄럭이며 발록과 한 몸이 되어 돌진해 오는 우로보스를 보며 쓸쓸한 미소를 지었다. 헬나이트가 조용히 빛나기 시작했다.

“캬오오오오―”

우로보스의 입에서 검은 브레스가 터져 나와 토르를 덮쳤다. 양손에서 대거가 사라졌다. 허공을 제압하며 팽이처럼 회전하는 두 개의 대거가 토르를 향해 쏘아졌다.

꽈르르르릉!

검은 불벼락이 우로보스의 양손에서 피어나 토르의 사방으로 날아들었다.

거센 공격의 가운데에서 토르는 조용히 헬나이트를 들었다.

“우로보스… 코크라는 내 노예가 아니야. 친구야. 그 차이를 넌 영원히 모르겠지?”

버언쩍!

헬나이트에서 휘황찬란한 붉은 빛이 폭발했다. 토르의 몸이 순간적으로 사라졌다. 허공에 둥둥 뜬 헬나이트만이 존재하는 듯 보였다. 곤이 완성한 풍뢰금강검의 마지막 초식인, 심검 풍뢰무였다.

토르를 노리고 날아들던 대거 두 개가 허공에서 먼지처럼 부서지며 사라졌다. 우로보스가 뿜어낸 검은 브레스와 번개가 미풍에 날리는 모래알처럼 소리없이 스러졌다.

우로보스가 경악한 눈으로 토르를 보고 있었다. 발록과 결합한 상태로 돌진하다 머리부터 가루로 부서지고 있었다. 토르의 앞까지 도달했을 때는 우로보스의 형체는 이미 남아 있지 않았다.

“후……”

토르는 한숨을 쉬었다.

씁쓸한 눈으로 창공을 바라보는 토르의 입에서 나직한 목소리가 흘러나왔다.

“잘 가라……. 한때의 라이벌이여.”

기이한 슬픔을 느끼며 토르는 헬나이트를 거두었다. 우로보스의 잔해인 검은 먼지가 꽃가루처럼 허공으로 날려 올라갔다.

2

고오트는 공손하게 고개를 숙이고 있었다. 아무도 없는 방이었는데도 고오트의 자세는 경건해 보이기까지 했다.

그때, 어디선가 우렁우렁한 목소리가 울렸다.

―우로보스가 처리되었구나.

카이서스의 목소리였다. 고오트는 고개를 들지 않고 대답했다.

"그는 토르의 상대가 될 수 없으니까요. 그만 몰랐을 뿐, 누구도 그가 토르와 대등하다고는 생각하지 않았습니다."

―능력에 비해 욕심이 너무 많았지…….

고오트는 대답이 없었다.

카이서스가 다시 말했다. 부드럽게 울리는 목소리에는 어딘가 안타까운 정감이 담겨 있었다.

―준비는 다 되었느냐?

"말씀하신 대로 배치를 마쳤습니다. 토르가 곧 그들을 만날 것입니다."

―너는 언제까지 나를 원망할 셈이냐?

고오트가 대답없이 고개만 숙이고 있자 카이서스는 짙은 한숨을 흘렸다.

―후우……. 어쩔 수 없는 선택이었다. 이제 조금만 참으면 돼. 조금만……. 라토시가 제정신을 차리면 모든 게 제자리를 찾을 것이야. 너도…….

고오트는 계속 고개만 숙이고 있었다. 카이서스의 탄식이 이어지다 점점 사그라졌다.

한참 동안 고개를 숙이고 있던 고오트가 고개를 들었다. 그의 두 눈이 물기에 얼룩져 번들거리고 있었다.

"지나간 세월은 돌이킬 수 없습니다 ……. 제자리를 찾기에도 너무 늦었죠……. 이 모든 일이 저를 위해 계획하신 일이 아니니까요……."

고오트는 조용히 몸을 일으켰다. 그는 황금색 망토를 펄럭이며 방에서 빠져나갔다.

토르 일행은 케이프 성을 바라보며 서 있었다. 바로 앞에 활짝 열린 성문이 기다리고 있었다.

우로보스를 죽인 후, 왠지 감상에 빠져든 토르 때문에 한마디 말도 없이 이곳까지 걸어온 참이었다. 우로보스가 죽자 토르의 조용한 호통 한 번에 블랙 드래곤들은 새 떼처럼 흩어졌다.

그 후엔 아무 제지도 없었다. 평원을 지나 성문 앞에 다다르는 동안 토르 일행은 너무나 쉬운 여정에 어리둥절할 지경이었다.

디오스가 토르의 뒷모습을 보다 커트를 툭 쳤다. 토르가 분위기를 잡는 통에 모두 한마디 말도 없는 것이 너무 답답했던 것이다.

"커트, 이상하네? 병사들도 없는 것 같잖아?"

커트가 고개를 끄덕였다.

"맞네. 케이프 성엔 지금 인간의 자취가 느껴지지 않아. 아마 모두

성을 빠져나간 듯 보이는군."

"뭐야? 그럼 성에는 골드 드래곤들만 있다는 것인가?"

"그렇지. 이유는 모르겠지만. 그리고…… 이 안에 곤도 있겠지."

그때, 아나테가 앞으로 나와 토르의 어깨를 쳤다.

"언제까지 그런 얼굴 하고 있을래? 우린 할 일이 있잖아."

토르가 조용히 고개를 돌렸다. 하지만 토르의 눈은 아나테를 보고 있지 않았다. 막막한 바다 속을 보는 것처럼 토르의 눈은 멀고 먼 어딘 가를 응시하고 있었다.

우로보스를 죽인 후, 어쩐지 너무나 쓸쓸했던 토르였다. 그리니아가 죽었을 때와는 또 다른 감정이 밀려들었다. 후회나 번민은 없었다. 다 만, 허전했을 뿐이다. 과거의 호적수가 몰락한 모습이 묘한 슬픔을 주 었다. 그런 최후가 우로보스에게는 어울린다는 생각도 들었지만 꼭 있 어야 할 무언가를 잃은 듯해 침묵에 잠겨 있었던 것이다.

아나테의 목소리가 다시 들렸다.

"앞을 봐. 뒤를 보지 말고."

비로소 눈앞에 서 있는 아나테가 제대로 보였다. 아나테의 뒤로 디 오스와 커트, 라나의 얼굴이 보였다. 그 안에 꼭 있어야 할 사람, 그러 나 지금은 없는 사람이 떠올랐다.

'곤……'

토르는 미소를 띠며 힘차게 고개를 끄덕였다.

"그래! 가자, 곤을 구하러!"

"그래야지!"

아나테가 토르의 어깨에 팔을 두르고는 앞장서 걸음을 옮겼다. 활짝 열린 성문 안으로 토르 일행이 차례차례 모습을 감추었다.

망루가 세워진 세 개의 성문을 통과하는 동안, 디오스는 바싹 긴장해 래피어를 잡은 손에 힘을 주었다.

망루와 흉벽에는 석상과 같이 골드 드래곤들이 줄지어 서 있었다. 마치 영예로운 사열대의 한가운데를 통과하는 듯했지만 드래곤들이 풍기는 압박감은 전신의 솜털마저 곤두세울 듯했다.

'공격할 마음은 없는 건가……?'

골드 드래곤들의 황금색 눈에는 공격의 의지가 없었다. 토르를 바라보는 눈에는 경외가 담겨 있긴 했지만 살기는 조금도 없었다.

성내엔 한 사람도 인간의 모습은 보이지 않았다. 드래곤들만이 지키고 있는 성이었다. 저 높은 하늘에서 인간을 굽어보는 듯 압도적인 위압감을 풍기는 골드 드래곤들의 위엄만이 성안에 가득했다.

디오스의 바로 옆을 걷는 커트가 텔레파시를 보냈다.

―디오스, 긴장을 늦추지 말게. 아마도 내성에서 우리를 맞을 모양이야. 그곳에 곤이 있을 걸세. 신검 이슬란을 잡은 곤이. 우리에게는 가장 어려운 관문이 될 거야.

디오스는 불끈 주먹을 쥐었다. 곤의 이름을 듣자마자 온몸을 압박하던 긴장감은 새로운 전의로 채워졌다. 그날의 곤이 생각났다. 카이서스에게 조종당해 라나를 죽이려 했던 곤이.

'반드시 구하겠다, 곤. 기다려!'

디오스의 눈빛이 바뀌는 것을 보고 커트는 엷은 미소를 지었다. 아나테를 사이에 둔 사랑의 경쟁자라고 입버릇처럼 말하지만 커트가 보기에 디오스는 이미 아나테를 사랑하는 연인보다는 가족처럼 여기고 있었다. 곤에 대한 감정도 그와 비슷하다는 것을 커트는 잘 알고 있었다.

'문제는…… 토르군. 곤을 제압할 방법이 있을까……? 곤을 제압해 혼돈의 슈라임에 가야 할 텐데…….'

토르와 아프라삭스가 나눈 대화를 듣지 못한 커트는 곤의 정신을 아나테 때와 같은 방법으로 회복시킬 수 있다고 믿고 있었다. 토르는 곤을 어찌 구할지에 대해 일행에게도 아무 말이 없었던 것이다.

잠시 후, 토르의 일행이 내성 앞에 다다르자 육중한 문이 소리없이 열렸다.

토르가 발걸음을 멈추었다.

열린 문 안에서 황금 빛 찬란한 망토를 걸친 사내가 모습을 드러냈던 것이다.

"고오트……."

"오랜만이군."

"성대한 환영이었어. 네 뜻인가? 아니면 카이서스의 뜻인가?"

"로드의 뜻이네. 내 뜻이 아니지."

"너다운 말이군. 어쨌든 고맙다. 나트판처럼 인간들을 앞세우는 건 딱 질색이니까."

"인간이 개입할 필요는 없지. 네 일행도 끼어들 자격이 없는 건 마찬가지야."

분노한 아나테가 한 걸음 나서려는데 토르가 막았다.

"그 말뜻은 우리끼리 해결하자는 것이냐?"

고오트는 묵묵히 토르를 바라보다 몸을 돌렸다.

"따라와라."

고오트가 갑자기 내성 안으로 걸음을 옮기자 토르는 뒤를 돌아보며 나직하게 말했다.

"저렇게까지 말한 이상 함정 같은 건 없을 거야. 카이서스가 원하는 건 내 완전한 각성이니까. 내가 말하지 않는 이상 너희도 지켜보기만 해."

아나테가 날카로운 목소리로 쏘아붙였다.

"이건 너만의 문제가 아니야, 토르!"

"그건 맞아. 하지만 내게 맡길 수 없을까? 더 이상 친구들이 다치는 건 보고 싶지 않아. 도움이 필요하면 반드시 말할게. 약속해, 아나테."

아나테는 토르를 바라보다가 마지못해 고개를 끄덕였다.

"내 판단으로 움직일 수도 있어. 그것까지 말라고는 하지 마."

"알았어. 누가 아나테를 말리겠어?"

토르는 빙긋 웃으며 몸을 돌려 고오트의 뒤를 따르기 시작했다. 아나테가 선두에 선 채, 라나와 디오스, 커트가 뒤를 따랐다. 모두가 내성 안으로 들어서자 성문은 다시 소리없이 닫혔다. 골드 드래곤들의 시선만이 성문에 머물고 있었다.

3

고오트의 뒤를 따라 걷던 토르는 이상한 기분에 휩싸였다. 어딘가 그가 알던 고오트와 달랐다.

'기분 탓인가……?

골드 드래곤의 수장인 고오트. 에이션트 드래곤들 사이에선 중재의 역할을 맡곤 했었다. 언제나 한쪽에 치우치지 않고 중립을 유지하는 그의 태도 때문이기도 했고, 드래곤 로드인 카이서스의 아들이라는 배경도 크게 작용했다.

하지만 토르가 기억하는 고오트는 자기 속을 전혀 밝히지 않는 드래곤이었다. 싸움을 제외한 무엇에도 관심이 별로 없었던지라 라토시에게 고오트는 로드에게 자신의 뜻을 전달하기 위한 창구 이상의 의미를 갖지 않았다. 그만큼 고오트에 대한 라토시의 인상은 희미했고 토르도 그 이상의 느낌은 없었다.

그런데 왠지 고오트의 등에서는 이제까지 볼 수 없었던 의지가 엿보였다. 고오트가 갖고 있을 것이라고는 한 번도 생각해 보지 않았던 고오트만의 의지가.

'뭔가 꿍꿍이가 있는 거냐, 고오트?'

긴장을 늦추지 않을 때였다. 긴 회랑을 여러 차례 지난 후, 구불구불한 복도의 끝까지 온 고오트가 걸음을 멈추었다.

"토르, 이 방 안에 곤이 있다."

모두의 얼굴에 긴장이 떠오를 무렵, 고오트가 몸을 돌렸다.

"이곳엔 토르 너만 들어갈 수 있다."

아나테가 고함을 질렀다.

"무슨 소리! 우리 모두 들어간다!"

"아니. 너희는 들어갈 수 없다. 자격이 없어. 인간이 낄 곳이 아니다. 엘프도 마찬가지지. 너희는 이곳에서 기다린다."

아나테는 다시 소리를 지르려 했으나 입이 움직이지 않는 것에 깜짝 놀랐다. 목소리가 나오지 않았다. 손가락 하나 까딱할 수 없고 시야도 점차 흐려지기 시작했다. 토르의 목소리가 들렸으나 그조차 점점 멀어졌다.

'토르…… 곤…….'

토르는 아나테와 커트, 디오스, 라나를 차례로 바라보고는 고오트를 향해 나지막한 목소리로 물었다. 분노를 내비치지는 않았다. 일행 모두 홀드 마법에 걸린 것일 뿐, 생명에는 아무 지장이 없다는 것을 알고 있었기 때문이다. 그리고 변해 버린 고오트의 모습이 그의 분노를 막았기 때문이다. 토르는 약간 당황하고 있었다.

"고오트…… 그 모습은 대체 뭐냐? 뭘 어쩔 속셈이지?"

고오트는 여전히 황금빛 옷을 걸치고 있었으나 이제까지 입고 있었던 남성용 튜닉 복장이 아니었다. 하늘하늘한 망사 천을 휘날리는 헤닌을 걸친 고오트는 여성의 모습으로 변해 있었다.

고오트가 입을 벌렸다. 나지막한 저음이 아니라 맑은 미성이었다.

"놀랐을 거야……. 일행에게 해를 끼치지는 않을 거야. 네가 어떤 모습으로 이 방에서 나오건 이들은 지금 모습 그대로 너를 맞이할 테니까. 그때 홀드를 풀어줄게. 이들을 어떻게 대하냐는 건 너의 결정에 달렸지만."

"그 모습은 도대체 뭐냔 말이다! 너 여자였어?"

"글쎄. 내 본성대로 폴리모프하면 이런 모양인 건 맞아. 하지만 여자인지 남자인지는 나도 모르겠다. 하도 오랫동안 남자로 살아와서 이제는 여자도 남자도 아니니까."

"그게 무슨 말이야?"

고오트는 조용한 눈길로 토르를 바라보았다.

"모든 건 이 방 안에 들어갔다 나오면 결정될 거야. 그것이 로드의 안배니까. 넌 곤을 만나게 될 거야. 그리고 라토시의 본체도. 어떤 과정을 겪든 넌 잊고 있던 기억을 되찾게 될 거야. 네가 아버지, 아니, 로드와 나눈 말도, 네가 잊은 너만의 기억과 경험도. 그 후에 네가 어찌할지는 나도 모르겠다. 네게 이 모습을 보여준 건 이전의 라토시가 이 모습은 못 보았기 때문에 보여준 거야. 네 결정에 조금이라도 도움을 주려고.”

“고오트! 어디까지 알고 있는 거냐! 내가 카이서스와 나눈 이야기는 도대체 뭐야?”

“말할 수 없어. 이건 내 마지막 자존심이야. 처음으로 세운 내 의지야. 존중해 줘. 나도 지금의 너를 존중하기에 이들을 해치지 않았어. 인간들을 성 밖으로 내보낸 것도 그 때문이야. 모든 해답은 저 방에 있어. 그곳에서 모든 걸 묻고 나와.”

고오트는 그 말을 끝으로 입을 다물었다. 여태 자신의 의지라고는 단 한 번도 비친 적 없었던 그 모습이 아니라 너무나 고집스러운 태도였기에 토르는 이마를 짚었다.

힘으로 대하려 해도 상대는 여자였다. 라토시였다면 가리지 않았겠지만 그는 이제 토르였다.

“도대체 뭐가 어떻게 된 건지…… 네가 여자였다니……. 왜 숨긴 거야? 그 긴 세월 동안 도대체 어떻게 숨겼어?”

고오트는 대답하지 않았다. 내리까는 속눈썹이 파르르 떨릴 뿐이었다. 더 물어도 대답은 나오지 않으리라. 토르는 한숨을 쉰 후 물었다.

“이 안에 내가 혼자 들어가는 것이 로드의 뜻이냐?”

고오트가 고개를 끄덕였다. 아주 살짝.

“지금 네 모습도 로드의 뜻이야?”

이번엔 고개를 젓는다.

토르는 묵묵히 고오트를 바라보다가 입을 열었다.

“좋아. 들어가마. 하지만 너도 함께 들어간다. 그것까지 거절하지는 않겠지?”

생전 열릴 것 같지 않던 고오트의 입술이 움직였다.

“날 믿지 못하는 거야? 네 친구들에게 해를 끼칠까 봐?”

“널 믿지 못한다기보다는 로드를 못 믿는다고 봐야겠지. 내가 로드를 믿을 수 있다고 생각하냐?”

“아니…….”

“좋아.”

갑자기 토르가 손을 휘저었다.

일행의 주위에 견고한 마나 결계를 쳐놓았던 것이다.

“누군가 이들을 건드리면 내 친구들은 곧바로 다른 곳으로 텔레포트될 거야. 건드린 놈은 불에 타 죽을 테고.”

“어차피 이곳에는 아무도 오지 않아. 그리고 네 힘으로 로드의 마법을 막을 수 있을 거라 생각해?”

토르는 알 수 없는 미소를 짓더니 고오트에게 빙긋 미소를 보냈다.

“날 걱정하는 건가?”

흠칫한 표정으로 고오트가 고개를 저었다.

“아니.”

눈을 마주치기 싫었는지, 마주칠 수 없었는지 고오트가 눈을 내리깔았다. 그사이 토르는 유현한 눈으로 일행을 바라보다 알 수 없는 미소를 짓고는 몸을 돌렸다.

‘내가 믿는 건 나 자신. 그리고 내 친구들뿐이야.’

토르가 문을 밀치자 소리없는 침묵의 공간이 모습을 드러냈다. 바닥이 보이지 않는 공간은 어둡지도 밝지도 않은 묘한 상태였다. 몽롱한 꿈속으로 들어가는 것처럼 토르의 발길이 움직였다. 고오트가 조용히 뒤를 따랐다. 토르와 고오트가 들어서자 소리없이 문이 닫혔다.

아나테와 디오스, 커트와 라나는 여전히 석상처럼 굳은 채 문 앞에 서 있었다.

4

들어선 곳은 내성의 방 안이었지만 그곳은 결코 인간이 만든 건축물이 아니었다.

헤르미나의 아공간에 처음 갔을 때 느낀 막막함을 주었다. 바닥도 없고 벽도 없는 그저 아득하기만 한 텅 빈 공간이었다.

고오트가 토르에게 손짓했다.

"난 여기서 보고 있을게."

"그래."

토르는 고오트에게 눈길을 주지 않은 채 어느 한 점을 응시하고 있었다. 눈도 깜박이지 않았다.

느껴진다. 곤의 기운이.

패왕금강결을 익힌 자만이 풍기는 조화된 기운이었다. 그 속에 섞인 드래곤들의 이질적인 느낌까지도.

틀림없는 곤이었다.

토르는 고오트의 곁을 떠나 한 걸음 내디뎠다.

바닥도 없는 공간을 스치듯이 전진하는 토르의 뒷모습을 고오트는 물끄러미 바라보고 있었다.

'넌 모든 걸 알면 어떤 선택을 할까……?

고오트는 조용히 팔짱을 꼈다. 이 방에 들어온 건 자신의 선택이 아니었다. 어떤 결말이 나더라도 고오트는 간섭할 생각이 전혀 없었다. 그것이 아버지의 뜻에 반해 처음으로 세운 그녀의 의지였다.

"곤……."

어둠 속에서 서서히 곤이 걸어나올 때, 토르는 저도 모르게 신음성을 냈다.

회색빛 눈동자는 여전했다. 곤의 얼굴이라고는 믿기지 않을 정도로 감정이 실려 있지 않은 얼굴. 표정이 풍부한 편은 아니지만 깊은 정감을 풍기던 곤의 얼굴이 아니었다.

한 손에 쥔 아슬란은 새하얀 빛을 뿜고 있었다.

그때 곤의 입이 열렸다. 묵직한 카이서스의 목소리가 새어 나왔다.

"드디어 이곳까지 왔군, 라토시. 자네는 이제 이자를 죽여야 할 걸세. 그래야만 자네의 본모습을 찾을 수 있네."

토르가 이를 악물고 대답했다.

"카이서스, 네 뜻대로 되지는 않을 것이다."

"드래곤 네크로맨서의 영혼 봉인을 푼 건 놀라운 일이네. 하지만 이자는 내가 직접 통제하고 있어. 그 방법은 이자에게는 통하지 않아. 자넨 내 뜻, 아니, 이전에 자네가 결정한 대로 움직이게 될 걸세. 다른 방법은 없으니."

"내가 기억만 해내면 되는 것 아닌가! 네가 알려주면 되잖아!"

"아니……. 지금의 자네는 완전한 라토시가 아니야. 불완전한 토르일 뿐이지. 내가 알려주어도 자네는 거부할 걸세. 그리고 변하는 것도 없지. 이자를 죽여야 자네를 찾을 수 있다네. 완전한 라토시가 될 수 있지."

"라토시가 될 생각 따윈 없어! 난 그냥 토르야!"

"자넨 라토시네. 껍데기를 벗게. 이자를 죽이면 벗을 수 있을 것이야. 그러고 나면 지금의 반항이 얼마나 우스운 일이었는지 함께 이야기할 수 있을 것일세."

"카이서스!"

카이서스의 목소리는 더 이상 울리지 않았다. 곤이 조용히 이슬란을 치켜들었을 뿐이다.

토르는 목청을 돋우어 소리쳤다. 우렁우렁한 사자후가 공간을 뒤흔들었다.

"고온—! 정신 차려!"

그러나 곤은 사자후의 영향을 받지 않았다. 눈빛 하나 흔들리지 않았다. 아슬란에서 푸른 검강이 솟구쳤다.

토르가 버럭 고함을 질렀다.

"아슬란! 너 뭐 하는 거냐! 아무리 주인으로 인정했어도 지금 곤은 제정신이 아니잖아! 카이서스의 의도에 너까지 놀아날 셈이냐!"

아슬란은 검강을 내뿜을 뿐 말이 없었다.

토르가 거세게 소리쳤다.

"빌어먹을! 이 방법밖에 없다는 거냐? 좋아, 곤! 꼭 그래야 한다면 너를 힘으로 제압하겠다!"

헬나이트에서도 붉은 화염이 일렁이기 시작했다.

문밖에 석상처럼 서 있는 토르 일행 중 아나테의 눈이 서서히 움직이기 시작했다.
'토르……. 조금만 기다려.'
디오스, 커트, 라나 모두에게 텔레파시를 보내보았지만 아직까지 정신을 차린 건 자신뿐이었다.
토르가 마지막으로 보낸 전음이 아직도 생생했다.

"아나테, 너는 아마 고오트의 홀드 마법을 풀 수 있을 거야. 너희 중엔 네가 제일 강하니까. 드래곤의 힘도 가지고 있으니 너라면 가능할 거야. 홀드를 풀면 문을 열고 들어와. 도움이 필요할 거야. 곤을 구하자!"

토르는 고오트가 고개를 숙인 사이, 아나테에게 전음을 보냈던 것이다. 아득한 혼돈에 빠져 있던 아나테는 사자후의 기운이 섞인 토르의 전음에 정신이 들었고 마침내 눈을 움직이게 되었던 것이다.
'우선 이것부터……. 이것부터…….'
아나테는 온 마음을 엄지에 집중하고 있었다. 골드 드래곤인 고오트의 홀드 마법은 아나테의 정신까지 속박하지는 못했던 것이다.
'움직여! 너는 내 손가락이야! 말을 들어!'
아나테는 까닥도 하지 않는 손가락을 잡아먹을 듯 노려보며 힘을 집중하고 있었다.

챙! 챙챙챙챙!

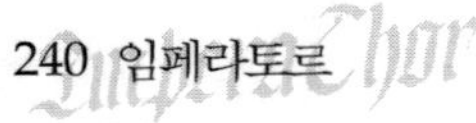

아슬란과 헬나이트에서 불똥이 튀고 있었다.

토르의 급소만을 공격하는 아슬란에 맞서 헬나이트가 세차게 회전하는 중이었다.

아나테의 아공간에서 맞붙었을 때와는 또 달랐다. 그때는 통찰력이 섞인 검은 간간이 뿌려낼 뿐이었지만 지금의 곤은 마치 자기 의식이 있는 사람처럼 움직였다.

최소한의 공격을 되풀이하며 방어에 치중하던 토르의 얼굴이 조금씩 흥분하고 있었다. 발갛게 달아오른 볼은 토르의 집중력이 최고조에 달했음을 보여주었다.

그때 폭음이 터졌다.

쾅! 자자자자자작!

아슬란에서 피어오른 검강이 물고기 비늘 모양으로 폭발해 토르를 덮쳐 왔다.

풍뢰금강검의 5초식, 풍뢰어린이었다.

토르의 눈동자가 빨갛게 달아올랐다.

'곤!'

흥분된다. 곤의 모든 힘과 전력으로 맞부딪치는 것이다. 걷는 법부터 하나하나 무공을 가르쳐 주었던 곤과 싸우는 것이다. 비통하던 마음도, 곤에 대한 안타까움도 모두 날려가고 있었다. 순수한 투쟁 의지만이 토르의 가슴을 채우기 시작했다. 두두둥 심장이 뛰고 머리끝이 쭈뼛거리는 극렬한 쾌감이 온몸을 진동시켰다. 토르는 저도 모르게 크게 함성을 내질렀다.

"하압!"

헬나이트가 눈부시게 움직이기 시작했다.

곤이 쏘아 보낸 풍뢰어린의 검강 파편들을 토르는 불길이 일렁이는 쾌검의 초식, 뇌정관천만으로 상대하기 시작했다.

팟! 파파파파파—

검강의 파편들이 붉은 머리칼을 스쳐 지나가며 머리칼을 태웠다. 하나하나의 파편들을 헬나이트로 찔러가는 움직임은 수백 개의 팔을 가진 신상과도 같았다.

"칫!"

헬나이트의 검세를 뚫은 파편 한 개가 어깨를 스쳤다. 빨간 피가 튀어 올랐다.

동시에 토르의 몸이 곤을 향해 돌진해 들어갔다.

"이번엔 내 차례야!"

헬나이트에서 붉은 검강이 쭉 치솟더니 맹렬한 소리를 내며 폭발했다.

콰릉!

검강의 파편들이 곤을 향해 쏟아졌다. 토르도 풍뢰어린을 펼쳤던 것이다.

이번엔 곤의 검이 춤을 추기 시작했다.

풍뢰금강검의 4초식 풍운뇌정이었다. 변검과 쾌검의 뜻을 섞은 초식답게 눈부신 변화와 극렬한 스피드를 자랑했다. 그것은 마치 번갯불이 춤을 추고 있는 것과 같았다.

어느새 토르의 눈은 완전히 빨갛게 변해 버렸다. 머리카락도 허공을 향해 곤두서 있었다.

토르가 고함을 지르며 헬나이트를 휘둘렀다.

"으하아아압!"

　푸르고 붉은 검강이 부딪치며 연방 화려한 폭발을 거듭하고 있었다.

　토르를 바라보는 고오트의 입가에는 씁쓸한 미소가 맺혀 있었다.

　'그래. 그럴 줄 알았어. 로드의 안배를 벗어날 수 없을 줄 알았어……'

　이 방에 토르와 곤을 단둘이 있게 했던 것은 로드의 치밀한 계산이었다.

　아나테의 아공간에서 토르를 각성시키는 데 실패했던 카이서스는 실패의 원인을 토르가 친구들과 함께 있었던 것이라 생각했다.

　친구들의 안위를 걱정하는 마음이 싸움에 집중할 수 없게 만든 것이라 분석했던 것이다.

　카이서스는 고오트에게 장담했다.

　"토르는 아무리 부정해도 라토시다. 라토시는 투쟁의 화신 같은 존재다. 아무리 절친한 존재와 싸우더라도 진심으로 싸움에 몰입하게 되면 피를 원하게 될 것이다. 그것이 바로 라토시의 진면목이다. 두고 보아라. 드래곤 나이트와 라토시를 격리시켜 싸우게 하면 라토시는 틀림없이 자신의 모든 실력을 다하게 될 것이다. 아무리 드래곤의 힘을 주었어도 인간은 인간. 드래곤 나이트는 절대 라토시를 이길 수 없다. 라토시가 정신을 차렸을 때는 드래곤 나이트는 싸늘한 시체로 변해 있으리라."

　카이서스의 말대로였다. 고오트가 보아도 토르는 완전히 투쟁의 화신이 되어 있었다. 격렬한 고함을 지르며 검강을 내뿜는 토르의 모습에 친구를 위한 배려는 어디에도 보이지 않았다.

'결국…… 로드의 뜻대로 되는 것이니? 너마저도……?'

고오트는 가라앉은 시선으로 토르를 바라보았지만 결코 팔짱을 풀지는 않았다.

토르의 선택을 지켜보는 것, 거기까지가 그녀의 의지였던 것이다.

토르의 격한 목소리가 울렸다.

"이것도 받아봐—!"

토르는 왼손을 쭉 뻗었다.

화르르르—

곤의 몸을 완전히 집어삼킬 만한 크기의 파이어 볼이 곤을 향해 쇄도했다.

곤은 망설임없이 아슬란을 종횡으로 흔들었다.

슈칵!

파이어 볼이 순식간에 네 토막으로 갈라져 버렸다.

그때였다. 파이어 볼의 갈라진 틈을 뚫고 아슬란이 빛살처럼 날아들었다.

츄리리리리리—

아슬란이 기묘한 울음을 토해냈다.

토르의 눈이 커졌다.

"풍뢰금강?"

토르는 헬나이트를 휘둘러 아슬란을 받아쳤다.

챙캉! 챙챙챙챙!

곤의 손은 아슬란을 잡고 있지 않았다. 파이어 볼을 쳐낸 그 자리에 곤은 우뚝 서 있었다. 양손은 춤을 추는 것처럼 기묘하게 움직였다. 그 움직임을 따라 아슬란이 저절로 검강을 토해냈다. 보이지 않는 선에 의해 곤과 아슬란이 이어진 것만 같았다. 어검술인 풍뢰금강의 위력이었다.

토르의 입이 쭉 찢어져 올라갔다. 토르가 미친 듯이 웃기 시작했다. 살기마저 가득 담긴 소름이 돋는 웃음이었다.

"크웃하하하! 곤! 멋지구나!"

토르는 헬나이트로 아슬란을 상대하며 멀리 떨어진 곤을 향해 갖가지 마법 공격을 펼치기 시작했다.

엄청난 폭음이 연이어 울렸다.

콰쾅! 콰콰콰콰콰콰—

그러나 곤은 폭음과 화염, 블리자드와 워터 볼을 헤치며 춤을 추듯 몸을 움직였다. 옷자락은 걸레가 되어 나부끼고 단정하던 머리도 산발로 흩어졌지만 곤의 회색빛 눈은 토르에게서 단 한 번도 떨어지지 않았다.

아슬란을 조종해 토르를 격하게 압박하던 곤이 갑자기 쌍수를 교차하며 발을 굴렀다.

콰릉!

그와 동시에 아슬란의 검강이 화려하게 폭발하며 바로 앞의 토르를 향해 파편을 쏟아냈다.

토르가 헛바람을 들이켰다.

"헛!"

곤은 어검술을 펼치며 풍뢰어린을 동시에 펼쳐 냈던 것이다. 근거리라 일일이 쳐낼 겨를도 없었다.

“야압!”

토르의 몸에 붉은 광망이 번쩍였다. 극한까지 호신강기를 끌어올리며 몸을 팽이처럼 회전시켰던 것이다.

콰콰콰콰쾅!

검강의 파편과 호신강기가 부딪치며 격렬한 파공음을 토해냈다. 토르의 옷도 걸레쪽처럼 찢어져 버렸다.

그리고 그때 곤의 몸이 연기처럼 사라졌다.

토르의 시선이 다시 곤이 있던 곳을 향했을 때, 곤은 그 자리에 없었다.

“젠장!”

시야에서 곤을 놓친 토르는 순간적으로 헤이스트를 펼쳐 눈부신 이동을 거듭했다. 여섯 번이나 방향을 바꾸고서도 곤의 자취를 찾지 못하자 토르의 눈에 초조함이 서렸다.

그때였다.

뒤통수를 향한 은밀한 살기가 느껴졌다.

토르의 눈이 커졌다.

‘암경!’

판단과 동시에 토르의 몸이 급격히 움직였다. 무언가로 두 발을 단단히 고정시키고 몸을 던진 것처럼 토르의 몸은 직각으로 쓰러지듯 움직였다.

슈와아아아아앙!

붉은 머리칼을 휩쓰는 곤의 발길이 그제야 보였다.

“풍뢰선풍각을 그렇게도 쓸 수 있구나!”

토르가 고함을 지르며 헬나이트를 휘둘렀다.

챙!

곤의 발을 노린 헬나이트를 막은 것은 아슬란이었다. 어느새 아슬란은 곤의 손에 단단하게 잡혀 있었다.

일진광풍과 같은 격렬한 공방이 휩쓸고 지나간 후, 토르와 곤은 서로 떨어져 전면에 검을 치켜세웠다.

토르의 눈은 헬나이트를 넘어 곤을 향하고 있었고 곤의 눈도 눈앞에 세운 아슬란을 넘어 토르에게 고정되어 있었다.

토르의 입에 씨익 미소가 서렸다.

"이제 심검이겠지? 풍뢰무인가? 펼칠 수 있어?"

토르의 말에 대답이라도 하듯 곤의 몸이 아슬란의 뒤로 점점 사라지기 시작했다. 허공에는 오직 아슬란만 있고 곤은 보이지 않았다. 검강을 가득 내뿜는 아슬란만이 토르의 앞에 서 있었다.

"과연 곤이야……."

토르의 살기에 가득 찬 웃음이 하얗게 빛을 발했다. 토르의 몸도 헬나이트의 뒤로 사라지기 시작했다.

대면 : Chapter 69

헬 나이트 안에서 코크라가 격렬하게 소리쳤다.

—토르! 무슨 짓이냐! 곤을 죽일 셈이냐!

'곤은 이 정도로 안 죽어!'

—너 지금 진심이잖아! 진심으로 전력을 다할 거잖아!

'그래! 다시는 곤과 진심으로 검을 마주할 기회가 없을 거야. 너도 조용히 해. 이게 얼마나 소중한 시간인지 알아?'

—토르! 이 싸움에 미친 자식! 아나테가 합세하길 기다려! 조금 있으면…….

'그만! 심검의 대결은 꼭 해보고 싶어! 너도 내 심정 알잖아!'

—야!

토르는 더 이상 코크라의 말을 듣지 않았다. 뇌리에 울리는 코크라의 목소리에 아예 신경을 껐던 것이다.

토르의 눈이 새빨갛게 빛나기 시작했다.

헬나이트의 양옆에 토르의 눈만 둥둥 떠 있는 것 같았다. 심검과 심안을 동시에 펼쳤던 것이다.

아슬란의 뒤에 선 곤의 모습이 심안을 통해 눈에 들어오자 토르는 하얀 웃음을 머금었다.

"곤! 이게 네가 가르친 나의 검이다!"

파아아아아—

아슬란과 헬나이트에서 동시에 빛이 솟구쳤다. 휘황한 광채에 휩싸인 두 개의 검이 서로를 향해 쭉 뻗었다.

벽 없는 공간이건만 공간 자체가 이지러지며 때 아닌 바람이 휘몰아쳤다.

아슬란과 헬나이트의 중간에서 눈을 멀게 하는 엄청난 광채가 솟구쳤다.

콰르르릉!

굉음과 함께 토르와 곤의 몸이 모습을 드러냈다. 그들은 헬나이트와 아슬란을 잡은 채 잔뜩 일그러진 표정으로 가진 바 모든 힘을 쏟아내고 있었다. 피부가 쩍쩍 금이 가고 가는 핏줄기가 뿜어져 나오기 시작했다.

바로 그때였다.

콰아아아앙!

폭음과 함께 문짝이 모두 부서져 폭발했다. 그 사이를 뚫고 아나테가 백발을 휘날리며 몸을 날려왔다. 드디어 고오트의 홀드를 풀었던 것이다.

아나테는 곤과 토르가 검을 맞대고 있는 것을 보고는 깜짝 놀라 무작정 둘을 향해 돌진했다.

"무슨 멍청한 짓이야! 둘 다 그만둬!"

문짝의 파편을 피해 멀찍이 이동해 있던 고오트는 여전히 팔짱을 낀 채 아나테의 뒷모습을 바라만 보고 있었다.

'저 여자가 변수가 될까?'

아나테의 돌진을 본 토르의 눈이 파르르 떨렸다.

'지금 우리 사이에 끼어들면 안 돼!'

아나테와 함께 곤을 제압하는 게 본래의 계획이었지만 지금은 때가 너무 좋지 않았다. 아나테가 끼어들어선 안 되는 순간이었다.

부르르.

모든 내공을 모아 힘을 쏟아내는 중이라 감히 말을 할 수가 없었다. 말을 꺼내는 순간, 토르는 피를 토하며 아슬란에 베어질 것이 분명했다.

아나테가 아무리 드래곤의 힘을 가진 네크로맨서가 되었더라도 곤과 토르가 전력을 끌어낸 심검의 충돌 사이에 개입하는 건 자살 행위였다.

곤은 아나테의 개입에도 회색빛 눈동자를 토르에게 고정시킨 채 동요가 없었다. 곤 또한 모든 힘을 쏟아내는지 온몸이 진동하고 있었다. 아나테의 사정을 봐줄 이유가 곤에겐 없었다. 곤은 지금 카이서스의 지배를 받는 몸이었으니까.

곤의 회색 눈이 차갑게 빛났다. 그와 함께 아슬란을 통해 전해지는 힘이 맹렬하게 증폭되었다.

토르의 눈에 다급한 빛이 떠올랐다.

아나테는 이미 둘 사이로 돌진하며 양손을 휘두르고 있었다. 검은 안개가 자욱하게 아나테의 손에 엉켜 있었다.

입을 벌리면 곤의 검에 죽을 거라는 사실 따위는 이제 생각나지도 않았다. 곤과 토르 사이에 끼어들면 아나테는 죽는다! 토르는 죽음을 각오하고 격렬하게 소리쳤다.

"아나테! 안 돼!! 끼어들지……."

토르가 입을 벌리는 순간, 붉은 피가 폭포수처럼 뿜어져 나왔다.

토르의 피가 곤의 얼굴을 덮쳐 갔다.

'제길…….'

시야가 아득하게 꺼져 갔다.

그런데 그 순간, 토르는 기이한 순간을 경험했다.

곤의 얼굴을 덮치던 자신의 피가 허공에서 갑자기 멈추는 게 아닌가!

고개를 돌리니 아나테도 허공에 고정된 듯 멈춰 있었다. 곤의 힘도 더 이상 느껴지지 않았다. 아슬란을 통해 뿜어지던 기운마저 완전히 멈춰 있었다.

저만치 떨어져 팔짱을 끼고 있는 고오트도 정지된 듯 움직이지 않았다. 시간이 완전히 멎어 있었다. 누군가 타임 스톱 마법이라도 건 것처럼.

"이게 어떻게……?"

입가에 흐르는 피를 닦으며 중얼거릴 때였다.

토르의 뒤에서 익숙한 목소리가 들렸다.

『또 다른 당신의 안배예요.』

토르는 번개처럼 고개를 돌렸다.

그곳엔 허공에 둥둥 떠 불길에 휩싸인 정령이 있었다. 불의 정령이
자 라토시의 본체를 지키는 샐레아나였다.

2

토르는 헬나이트를 잡은 손에서 힘을 뺐다. 헬나이트도 허공에 못
박힌 듯 움직이지 않았던 것이다.

상황 파악이 쉽게 되지 않았으나 토르는 샐레아나를 향해 몸을 돌렸
다. 쩍쩍 갈라진 몸은 계속 피를 흘리고 있었다.

"샐레아나, 오랜만이구나."

샐레아나는 물기 가득한 눈으로 토르를 바라보다가 고개를 숙였다.
고개를 든 샐레아나는 토르를 향해 날아왔다. 토르의 몸을 빙빙 돌며
불길을 토해내자 토르의 상처가 삽시간에 아물기 시작했다. 샐레아나
가 마침내 토르의 눈앞에 멈추었다.

"고마워. 한결 낫군."

피를 토하며 입은 내상까지 치료된 것은 아니었지만 계속 떨리던 몸
이 진정되었다.

토르의 말에 쌩긋 웃으며 고개를 숙인 샐레아나가 말했다.

『드디어 때가 되었어요.』

토르는 눈을 빛냈다. 샐레아나가 말했던 그때는 토르도 기억하고 있
었다. 아울러 그녀에게 품었던 의혹까지도.

"네가 말했던 그때? 난 아직 모든 것을 기억해 내지 못했는데? 이건

타임 스톱 마법인 것 같은데 어떻게 된 거지? 누가 펼친 거야?"

『당신은 정말 열심히 사셨어요. 당신이 택한 인간의 삶을 정말 치열하게 살아왔지요. 전 모든 것을 깨닫게 될 때 다시 만날 거라 했지, 모든 걸 기억하신 후에 만날 거라 한 적이 없어요. 당신은 이제 고귀한 희생의 의미도 확실하게 아셨어요. 당신이 정한 때가 바로 지금이에요.』

"내가 정했다고? 무슨 말이야?"

『시간이 많지 않아요. 궁금하신 것은 그분과 직접 말씀을 나누세요. 제 손을 잡으세요.』

토르는 의혹이 서린 눈길로 샐레아나를 보다 그녀가 내민 손을 움켜쥐었다.

공간이 일그러졌다. 텔레포트를 할 때처럼 일그러졌던 공간이 펴지자 그곳엔 곤도, 아나테도, 고오트도 없었다. 거대한 레드 드래곤만이 죽은 듯 누워 있었다.

"저건? 여긴 어디야?"

『또 다른 당신이죠. 이곳은 카이서스 로드께서 준비한 그 방이에요. 하지만 차원이 약간 일그러져 있는 곳이죠. 같은 공간이지만 다른 공간이기도 해요.』

토르는 죽은 듯 누워 있기만 한 라토시를 바라보다 물었다.

"타임 스톱은 라토시가 건 거야?"

『예. 로드도 깰 수 없는 마법이에요. 라토시 님께서 드래곤 하트의 일부를 희생해 준비하신 마법이니까요. 타임 스톱이 걸린 것은 로드도 모르고 있을 거예요. 시간이 얼마 없어요. 어서 저분께 가세요.』

토르는 다급한 표정으로 빠르게 말하는 샐레아나를 물끄러미 바라보다가 걸음을 옮겼다.

알 수 없었다. 전에 본 라토시는 브레스를 토하긴 했지만 분명 의식이 없는 존재였다. 그럴 수밖에 없는 것이 라토시의 의식은 곧 토르의 의식이기도 했으니까. 라토시의 심장이자 그의 의식이 깃든 존재가 토르 아니던가.

토르는 거울을 연상시키는 라토시의 붉은 눈 앞에 멈춰 섰다.

벨키 성에서 처음 라토시를 보았을 때처럼 기묘한 슬픔이 가슴을 울려왔다.

'왜 이럴까……?'

한 몸이었기 때문에 서로 끌리는 걸까?

토르는 조용히 손을 들어 라토시의 얼굴을 쓰다듬었다. 붉은 비늘이 토르의 손길에 반응해 잔잔하게 물결쳤다. 그리고 토르의 뇌리에 목소리가 울렸다. 너무나 익숙한 자신의 음성이었다.

─드디어 왔군.

토르의 눈자위가 파르르 떨렸다.

'너는?'

─나는 너, 너는 나지.

장중한 목소리에 토르는 고개를 갸웃거렸다. 슬픔을 비집고 올라오는 기쁨과 따뜻함에 스스로도 어리둥절했던 것이다. 라토시에게 의식이 있다는 것도 뜻밖이었다.

'라토시의 의식은 전부 내게 온 게 아니야?'

─옮길 수가 있는데 왜 나누지는 못하겠는가? 나눌 수가 있는데 왜 복제를 못하겠는가? 너는 나고 나는 너다. 인간이 된 후, 경험이 다르고 과정이 달라 조금 달라졌지만 우리는 하나다. 목소리도 똑같지 않

은가.

‘벨키 성에서 만났을 때는…….’

─내 성격의 단점이야 익히 알고 있었지만 하나 생각하면 다른 건 아예 못 보는 건 정말 귀찮은 일이로구나. 벨키 성에서야 우로보스도 있고 카이서스의 감시도 있는데 어떻게 의식이 있는 척을 하겠는가? 덕분에 내가 나한테 브레스를 쏘는 진귀한 경험도 했지. 후후.

장중한 가운데 어딘가 약간 장난기가 서린 말투였다.

토르는 피식 웃음을 지었다.

‘라토시는 굉장히 포악하고 무식한 놈이었다고 기억하는데…… 어쩐지 좀 다른 것 같은데? 너 라토시 맞아?’

─허허. 네가 기억하는 시기까지의 라토시는 그랬지. 일부러 거기까지만 기억하게 했다.

‘왜?’

─카이서스를 속여야 했으니까. 그렇게 하지 않았다면 이런 순간을 만들 수 없었겠지. 뭐, 다른 이유도 있긴 하지만.

카이서스를 속여야 했다는 말이 나오자 토르는 그동안 속병을 앓듯 궁금해 왔던 것을 한꺼번에 물었다.

‘내가 인간이 되기 전에, 카이서스와 약속한 게 도대체 뭐야? 아니, 난 왜 인간이 된다고 한 거야? 그리고 기억은 왜 지운 거야? 왜 각성을 해도 인간이 되려고 결심한 부분은 기억 못하게 한 거야?’

─성질 급하기는. 하긴. 내 성격이 원래 그렇지, 후후. 시간도 없으니까 빨리 이야기하자. 우선 나를 좀 옆으로 돌려 뉘어주지 않겠는가? 힘이 하나도 없다. 이 상태는 너무 힘들어.

‘전엔 잘도 움직이더니 어찌 된 거야?’

─카이서스의 눈을 속이려고 하나 남은 드래곤 하트를 쪼개 썼지. 힘이 없는 게 당연하지 않을까? 나는 신이 아니야.

피식 미소를 지은 토르는 라토시의 엎드린 몸을 서서히 옆으로 굴렸다. 그 거대한 덩치가 토르의 손길을 따라 느릿하게 옆으로 돌아누웠다.

─윽! 목! 목이 꼬였잖아!

'좀 기다려. 너무 길잖아?'

─이건 네 몸이기도 해! 소중하게 다루지 못하겠나?

토르가 킬킬 웃음을 지었다.

'알았다, 알았어. 내 몸이니 소중하게 다루지.'

─너도 그렇게 함부로 몸 굴리는 게 아니야! 얼마나 몸을 함부로 다루었기에 속이 그 모양인가?

'잔소리 그만 하고 빨리 말해. 시간없다며?'

─매정한 녀석.

토르가 꼬였던 목을 펴주고 꼬리까지 정돈해 주자 라토시는 한숨을 토해냈다.

─조금 낫군. 이제부터 잘 봐. 직접 보여줄 테니.

'뭘?'

─나만 기억하고 있는 걸 너에게도 공유시켜 주겠다는 거지. 얘기로 들어서 뭘 알겠는가? 모든 건 경험해야 아는 것이지.

'그건 나랑 생각이 같군.'

─넌 나야. 난 너고. 몇 번 말해야 알아듣겠는가?

'알았다. 잔소리쟁이.'

─내 눈에 손을 얹어.

'왜 하필 눈이야? 아플 텐데?'

―허허. 걱정 마라. 감각은 서로 공유하지 않으니까. 아파도 내가 아
파.

자신의 목소리를 그대로 듣는다는 것은 생경하지만 즐거움이기도
했다. 토르는 픽픽 웃다가 라토시의 붉은 눈에 손을 댔다. 묘하게 젖은
감촉에 움찔하는데 갑자기 놀라운 광경이 눈앞에 펼쳐졌다.

3

한마디로는 도저히 표현할 길 없는 굉음이 평원을 가득 메우고 있었
다. 마치 계속해서 울리는 천둥소리가 대기를 가득 채운 것만 같았다.
지옥에서 울려 나오는 것만 같은 음울하고도 무시무시한 굉음의 연속
이었다.

녹색의 평원을 온통 뒤흔들고 있는 그 소리는 하나가 아니라, 수많
은 소리가 한데 어우러지면서 터져 나오고 있었다.

"와아! 와아아아아―!"

"죽어―!"

"우익 앞으로―!"

"아아아악―!"

두두두두두―

굉음의 정체는 인간들이 그들만의 힘으로 대지와 허공에 만들어낸
천둥소리였던 것이다. 수천 수만의 군대가 한꺼번에 평원에서 부딪쳐

사방에서 지르는 고함 소리와 비명 소리, 말발굽 소리 등이 어울려 대자연의 천둥소리가 아닌 인간만의 천둥소리를 격렬하게 피워내고 있었다.

그리고 그 속에서 날뛰는 거대한 레드 드래곤이 있었다. 바로 라토시였다.

레드 드래곤 라토시는 브레스를 뿜지 않았다. 켜켜이 둘러싸인 인(人)의 장막 속에서 창칼 같은 발톱을 세워 사방을 향해 폭풍우처럼 휘두르고 있었다.

콰아아아아— 콰콰쾅!

라토시의 발톱이 그린 원호 주변으로 시뻘건 피와 함께 뭉개진 육편들이 자욱하게 뿌려졌다.

갑자기 라토시가 발을 굴렀다.

쾅!

라토시의 몸이 허공으로 비상했다. 까마득한 높이에서 몸을 세운 라토시는 날개를 접으며 수직으로 지상을 내리 덮쳤다. 그 육중한 몸을 인간들의 머리 위에 그대로 떨어뜨렸던 것이다.

"히야아아아악!"

단말마의 비명 소리가 사방에서 터져 나왔다. 라토시의 몸에 깔린 병사들의 몸이 퍽퍽 터져 나갔다.

"으아아아—!"

공포에 질려 내지른 창칼들이 라토시의 몸에 부딪쳤다.

챙캉— 창창!

그대로 부서지는 창칼들이 비명을 질렀다.

개미 떼처럼 흩어지려는 인간들 속에 우뚝 선 라토시는 진득한 웃음을 흘렸다.

"흐흐흐흐……."

라토시의 바로 앞에 서서 벌벌 떨던 병사가 오줌을 지리며 주저앉았다.

라토시는 한 걸음 내디디며 병사의 머리를 그대로 밟아 으깼다.

콰직!

순식간에 온몸이 터져 버리며 죽어버린 병사는 비명 소리조차 남기지 못했다.

그리고 라토시는 날카로운 발톱을 사방으로 휘두르기 시작했다.

"으아아아악—!"

처참한 비명 소리가 난무했다.

필사적으로 도망치려는 사람들과 군마들이 폭풍우에 휘말리듯 허공으로 떠올랐다.

그리고 그들은 갈기갈기 쪼개져 갔다.

공간 자체가 일그러지듯 뒤틀리는 것이 확연히 보였다.

라토시가 휘두르는 발톱은 자신이 가둔 공간 속의 모든 존재들을 갈기갈기 찢어발겨 흩어버렸다.

핏방울이 역류하는 폭포수처럼 튀어 올랐다.

사방에서 조각난 육신들이 펄떡이며 춤을 추었다.

그 모든 살풍경을 만들어낸 라토시의 입에서는 끔찍한 웃음소리가 터져 나왔다.

"크하하하하! 통쾌하구나!"

새빨간 라토시의 몸은 검붉은 피에 휩싸이며 더욱더 붉게 타올랐다.

빨간 눈동자는 희열에 번뜩여 있는 대로 동공이 확장되었다.

라토시의 꼬리가 휘둘려질 때마다 뼈가 으스러지고 형체가 뭉개진 육신들이 폭풍우에 날아가는 난파선처럼 부서져 흩어졌다.

"크하하하하—! 으하하하하하—!"

라토시는 온몸에 피와 살점을 덧씌운 채 광기에 가득 찬 눈으로 살육에 탐닉하고 있었다.

용감하게 맞부딪치던 것도 잠시, 전의를 잃은 인간들이 사방으로 흩어지기 시작했다.

라토시의 브레스가 그들의 뒤를 따라 불을 뿜었다.

잿더미로 화해가는 인간들을 보며 라토시는 광기 서린 웃음을 잇따라 내뱉었다.

뿌연 연기와 살 타는 냄새가 평원 가득 퍼질 무렵, 마침내 라토시의 살육은 멈추었다. 더 이상 죽일 인간들이 없었던 것이다. 평원에는 시체들만이 가득했다.

"호호호……."

빨갛게 달아오른 눈동자를 빛내며 주위를 둘러보던 라토시가 갑자기 시선을 멈추었다.

그곳엔 꿈틀거리며 일어나려 애쓰는 병사가 있었다. 라토시의 발톱에 당했는지 오른팔이 떨어져 나간 초로의 병사였다.

라토시의 거대한 몸이 느릿하게 움직였다.

쿵! 쿵!

지축을 흔드는 거대한 소리가 울렸다.

라토시는 목을 움직여 병사의 얼굴에 바싹 시선을 가져갔다.

라토시의 얼굴을 병사는 정면으로 마주 보고 있었다.

변변한 체인메일 하나 걸치지 못한 일개 병사다. 그런데도 병사의 얼굴엔 살기만이 가득했다. 두려움은 없었다. 그것이 라토시의 호기심을 자극했다.

라토시는 무시무시한 이빨을 드러내며 웃었다. 피에 젖은 이빨에서 뚝뚝 핏방울이 떨어져 내렸다. 그것은 물론 라토시의 피가 아니었다. 라토시의 발톱이 병사의 배를 쿡쿡 찔렀다.

"컥!"

엷은 살가죽이 드래곤의 발톱을 견딜 리 없었다. 내장이 툭 불거져 나오며 새빨간 알몸을 드러냈다. 그러나 병사의 눈빛은 그래도 죽지 않았다. 외팔이로 변해 간신히 몸을 일으킨 데다 무기도 없는 주제에 병사의 눈은 라토시를 죽어라 노려보고 있었다.

"흐……."

라토시의 입이 좌우로 벌어졌다.

"인간치곤 꽤 강단있는 놈이구나. 이름이 뭔가?"

병사는 배를 움켜쥐고 호통을 쳤다.

"검은 용병단의 하치다! 희롱하지 말고 죽여라!"

라토시의 입가에 즐거운 웃음이 떠올랐다. 호통을 쳐?

"흐하하! 하치, 멋진 놈이군. 두렵지 않은가?"

하치가 부드득 이를 갈며 소리쳤다.

"언젠간 나의 아들이 네놈을 죽일 것이다. 내 아들이 아니면 그 아들이, 그래도 안 되면 대대손손!"

새파랗게 독기를 뿜는 하치를 바라보다 라토시는 쿡쿡 웃었다.

"재미있군. 내가 네놈의 자손들을 싹 죽인다면?"

"인간을 무시하지 마! 내 피를 받지 않았더라도 너는 언젠가 내 아들의 손에 죽을 것이다!"

"세상 모든 놈들이 다 네 아들이냐? 그렇게 많이 낳고 다녔어?"

라토시가 목을 젖히며 껄껄 웃음을 토해냈다. 자신의 농담이 상당히 마음에 들었던 것이다. 오랜만에 흠뻑 피 맛을 본지라 유쾌하기도 했다.

그때 하치의 목소리가 라토시의 웃음을 뚫었다.

"곧 대가 끊길 드래곤이 무엇을 알겠는가? 가족의 소중함을, 피가 섞이지 않아도 아들과 아버지가 될 수 있음을! 생명의 의미를 넌 절대 알 수 없어! 너는 반드시 인간의 손에 최후를 맞이할 것이다!"

라토시의 웃음이 뚝 멎었다.

대가 끊길 드래곤.

그 말이 라토시의 폐부를 찔렀던 것이다.

레드 드래곤은 언젠가부터 자손을 만들지 못했고, 이제 라토시 하나만 남아 있었다. 고대에는 다른 드래곤 종족을 교차시켜도 후손이 탄생할 수 있었지만 지금은 다른 종족끼리는 후손을 만들 수 없었다. 이미 몇십 차례나 시도해 보았다. 하지만 레드 드래곤은 후손을 만들 수 없었다.

그것은 피의 드래곤, 라토시의 유일한 고뇌였다. 피로 덮어 잊고 지내던 고뇌였다.

라토시의 눈에 무서운 광망이 서렸다.

"이놈!"

라토시의 발톱에 하치의 남은 팔이 허공을 날았다. 그러나 하치는 비명조차 지르지 않았다. 그는 오히려 웃고 있었다.

"가련한 놈."

하치의 목을 날리려던 발톱이 우뚝 멈추었다. 하치의 눈 때문이었다. 정말 한 치의 두려움도 없었다. 불타는 증오와 함께 정말 연민이 담겨 있었다. 라토시를 진짜 가련하게 여기는 눈빛이었다.

라토시는 갑자기 오한을 느꼈다. 죽음을 앞두고 이런 눈빛을 지었던 자는 이제까지 없었다. 죽이려는 자신이 작은 존재가 되고 죽음을 앞둔 하치가 거대한 존재가 된 듯한 착각마저 들었다.

"너는…… 누구냐?"

"하치. 용병 하치일 뿐이다."

"그럴 리 없다. 넌 마법사냐? 아니면 선지자? 일개 용병 따위가 죽음을 앞두고 그런 눈을 할 수 있을 리 없어!"

그러나 하치는 마법사도 아니고 선지자도 아니었다. 라토시가 몇 번을 확인해도 그는 단지 용병일 뿐이었다.

하치는 라토시를 바라보다 갑자기 미소를 지었다. 그는 피로 얼룩진 가슴을 펴고 당당히 말하기 시작했다.

"그것이 인간의 힘이다. 내 비록 하찮은 용병으로 생을 마치지만 내 삶에 후회는 없다. 아무리 별 볼일 없는 인간일지라도 가족이 있고 형제가 있고 친구가 있다면, 그들에게 자신의 모든 것을 맡길 수 있다면 아무것도 두렵지 않은 법이다. 난 죽음이 두렵지 않아. 곧 멸종될 넌 절대 모르겠지. 아기가 태어나는 것을 본 적이 있나? 네 아기를 안아본 적 있어? 목숨을 줄 수 있는 존재가 세상에 있다는 게 어떤 건지 아는가?"

"닥쳐라—!"

가족, 형제, 친구.

모두가 라토시에겐 낯선 말이었다.

그는 옥스칼토네 대륙에 유일하게 남아 있는 레드 드래곤이었다. 가족도 친족도 친구도 없는 살육의 드래곤, 그것이 라토시였다.

목숨도 줄 수 있는 존재 같은 게 있을 리 없었다. 하치의 말은 한마디 한마디가 라토시의 뼈를 가르고 심장을 찔렀다. 하찮은 인간의 말에 이토록 흔들린다는 것 자체가 라토시에겐 모욕이었다.

견딜 수 없는 분노와 모멸감에 라토시는 미친 듯이 화염의 브레스를 뿜어냈다.

콰아아아아아—

허공을 가득 메운 불덩어리를 보면서도 하치의 얼굴에는 동요가 없었다. 오히려 편안한 얼굴이었다. 피를 너무 많이 흘려 점점 힘이 떨어지는지 하치의 목소리는 점점 잦아들고 있었다. 그러나 그의 눈은 여전히 강하게 빛을 발하고 있었다.

"후사는 이미 다 정리하고 왔지. 널 죽일 수 있을 거라곤…… 생각하지 않았다. 하지만…… 확신한다. 넌 반드시 인간의…… 손에 죽을 것이다. 반드시. 인간의 힘에…… 넌 굴복하고 말 거야……."

툭.

꼿꼿하던 하치의 목이 옆으로 기울었다. 그러나 하치의 눈은 죽어서도 라토시를 바라보고 있었다. 분노와 연민이 뒤섞인 묘한 눈으로.

하치의 눈은 라토시의 모든 치부를 남김없이 꿰뚫어 보는 듯했다. 한없는 연민과 다시없을 분노가 뒤섞인 하치의 눈이 라토시의 시야에 가득 들어왔다.

"흐으……."

하치의 눈을 노려보던 라토시가 갑자기 광란의 몸부림을 치기 시작했다.

"쿠워어어어어—!"

평원에 불벼락이 떨어지고 유성의 불길이 쏟아져 내렸다. 새까맣게 타버리는 평원에서 라토시는 시신들을 토막 내고 짓밟으며 미쳐 날뛰었다.

눈이 떠나지 않았다.

어디엘 가도 하치의 눈이 라토시를 따라다녔다. 연민에 찬 그 눈은 잠을 자도, 피를 마셔도, 인간을 죽여도 항상 뒤따라 다녔다. 아무리 살육을 계속해도 눈빛은 사라지지 않았다. 그것이 라토시의 폭주를 불렀다. 이젠 다른 에이션트 드래곤들마저 라토시를 피할 지경이었다.

"후욱, 후우……."

살짝 든 선잠에서 또 하치의 꿈을 꾼 라토시는 머리를 싸안았다. 이미 라토시의 눈은 완전히 빨갛게 변해 있었다. 피를 보지 않아도 빨간 눈, 미치기 일보 직전이었다.

『라토시 님…….』

불의 정령 샐레아나가 걱정스러운 눈으로 라토시를 보고 있었다. 레어에서도 편하게 쉬지 못하는 그가 못내 안쓰러웠다.

머리를 싸안고 있던 라토시가 문득 물었다.

"샐레아나…… 인간은 어떤 존재일까?"

『그들은 유한한 존재죠. 금방 스러지는 짧은 생의 존재잖아요.』

"나도 그렇게만 생각했는데 아닌 것 같아……. 그게 아니야……."

샐레아나는 라토시의 중얼거림을 듣고만 있었다.

아무에게도 말하지 않았지만 라토시가 얼마나 외로운 존재인지 샐레아나는 잘 알고 있었다. 마음을 준 존재 하나 없는 외로운 살육의 단독자였다. 그나마 계속 옆에 있는 존재는 샐레아나밖에 없었지만 그녀조차 라토시에겐 애완 정령 정도의 의미밖에는 갖지 못했다. 그녀는 그렇게 생각하고 있지 않았지만…….

"인간……. 인간. 여태 드래곤들은 잘못 알고 있었던 게 아닐까……. 인간에 대해 잘못 알고 있었던 게 아닐까……? 그렇게 확고한 신념을 가진 놈은 처음이었어……. 어떻게 그럴 수 있지? 어떻게 죽는 순간에도 그런 눈을 할 수 있지? 어떻게?"

라토시의 눈에서는 빨간 피가 배어 나올 것만 같았다. 잔뜩 충혈되다 못해 아예 새빨갛게 변해 버린 눈이었다.

샐레아나가 라토시의 머리 위를 날아다녔다.

『조금이라도 주무셔야 해요. 인간에 대한 연구서들은 다 독파하셨잖아요. 정 의문이 풀리지 않으시면 카이서스께라도…….』

"카이서스가 쓴 책도 보았다. 그도 유한한 존재 이상으로 인간을 보고 있지 않아……. 빌어먹을……!"

라토시는 아직도 눈앞에 번쩍이는 듯한 하치의 눈을 떠올리며 이를 갈았다.

"목숨을 걸 수 있는 존재 따위가 있다고……. 그따위가 있다고……? 난 절대 알 수 없다고?"

『라토시 님…….』

샐레아나도 목숨을 걸 수 있었다. 라토시를 위해서라면. 그러나 샐레아나는 감히 그 말을 하지 못했다. 라토시는 그녀를 키운 존재, 그녀는 라토시의 애완 정령일 뿐이었다.

갑자기 라토시가 고개를 돌렸다. 빨간 눈이 불길을 내뿜는 듯했다.

"그렇지! 내가 인간이 되면 알 수 있지 않을까?"

『유희를 하신다고요? 대륙전쟁을 아직 끝내지도 않았잖아요?』

"대륙전쟁 따위 알 게 뭐야! 어때, 샐레아나? 폴리모프가 아니라 아예 인간이 되어보는 거야! 어떻게 생각해?"

『예?』

샐레아나가 혼란스러운 얼굴로 되물었다.

라토시는 하치를 만난 이후 조금씩 변해가고 있었다. 라토시는 의식하고 있지 못한 모양이었지만 샐레아나로서는 당황스러울 정도로 변해가고 있었다. 라토시는 살육의 드래곤이었다. 피만이 그의 존재를 유지시키는 원동력이었다. 사고나 감정 따위는 그에게 없었다. 배려나 감정의 공유도 없었다. 그런데 라토시가 그녀에게 의견을 묻다니. 전 같으면 상상도 할 수 없는 일이 벌어진 것이다.

"어떻게 생각해? 인간이 되어봐야 알 수 있지 않을까? 폴리모프가 아니라 진짜 인간이 되는 거야. 그러면 하치가 어떻게 그리 당당할 수 있었는지 알게 되지 않을까?"

『그렇게 하고 싶으세요?』

라토시가 거세게 고개를 끄덕였다.

샐레아나는 방긋 웃으며 라토시의 어깨에 내려앉았다. 이 역시 전 같으면 상상도 못할 일이었지만 라토시는 화를 내지 않았다. 간절한 눈으로 샐레아나를 바라볼 뿐이었다.

'변하고 계셔. 무언가가 이분의 안에서 깨어났어.'

샐레아나는 라토시의 목을 안으며 말했다.

『하고 싶은 대로 하세요. 제 힘껏 당신을 지킬게요. 저는 당신의 종, 당신만을 따르는 불의 정령이에요.』

"흐하! 네가 날 지켜? 쿠쿡."

『예.』

‘목숨을 걸고요.’

라토시는 킬킬거리며 웃다 샐레아나의 머리를 쓰다듬었다.

“그래. 네 말이 옳아. 하고 싶은 대로 하는 게 낫지. 카이서스를 만나고 와야겠다. 그가 부르는군. 그를 만난 후에 인간이 되는 거야.”

『그렇게 하세요.』

“가자!”

라토시와 샐레아나의 몸이 사라졌다.

카이서스를 만나고 온 후, 라토시는 아무 말도 없었다.

샐레아나는 라토시가 어떤 생각을 하고 있는지 알 수 없었다.

카이서스의 제안은 라토시가 가장 바라는 바를 들어주는 것이었다. 전의 라토시 같았으면 그 자리에서 승낙했을 텐데, 라토시는 하루의 말미를 요구했다. 그리고 다시 레어로 돌아왔던 것이다.

『어쩔 생각이세요?』

전 같으면 감히 물어볼 수 없었을 텐데…… 샐레아나는 라토시의 생각을 깨고 물었다. 과연 라토시는 화를 내지 않았다. 우아하게 뻗은 목을 틀며 샐레아나를 보고 픽 웃을 뿐이었다. 눈은 여전히 새빨갰지만 무언가 결심한 듯 반짝거리고 있었다.

“매력적인 제안이야. 대륙을 더럽히는 인간을 아예 말살시키자……. 죽고 죽이는 순수한 결투가 아니라 전쟁 따위나 일으키는 더러운 놈들은 싹 쓸어버린다……. 구미가 당겨.”

『그것만이 아니잖아요.』

“그래. 카이서스의 말이 맞다면 내 후손을 남길 수 있을지도 모르지. 마법으로 새로운 드래곤 종족을 탄생시키자는 거니까. 블랙이니 실버

니 하는 구분 없이 완벽하게 강하고 지혜로운 새로운 드래곤의 탄생이
라……."

『그 제안도 매력적이세요?』

"글쎄? 카이서스가 정치적이라는 건 알았지만 너무 심했어. 게다가
고오트가 여자였다니, 뜻밖이더군. 골드 드래곤의 수장은 대대로 남자
가 지켜왔다지만 수장 자리 하나 시키기 위해 몇천 년이나 남자인 척
하게 하다니. 하긴 그게 카이서스지."

『그것뿐이세요?』

"뭘 말하고 싶은 거냐?"

샐레아나는 신중하게 말을 골랐다. 라토시의 성격이 많이 변했다지
만 그는 살육의 드래곤, 라토시였다.

『카이서스께서는 단 하나의 드래곤 종족만을 원하고 계신 거잖아요.
영원히 대대손손 드래곤 로드가 될 수 있는 하나의 종족을요. 다른 에
이션트 드래곤들은 로드 후보로 고려하시지 않는 거잖아요.』

"그렇지."

『고오트께서는 카이서스의 아들, 아니…… 딸이시니 카이서스 당신
의 자손만으로 로드 자리를 세습시키겠다는 생각 아니에요?』

"그래. 그게 뭐?"

『아무렇지도 않으세요? 화 안 나세요?』

"화? 강한 자가 지배하는 건 당연한 거야."

『하지만 그 방법이…….』

라토시가 쿡 웃더니 샐레아나의 머리를 토닥였다.

"그래. 비열한 방법이지. 카이서스만 바라보고 있는 다른 놈들은 완
전히 바보가 되는 것이니까. 대드는 놈은 다 카이서스의 손에 어떻게

든 거세되겠지. 카이서스는 목적을 위해선 얼마든지 비열해질 수 있어. 그게 카이서스야.”

『비열한 짓은 정말 싫어하시잖아요.』

라토시는 샐레아나의 머리를 다정하게 쓰다듬었다. 예전 같으면 생각도 할 수 없었던 애정 표현에 샐레아나는 몸을 떨었다.

“샐레아나, 내가 화가 나지 않는 건 카이서스의 제안이 마음에 들어서가 아니야. 온통 다른 것에 정신이 쏠려 있거든.”

『인간이…… 되시겠다는 그 말씀이요?』

“그래.”

『그럼 카이서스께서 하신 제안을 거절하지 그러셨어요?』

라토시는 쿡쿡 웃었다.

“너는 아직 카이서스를 몰라. 내가 그 제안을 거절했다면 카이서스는 날 그냥 보내지 않았을 거야. 말미를 달라고 하긴 했지만 카이서스의 제안을 거의 허락한 거나 마찬가지지.”

『힘에 굴복하시는 건…… 죽기보다 싫어하시잖아요.』

“쿡쿡. 누가 굴복한다더냐? 내 의지를 관철시킬 뿐이야. 난 인간을 알고 싶다. 그냥 유한한 존재가 아닌 게 분명해. 어쩌면 내 오랜 고민의 해답을 줄지도 모르지. 하지만 카이서스의 의도를 따르는 것처럼 보여야 해. 카이서스를 속여야겠다.”

『정말…… 라토시 당신이 맞으세요?』

샐레아나는 눈을 깜박였다.

살육에만 관심을 보이던 라토시가 이렇게 지혜로운 드래곤일 줄은 상상도 하지 못했던 것이다. 카이서스의 심리나 성격까지 꿰뚫어 보는 혜안을 갖고 있을 줄은 정말 몰랐던 것이다.

라토시의 입에 미소가 드리워졌다.

"카이서스가 괜히 날 택했다고 생각하니? 어릴 때, 난 정말 똑똑한 드래곤이었단다. 피를 탐한 건 모든 걸 잊기 위한 방편이었을 뿐이야. 홀로 남은 존재라는 건 하치가 말하기 전부터 날 끊임없이 괴롭혔어. 카이서스는 이런 나를 잘 알고 있지. 내 오랜 고민까지도. 생각할 시간을 달라고 했으니 내가 뭔가 의견을 낼 거라 기대할 거야."

라토시의 발톱이 샐레아나의 볼을 톡톡 두드렸다.

"네가 도와주어야겠다. 내가 믿을 수 있는 존재는 아무리 생각해도 너밖에 없어."

샐레아나가 아연 감격한 표정으로 고개를 끄덕였다.

『제가 할 수 있는 건 무엇이든지!』

"좋아. 우선 네 생각을 누구도 읽을 수 없게 해야겠다."

라토시는 빙긋 웃음을 머금고 샐레아나의 눈을 바라보았다.

"드래곤 하트 하나로 분신을 만들 거야. 내가 그이고 그가 나인 것이다. 인간인 그가 보고 느낀 대로 결정하는 거야. 카이서스의 제안에 따를지 아닐지는 그 후에 결정한다."

4

감겼던 토르의 눈이 스르르 떠졌다.

라토시의 도움으로 모든 것을 기억해 낸 토르는 어지러움을 느꼈다.

라토시는 카이서스에게 에이션트 드래곤들의 경계를 피하면서 그들에게 치명적인 타격을 줄 수 있는 방법을 제안했던 것이다.

라토시가 인간이 되겠다는 미친 선언을 하면 인간과 손을 잡았다는 명목으로 드래곤 수장 회의에서 라토시의 봉인을 결정하기로. 봉인의 직전, 인간 분신을 만들고 그 분신을 통해 에이전트 드래곤들을 제거하기로. 카이서스는 은밀히 라토시의 인간 분신을 지원하기로. 다른 드래곤들을 속이기 위해 인간 분신의 기억을 봉인하고 각성의 때가 왔을 때, 모든 것을 기억하게끔 안배하기로.

라토시의 목소리가 뇌리에 울렸다.

—멋진 계획이었지? 카이서스가 많이 답답했을 거야. 간신히 널 각성하도록 유도했는데 완전한 각성은 못했으니까. 허허.

'왜 그런 거지?'

—이 순간을 위해서지. 모든 결정은 순수하게 홀로 내려야 하니까. 결단이란 원래 고독한 거야. 카이서스나 다른 존재가 네 결정을 방해하면 안 돼. 나와 마주하고 하치의 기억까지 찾은 후에 홀로 결정하게 하고 싶었다. 인간이 되어본 너의 결정에 모든 걸 맡기는 거야.

'내 기억도 볼래?'

—아니. 그럴 필요는 없지. 결정은 네가 하면 되니까.

'너무한다고 생각 안 해? 나한테 다 미룬 거잖아.'

—허허. 네가 나고 내가 넌데 누가 누구한테 미뤄? 네 결정이 내 결정이야.

'카이서스의 제안에 따를지 아닐지는 전부 나에게 달렸다는 거야?'

—물론. 인간을 말살시킬지 아닐지도.

토르는 묵묵히 라토시를 바라보다 문득 물었다.

'그런데 왜 기억에 없지? 데바가 나를 위대한 존재라 칭송한 거 말이야. 왜 그랬는지 너도 모르는 거야?

─신의 뜻을 어찌 알겠는가? 신은 신의 뜻대로, 드래곤은 드래곤의 의지대로. 자, 어떻게 결정할 거지?

한참 동안 라토시를 보다 토르는 분연히 고개를 저었다.

'카이서스의 제안은 거절한다.'

─이유는?

'인간이 된 내 기억을 보면 내가 겪은 모든 걸 알 수 있을 거야. 보여줄게.'

─그럴 필요 없어.

'왜?'

─우린 본래 하나야. 이제 다시 하나가 될 때가 되었지.

'내가 네 몸속에 들어가란 말이야? 다시 네 심장이 되라고?'

─아니. 이 몸은 이제 쓸 수 없어. 균형을 이미 잃었지. 내가 드래곤 하트가 되마. 날 네 몸에 넣어.

'이렇게 큰 널?'

─크기는 중요하지 않잖아. 조그마한 인간이라 드래곤과 싸울 때 힘들었냐?

토르의 입가에 미소가 떠올랐다.

'천만에!'

─훗. 과연 나답군. 시간이 얼마 없어. 타임 스톱을 무한정 걸고 있다간 카이서스가 눈치를 챌 테니까. 돌아가면 타임 스톱을 이용해 상황을 정리하도록 해. 카이서스를 상대할 때 조심해야 할 거다.

'난 혼자가 아냐. 그래서 난 강해!'

─하하. 엄청난 자신감도 역시 나답군. 그럼, 시작한다.

　라토시의 몸이 환하게 빛을 뿜기 시작했다. 휘황찬란한 붉은 빛이 라토시와 토르의 몸을 완전히 감쌌다.

　샐레아나가 허공을 날며 붉은 빛을 응시하고 있었다. 그녀의 눈이 잔잔하게 물결쳤다.

무극검 : **Chapter 70**

토르는 툭툭 가슴을 쳤다.

라토시의 거대한 동체는 사라지고 없었다. 심장이 되어 토르의 왼쪽 가슴에서 움직이고 있었다.

'들려?'

대답이 없었다.

하나가 되었으니 의지도 하나가 된 것일 테지만 어쩐지 허전함이 밀려들었다. 그러다 토르는 눈을 번쩍였다.

'의지가 하나가 된다?'

아프라삭스가 한 말이었다.

아프라삭스는 곤과 코크라의 영혼 봉인이 '토르가 사명을 완수하는 날, 둘의 의지와 토르의 의지가 합치하는 날, 운명의 해방자로서 스스로 아프라삭스의 존재를 자각하는 날' 풀릴 것이라 했다. 그날이 아프라삭스에게 영혼을 주는 날이기도 했다.

토르의 입가에 미소가 돌았다.

죽음 따윈 두렵지 않았다. 이미 죽음의 세계를 실컷 보고 왔으니까. 자그레브나 엘제키온의 서가 한 말처럼 삶과 죽음은 다르지 않았다. 이제 토르도 그것을 알고 있었다. 중요한 건 죽음이 아니었다. 곤과 코크라와 하나의 의지를 갖게 된다는 의미였다.

'그래. 의지가 하나가 된다는 것은 그런 의미였구나. 라토시가 한 게 바로 그거야. 자신의 의지를 버렸어. 내 의지와 하나가 되었어. 지금 나는 라토시이고 또 토르야. 우리의 의지는 하나가 되었어. 그런 거였어.'

그때 샐레아나가 토르의 곁으로 날아왔다.

토르는 정감이 가득 담긴 눈으로 바라보며 샐레아나의 머리를 쓰다듬었다. 이제는 확실히 그녀를 믿을 수 있었다. 그녀가 얼마나 정성을 다해 라토시의 본체를 지켰는지 너무나 잘 기억하고 있었다.

"그동안 고생이 많았다. 애 많이 썼어."

샐레아나가 사르르 얼굴을 붉혔다.

『애는요…….』

"안내해. 곤을 구해야지."

『예.』

샐레아나를 따라 토르는 발길을 돌렸다. 라토시가 있던 곳은 다시 보지 않았다. 그와 토르는 둘이 아닌 하나. 라토시가 토르고 토르가 라토시였으니까.

토르의 입가에 짙은 웃음이 걸려 있었다.

2

곤의 곁으로 돌아온 토르는 먼저 아나테의 몸을 허공에서 잡아떼듯 움직였다.

고오트와는 정반대 쪽 구석에 아나테를 옮겨놓은 토르는 허공을 노려보고 있는 아나테의 굳은 볼에 키스를 했다.

"아나테, 곧 모든 게 해결될 거야. 라토시와 하나가 되며 알았어. 아프라삭스가 한 말의 의미를. 의지가 하나가 된다는 게 어떤 건지 말이야."

토르는 샐레아나를 향해 고개를 돌렸다.

"넌 여기 있어. 아나테가 깨어나면 재빨리 말려. 네 존재를 아니까 말을 들을 거야."

『예.』

반대쪽에 선 고오트를 힐끗 본 토르는 혀를 찼다.

"쯧쯧. 고오트, 난생처음 네 의지대로 움직인 게 고작 지켜보는 것이라니……. 안됐지만 넌 평생 카이서스의 그늘에서 벗어날 수 없을 거야. 카이서스가 죽더라도 말이지……."

카이서스의 제안에 따른다면 고오트와 함께 마법의 힘으로 새 종족을 잉태시킬 터였다. 그러나 토르는 그럴 마음이 없었다. 이미 인간이 되어 확고한 가치관을 정립한 토르였다. 권력욕 따위는 이전에도 지금도 없었다. 후손에 대한 열망은 오히려 흐릿해졌다. 피를 이은 후손이 아니더라도 토르에겐 친구들이 있었다. 목숨도 걸 수 있는 소중한 친구들이.

하지만 고오트는 안쓰러웠다. 카이서스의 권력욕 때문에 평생 남자로 살아왔으니까. 자신의 의지를 한 번도 발현해 보지 못했으니까.

"네게도 기회를 주마. 조금만 기다려."

토르는 고오트에게서 눈을 떼고 천천히 곤을 향해 다가갔다. 아직도 곤은 심검을 펼치는 채로 굳어 있었다. 헬나이트도 아슬란과 검을 맞댄 채 붙어 있었다.

"곤, 코크라. 이제 때가 되었어."

토르는 헬나이트의 검자루를 힘주어 잡았다.

드득. 드드득.

헬나이트가 토르의 힘에 이끌려 고정되어 있던 자리를 이탈했다. 드래곤 하트가 또 하나 생겨 토르의 힘은 이제 한 단계 더 상승해 있었던 것이다. 처음에는 움직이지 않았던 헬나이트가 이제는 토르의 뜻을 따라 움직였다.

자리를 옮겨 곤과 나란히 선 토르는 곤의 손을 잡았다. 눈을 감았다.

곤의 체온이 느껴졌다. 헬나이트를 통해 코크라의 기운이 느껴졌다. 인간이 된 후, 언제나 함께했던 친구들. 하치가 일갈했던 것처럼 목숨도 맡길 수 있는 존재들이었다. 하치가 말한 의미를 토르는 이제 이해하고 있었다. 자신이 죽더라도 모든 걸 맡길 수 있는 존재가 있다는 게 어떤 의미인지 토르는 알고 있었다. 토르의 입에 빙긋 미소가 떠올랐다.

"이제 타임 스톱이 풀리며 너희의 의지와 하나가 될게. 내 사명이란 건 뭔지 모르겠지만 그건 신의 뜻이겠지. 난 내 뜻대로 할래. 나를 버리고 너희와 하나가 되는 거야."

그 순간, 휘황찬란한 빛이 터져 올랐다. 라토시와 토르가 하나가 될 때 빛났던 바로 그 광채였다. 그리고 타임 스톱 마법이 풀려 버렸다.

"뭐, 뭐야?"

아나테는 갑자기 변한 풍경에 어리둥절했다. 분명히 곤과 토르가 격돌하는 곳으로 몸을 날렸는데 눈앞에는 텅 빈 공간만이 있었다. 그리고 처음 보는 정령이 눈앞을 날고 있었다.

『안심하세요. 전 라토시 님의 정령, 샐레아나랍니다. 곤과 토르, 두 분의 싸움은 멈추었어요. 뒤를 보세요.』

휙 돌아서니 눈앞을 가득 메우는 것은 마주 보기 어려울 정도의 붉은 빛이었다.

아나테는 눈을 가리며 재빨리 물었다. 샐레아나의 존재는 분명히 기억하고 있었다.

"뭐지? 저 빛은?"

『지켜보세요. 싸움은 멈추었으니까요.』

"널 어떻게 믿지?"

『저도 라토시, 아니, 토르 님의 친구니까요.』

아나테의 손에서 스르르 검은 안개가 사라졌다. 샐레아나의 말에 긴장이 풀리기도 했지만 붉은 광채의 안을 뚫어보았던 것이다. 드래곤의 힘을 가진 이후, 아나테의 안력은 놀랍도록 향상되었던 것이다. 토르는 헬나이트를 거꾸로 잡은 채 아슬란을 잡은 곤과 나란히 서 있었다. 곤도 눈을 감고 있는 것이 보였다.

"저건 뭘 하는 거지?"

『보이세요? 놀랍군요. 곤이란 분의 영혼 봉인을 푸시는 거예요.』

"가능하단 말이야?"

『방법을 깨달으신 모양이에요. 전 잘 모르겠지만 말이죠.』

"실패할 수도 있단 말이군."

『실패는 있을 수 없어요.』

"왜?"

『저분은 토르 님이까요.』

아나테의 입가에 웃음이 매달렸다. 그리고 붉은 빛 안의 토르와 곤을 지켜보기 시작했다.

코크라는 헬나이트 안에서 욕을 퍼붓고 있었다.

―자식아! 이게 무슨 병신 같은 짓이야!

'코크라, 걱정하지 마. 이건 내 오른쪽 심장의 의지야. 의지를 둘로 나눴어. 하나는 네게, 하나는 곤에게 갔지. 거부하지 마. 내가 죽거나 사라지는 건 아니야.'

―그런데 왜 내 몸에 들어오는 거야? 왜 내 몸속에 녹는 거야? 너 이 자식, 무슨 생각이야!

'걱정하지 마. 받아들여. 널 자유롭게 해준다고 약속했지? 약속을 지키려는 거야. 나 안 죽으니까 걱정 마.'

코크라가 멈칫했다.

―정말이야?

'내가 왜 거짓말을 해?'

―아프라삭스랑은 뭘 약속한 거야?

'나중에 알려주지. 나도 아직 의미를 잘 몰라.'

어느새 토르의 목소리가 점점 잦아들고 있었다.

'좀 더 편안하게 마음먹어. 천 년의 봉인이 풀리는 날이잖아.'

—너…… 거짓말이면 죽어……!

'하하. 마족 주제에 좀스럽기는…….'

—이 자식…….

코크라는 화려한 폭발을 느꼈다. 온몸이 밝은 불길에 휩싸이는 것만 같은 편안한 기분이었다. 토르의 의지가 코크라의 영혼을 뜨겁게 달구었다. 불의 마족인 코크라에겐 너무나 편안한 열기였다. 시야가 온통 하얀 불길에 휩싸였다.

'곤. 여기 있었구나. 이제 일어나.'

계속되던 목소리가 그제야 들렸다. 아련한 메아리같이 계속된 것이 분명했다. 듣고 또 들은 말인 것 같았으니까.

눈을 뜬 곤은 온통 불길에 휩싸인 토르를 볼 수 있었다. 파란 눈에 붉은 머리, 순백에 가까운 살결, 조그만 아이였지만 그의 죽어버린 마음을 구원해 준 토르가 서 있었다.

—여, 여긴……?

'깼구나. 곤……. 반가워.'

만감이 서린 목소리였다. 빙긋 웃는 얼굴에 어쩐지 피곤함이 엿보였으나 곤은 급하게 물었다.

—아, 아나테는? 여긴 어디야? 그 불길은 뭐야? 안 뜨거워?

'여긴 곤의 심장이야. 역시 여기 있었구나. 머리에 봉인시켰다고 한 건 카이서스의 속임수였어.'

—그게 무슨 소리야? 심장이라니? 봉인이라니?

'곤, 네가 보는 난 내 왼쪽 심장에 담긴 의지야. 넌 영혼인 상태고.'

　―뭐?

　‘차근차근 말해줄게. 나트판의 공격에 곤과 아나테는 죽은 게 아니었어. 영혼을 제압당했을 뿐이야. 그동안 드래곤 로드 카이서스의 인형이 되어 있었지. 영혼을 봉인시키고 널 조종했거든. 이제 내가 풀어줄게. 아나테는 이미 구했어. 너만 구하면 돼.’

　곤은 아득함을 느꼈다. 남에게 제압당해 있었다니…….

　곤은 불길에 휩싸여 타오르고 있는 토르에게 물었다. 어딘가 피로해 보이는 얼굴이 너무 걱정되었던 것이다.

　―토르…… 너 정말 안 뜨겁니? 얼굴은 왜 그래?

　‘하하. 말했잖아. 이건 내 몸이 아니야, 곤. 의지가 형상화된 것뿐이야. 널 깨우느라 힘을 많이 썼어. 그래서 좀 피곤해 보이는 것뿐이야.’

　그것뿐이 아닌 것 같았지만 곤은 더 말을 이을 수 없었다. 토르가 다가와 곤에게 안겼던 것이다.

　‘곤…… 정말…… 네가 정말 많이 보고 싶었어.’

　영혼인 상태라지만 따스함이 느껴졌다. 뭉클한 감정도 피어올랐다.

　―토르, 내가 이 상태로 있은 지 오래되었니?

　‘응. 그동안 나도 많이 변했어. 많은 일이 있었지. 아주 많은 일이. 차근차근 다 알려줄게. 일단 널 풀어주고.’

　토르는 샛별 같은 푸른 눈을 들어 곤을 바라보았다.

　‘곤, 잘 들어. 내 의지를 이제 네 영혼 속에 녹일 거야. 날 받아들여.’

　―뭐? 그게 무슨 말이야?

　‘그것만이 널 구하는 방법이야. 곤, 나 믿지?’

곤은 가슴을 꽉 조이는 뭉클함에 저도 모르게 고개를 끄덕였다. 믿는다. 토르의 정체를 의심하다 토르가 정말 자신의 정체를 모른다는 것을 알고 얼마나 자책했던가. 다시는 미안하다는 말을 하지 않는 친구가 되겠다 맹세했다. 믿는다. 토르를 믿지 않으면 누구를 믿겠는가!

―물론.

'좋아. 날 받아들여. 나 죽는 게 아니니까 걱정 같은 거 절대 하지 말고.'

―그래.

토르의 몸에서 뜨거운 불길이 화악 치솟아올랐다. 너무나 뜨거워 하얗게 빛나는 불길이었다. 곤은 가슴속에 녹아드는 뜨거운 불길이 따뜻하다고 느꼈다. 곤을 향한 토르의 마음처럼 뜨겁고도 따사로운 불길이었다.

3

"웃!"

팔짱을 끼고 붉은 빛을 지켜만 보던 고오트가 눈을 가렸다. 너무나 강한 빛이 폭발했기 때문이다. 붉은 빛을 녹일 듯 안에서 솟구친 새하얀 빛. 불꽃을 피워내며 너울거리는 맑은 광채가 격렬하게 폭염을 토해냈던 것이다.

고오트의 눈에는 눈물이 흐르고 있었다.

붉은 빛이 일렁일 때부터 알고 있었다. 토르가 로드의 뜻대로 움직이는 게 아니라 자신의 의지에 따라 행동하고 있다는 것을. 드래곤 나이트를 죽이는 것이 아니라 그를 구하고 있다는 것을.

토르는 이미 라토시의 본체와 만난 것이 분명했다. 아나테라는 여자의 곁에 날고 있는 샐레아나를 보자마자 그것을 깨달았다.

라토시는 결국 카이서스의 제안을 거부했던 것이다. 수락한 척 속였던 것이다. 감히 드래곤 로드를 속인 라토시에게 갈채를 보내고 싶었다. 누구보다 카이서스에게 반항하고 싶은 것은 고오트였다.

눈물이 뚝뚝 떨어져 내렸다. 오랫동안 라토시를 지켜만 보았던 고오트였다. 누구보다 그의 고독을 이해하고 아픔을 이해하는 고오트였다. 그의 광기에 찬 살육마저도 고통을 잊기 위한 몸부림이라는 것을 고오트는 잘 알고 있었다.

자신도 그와 같았다. 냉정하고 무관심하게 로드의 뜻만을 전하는 것으로 자신을 감추었다. 라토시가 폭력으로 자신의 상처를 덮었다면 고오트는 복종과 체념으로 그것을 가렸던 것이다. 그래서 라토시를 사랑했다. 그리니아처럼 격렬하게 구애할 수 없었던 것은 아버지를 거역할 수 없었기 때문이다. 권력에 눈이 멀었지만 그래도 아버지였던 것이다.

새하얀 빛은 황혼이 꺼지듯 삽시간에 사그라졌다. 빛 속에서 세 개의 그림자가 일렁이다 모습을 드러냈다.

아슬란을 든 곤, 헬나이트를 잡고 있는 토르, 그리고 검은 날개로 온몸을 감싼 코크라였다.

코크라가 감격에 차 자신의 팔을 잡았다.

"헉!"

만져진다.

무려 천 년 만이다. 천 년 만에 자신의 몸을 손으로 만지는 것이다.
저도 모르게 웃음이 터져 나왔다.

"우핫! 푸하하하하! 드디어! 드디어!!"

"축하해, 코크라."

"토르, 임마!"

홱 몸을 돌린 코크라는 눈을 껌벅였다.

건장한 청년으로 자라 있던 토르는 간데없고 다시 아이 때 모습으로
돌아가 있었다.

"너 왜 그래? 왜 작아진 거야? 장난하는 거냐?"

"아니, 잠깐만. 쉿!"

아이 모습의 토르가 손가락으로 입을 가렸다. 깨물고 싶도록 귀여운
아이 때 모습 그대로였다. 토르가 곤을 가리키며 코크라에게 고개를
젓자 코크라도 입을 다물었다.

망연한 표정으로 지켜보던 아나테가 달려오고 있었다. 곤을 향해 달
려오고 있었다. 격렬한 포옹이 이어졌다. 아나테의 눈에서, 그 강철 같
은 네크로맨서의 눈에서 펑펑 눈물이 솟구치고 있었다.

"곤! 곤! 바보같이! 바보같이 왜 그랬어! 왜 날 구하느라 너까
지……!"

"아나테……?"

곤으로서는 아나테가 죽는 것을 지켜보던 그때 이후, 하나도 시간이
흐르지 않은 채였다. 백발로 머리가 변하고 피부가 검게 변해 버린 아
나테는 생경하기만 했다. 곤은 두 손으로 아나테의 얼굴을 가린 백발
을 헤쳤다. 펑펑 눈물을 흘리는 아나테의 눈을 바라보던 곤의 입술에
미소가 매달렸다.

“맞구나. 아나테구나…… . 죽지 않았군. 다행이다. 다행이야…… .”

아나테는 그제야 자신이 심하게 변한 모습이란 것을 깨달았다. 그리고 눈물 사이로 웃음이 맺혔다.

어떤 모습으로 변해도 항상 이렇게 웃어줄 남자, 아무리 지독한 상황이라도 자신과 함께 죽어줄 남자, 바보 천치처럼 눈치가 둔한 남자였지만 끝까지 자신과 함께할 거라 엘제키온의 서가 예언한 바로 그 남자, 곤이었다.

어느새 곤의 눈에도 눈물이 맺혀 있었다.

“아나테…… 너에게 못한 말이 있다. 그날 알았다. 네가 없었다면 나도 없었다는 걸…… . 네가 없으면 나도…… .”

“그만.”

아나테는 곤의 입술을 손가락으로 막았다.

“왜?”

“그런 말은 나중에 실컷 해. 지금은 하고 싶은 게 있어.”

“뭐…… 읍!”

아나테와 곤의 키스가 길게 이어졌다.

토르와 샐레아나가 활짝 웃으며 박수를 쳤다. 코크라도 손가락으로 볼을 긁으며 키득거렸다.

4

토르가 방문 밖에 굳어 있던 커트와 라나, 디오스까지 홀드를 풀어

데려온 후, 모두 뜨겁게 재회를 즐겼다.

곤을 제외하고는 토르가 아이 모습이 된 것에 모두 놀랐는지라 토르의 설명이 이어졌다.

"힘을 많이 써서 그래. 코크라와 곤의 영혼 봉인을 푸는 데 드래곤 하트를 꽤 썼거든. 곤의 영혼과 만날 때 번잡함을 피하느라 아이 모습을 했는데 이 모습으로 굳어졌네. 뭐, 그리 나쁘지는 않아. 원래 이 모습이었으니까."

코크라가 고함을 질렀다.

"우리 때문에 약해진 거냐? 어쩌려고 그랬어? 아직 카이서스가 남았잖아!"

"괜찮아, 난 혼자가 아니니까."

토르는 빙긋 웃더니 고개를 돌렸다. 일행이 모두 한 소리씩 하려는 참인데, 간단한 손짓 하나로 그것을 막았다. 토르는 손짓으로 고오트를 불렀던 것이다.

"이리 와."

눈물 범벅이 되어 있던 고오트의 얼굴은 어느새 다시 침착한 모습으로 돌아가 있었다.

자신의 앞으로 걸어온 고오트에게 토르가 물었다.

"카이서스는 드래고니아에 있나?"

"만날…… 거야?"

"그래야지."

"지금의 너로는…… 어림도 없어. 가면 죽을 거야."

"혼자 가는 게 아니야. 모두 함께 간다. 너도."

"라토시…… 내가 로드에게 대항할 거라 생각해?"

“토르라고 불러. 그럼 계속 남자로 살래?”

고오트가 입술을 깨물었다.

“여자가 되면…… 날 받아줄 거야?”

“네가 물건이냐? 받아주게. 일단 악수.”

고오트는 토르가 내민 손을 엉겁결에 마주 잡았다.

“인간끼리는 이렇게 인사해. 적의없는 맨손을 내밀어 서로 잡는 거야. 이제 우린 친구다.”

“뭐?”

“나 꼬마인 거 안 보여? 크려면 멀었어. 일단 친구 하자.”

코크라가 슬쩍 고개를 꼬며 투덜거렸다.

“그 몸으로도 할 거 다 한 놈이.”

퍽!

토르의 팔꿈치가 강력하게 코크라의 옆구리에 틀어박혔다.

“욱!”

“약해졌다고 해도 라토시와 한 몸이 되기 전보다는 세. 기어오르지 마.”

“이게!”

“어쭈? 나한테 진 거 잊지 마.”

코크라의 얼굴이 팍 일그러졌다. 어디 진 것뿐인가. 토르는 자신의 드래곤 하트까지 희생해 가며 코크라의 천 년 봉인을 풀어주었다. 하지만 치사하게 그런 걸로 위협하냐? 친구만 아니면 팍!

그때 토르가 코크라의 허리를 툭툭 쳤다.

“얼굴 풀어. 친구끼리 장난친 걸 갖고 뭘 그래?”

“흐……. 앓느니 죽지.”

코크라가 고개를 돌리는데 토르가 손가락을 입에 물며 물었다. 너무나 앙증맞은 얼굴로.

"앓느니 죽어? 음? 그게 무슨 뜻이야?"

코크라가 질색을 하며 펄쩍 뛰어올랐다.

"야, 임마! 이제 알 거 다 아는 놈이 징그럽게 왜 그래? 애 흉내 그만 좀 내!"

"징그럽냐?"

"그래!"

"음…… . 처음 보는 놈한테만 써먹어야겠구나. 예전엔 잘 통했는데."

토르는 순진한 얼굴로 고개를 갸웃거리다 고오트에게 눈을 돌렸다. 고오트의 굳어 있던 얼굴이 어느새 많이 풀려 있었다.

"야, 이렇게까지 해줬는데도 활짝 못 웃냐? 쯧쯧. 하긴, 그 정도 풀어진 것도 많이 발전하긴 했다."

"노, 노력해 볼게."

토르는 혀를 차더니 고오트의 손을 잡았다.

"이제 가자. 모두 우리 몸에 손을 얹어."

"토르, 정말 다 갈 거야? 두렵지 않아?"

"아니. 이젠 혼자가 아니니까. 다 잘될 거야. 너도 무서워하지 마."

토르와 고오트의 몸에 모두 손을 얹자 흐릿한 황금빛 광채가 그들을 감쌌다. 그리고 순식간에 사라졌다.

5

드래고니아.

드래곤 로드가 거하는 최고의 공간이었다.

드래곤의 마나에 맞춰 마나의 배열이 주의 깊게 배치되었고 로드가 된 종족의 취향에 따라 마나의 계열이 바뀌는 곳. 카이서스의 종족에 따라 현재 드래고니아는 휘황한 황금 빛으로 찬란했다.

황금으로 이루어진 거대한 기둥들을 따라 발목까지 올라오는 황금 빛 융단이 깔려 있었다.

융단을 따라 걷자 높은 황금 의자에 앉아 있던 카이서스가 점점 가깝게 보였다. 카이서스는 황금색 눈을 부릅뜬 채 토르 일행을 노려보고 있었다.

"고오트, 많이 방자해졌구나. 이곳에 인간과 엘프들까지 데려오다니. 아니, 마족까지 들인 것인가?"

창백하게 얼굴이 질리는 고오트의 손을 토르가 단단히 부여잡았다.

"괜찮아, 고오트."

토르는 적당한 거리를 두고 발걸음을 멈추었다.

카이서스의 시선이 토르를 향했다.

"라토시, 이런 식으로 내 뒤통수를 치는 건가?"

"뒤통수는. 인간이 되기 전에 내가 말했을 텐데? 내가 각성을 해야 모든 게 뜻대로 될 거라고."

"말장난을 한 게로군. 나의 뜻이 아니라 네 뜻대로라는 말이었구나."

"과연 카이서스. 길게 말할 필요가 없다니까."

토르가 카이서스에게 윙크를 보냈다. 너무나 귀여운 모습이었지만 카이서스는 차가운 웃음을 날릴 뿐이었다.

"그래서 내게 반기를 들겠다는 것인가? 겨우 저런 것들을 믿고?"

"다 내 친구들이야. 어때? 많지?"

"다 죽여주지."

짙은 살기를 뿌리는 카이서스를 향해 토르가 양손을 흔들었다.

"잠깐, 잠깐. 싸우는 건 잠시 뒤로 미루자구. 할 말이 있어."

"이제 와서 무슨 할 말이 있다는 것인가? 넌 내 원대한 계획을 망치려 하고 있다."

"카이서스, 네 계획이야 사실 이루어진 것이나 마찬가지잖아. 생각해 봐. 원래 우리가 계획한 건 에이션트 드래곤들을 무력화시키는 거였지, 죽이는 게 아니었잖아. 너도 에이션트 드래곤들을 셋 이상 상대할 수는 없어. 그런데 다 죽었잖아. 고오트 말고는 다 죽었어. 이제 네 자리를 위협할 드래곤은 없는 거야. 그럼 다 된 것 아닌가?"

"천만에. 내 원대한 구상은 새롭고 완전무결한 드래곤 종족을 탄생시키는 것이었다. 넌 내 계획의 중심을 잘못 알고 있다."

"그것도 된 것이나 마찬가지잖아. 날 봐. 드래곤이지만 난 인간이기도 해. 그리고 어떤 드래곤들보다 강하지. 내 존재가 네 구상을 이미 실현한 것 아니야?"

드래곤 로드 카이서스는 토르를 노려보다가 갑자기 웃음을 터뜨렸다.

"후후. 우허허허허허!"

분노가 가득 실린 웃음소리였다.

"정말 멋대로 지껄이는구나. 아무렇게나 갖다 붙인다고 네 죄가 없어질 줄 아는가? 제일 큰 죄는 네가 날 속였다는 것이다! 감히 날 속여? 드래곤 로드인 나를?"

"카이서스, 유감이라면 나도 많아. 넌 내 소중한 친구를 둘이나 죽일 뻔했어. 둘 다 꼭두각시로 만들어 내 손에 죽게 만들려고 했잖아. 그런 건 우리 계획에 없던 거야. 계획대로 행동하지 않은 건 나만이 아니야. 너도 마찬가지지."

"끝까지 말장난을 할 셈이냐? 인간이 되더니 간교함만 늘었구나!"

쾅!

카이서스가 발을 구르자 황금 의자가 산산이 부서져 흩어졌다.

토르가 뿜어내는 것과는 비교할 수 없을 정도로 삼엄한 위엄을 뿌리는 드래곤 피어가 카이서스의 몸에서 자욱하게 일어나기 시작했다.

"우욱!"

토르 일행이 휘청거리며 뒤로 물러났다. 재빨리 실드를 치며 몸을 보호했지만 이미 약간씩 타격을 받은 후였다.

토르의 눈이 무겁게 가라앉기 시작했다.

"정말 피를 봐야 끝이 나겠나? 카이서스, 인간 말살 마법을 물려라. 인간 세상에 간섭하지 말고 고오트에게 남자로 지내도록 강요하는 것도 그만둬. 그러면 나도 조용히 물러나겠다."

"조용히 물러나? 누가 그걸 허락한다더냐!!!"

카이서스가 벌떡 몸을 일으키며 날개를 펄럭였다.

콰콰콰콰콰콰—

엄청난 폭음과 함께 줄지어 서 있던 거대한 기둥들이 한꺼번에 폭발해 버렸다.

토르의 고함이 울려 퍼졌다.

“모두 실드를 쳐! 곤, 호신강기!”

토르 일행은 빗발치듯 쇄도하는 기둥의 파편들을 막아내며 제각각 무기를 꺼내 들었다. 곤과 아나테, 코크라, 디오스가 사방을 맡고 토르와 고오트가 합세하자 그토록 엄청난 파편의 폭풍들이 가루로 부서지며 스러졌다.

카이서스가 포효를 질렀다.

“고오트 감히 너까지? 한꺼번에 덤비겠다는 말이냐? 이런 버러지 같은 놈들이—!”

콰아아아아아아—

거대한 브레스가 불을 뿜었다. 황금 빛 가득한 불길이 토르 일행을 덮쳤다.

토르도 일갈했다.

“화염 브레스로 레드 드래곤을 당할 자는 세상에 없어!”

쿠워어어어어어—

토르의 입에서도 붉은 화염의 브레스가 불을 뿜었다.

콰쾅!

정면으로 맞부딪친 브레스의 충돌로 공간이 일그러지며 수축하기 시작했다.

슈아아아아아—

카이서스와 토르의 브레스가 충돌한 곳을 중심으로 무섭게 공간이 빨려들기 시작했다. 엄청난 바람이 태풍처럼 몰아쳤다.

곤이 고함을 질렀다.

“모두 날 잡아!”

곤은 천근추를 시전해 몸을 무겁게 하고 토르의 등 뒤에 바싹 붙어

섰다. 양손을 토르의 등에 찰싹 붙인 곤이 격체전력을 사용해 내공을 전해주었다.

—토르! 내 힘을 이용해!

곤의 행동을 본 코크라가 몸을 날렸다. 천 년간 봉인되어 있어 다시 보고 싶지도 않은 헬나이트였지만 코크라는 스스로 헬나이트의 안으로 들어갔다.

—토르! 내 힘도 써!

아나테의 백발이 펄럭였다. 곤의 등에 바싹 몸을 붙인 아나테의 손에 검은 안개가 맺혔다.

"이 노란 도마뱀 자식! 감히 내 몸을 이따위로 만들었겠다!"

아나테의 손에 맺힌 검은 안개가 포탄처럼 뭉쳐져 카이서스를 향해 날아갔다.

고오오오오—

그 뒤를 따르는 화살과 창, 래피어가 있었다. 라나가 날린 무음의 화살과 커트의 은빛 창, 디오스의 래피어가 카이서스를 노리고 날아갔다. 토르에게 배운 대로 대지 마법의 극성인 생명의 마나를 담은 채!

고오트가 비명을 질렀다.

"아빠! 제발 피하세요—!"

"닥쳐라! 내 뜻을 거역하다니! 네년도 죽여주마!"

탕탕탕!

날카로운 소리와 함께 화살과 창, 래피어가 카이서스의 몸을 맞고 튕겨 나왔다.

퍼억!

아나테의 검은 안개가 섞인 죽음의 포탄이 카이서스의 몸을 뒤흔들었다.

그때 토르의 입에서 뿜어지던 브레스가 배 이상으로 늘어났다. 코크라가 전해준 힘과 곤이 전해준 내공을 브레스로 전환시키는 데 드디어 성공했던 것이다.

콰아아아아아아—

붉은 화염의 브레스가 황금빛 브레스를 점점 압박해 들어갔다. 카이서스의 눈이 찢어질 듯 부릅떠졌다.

"쿠워어어—!"

카이서스의 포효와 함께 황금빛 브레스에도 힘이 배가되었으나 점점 더 토르의 브레스에 밀려 나가기 시작했다. 믿을 수 없다는 듯 카이서스의 눈이 부르르 떨렸다. 그가 버러지라 부른 것들의 합공에 밀리고 있었던 것이다.

바로 그때였다.

토르의 몸이 서서히 공중에 떠오르기 시작했다. 곤이 깜짝 놀라 토르의 등에 댄 손에 힘을 주었으나 토르의 몸은 곤의 힘을 거스르고 조금씩 떠오르고 있었다.

토르의 텔레파시가 곤의 뇌리를 울렸다.

—곤, 걱정하지 마. 마지막으로 준비한 한 수야. 마법과 곤이 전해준 무공을 조화시킨 거야. 걱정 말고 지켜봐! 손을 떼!

—토르!

—걱정 마! 믿어!

곤의 손이 등에서 떨어지자 토르의 몸이 자석에 끌려가듯 서서히 전진하기 시작했다. 토르가 조금씩 전진할 때마다 카이서스는 한 걸음씩 물러나다 더 이상 참을 수 없다는 듯 양팔을 번쩍 치켜 올렸다. 카이서스의 양손에 황금빛 광채가 짙게 맺혔다. 카이서스의 양팔이 번쩍 허공을 가로질렀다.

쿠아아아아앙!

황금색 융단이 폭발하듯 튀어 오르며 대지가 뒤집힐 듯 흔들렸다. 쩍쩍 갈라진 땅속에서 엄청난 바윗덩어리들이 불길을 동반한 채 토르를 향해 튀어 오르기 시작했다. 시뻘건 용암의 불길이 토르를 덮치며 날아올랐다.

토르가 헬나이트를 잡은 채 눈을 빛냈다. 처음으로 펼치는 무공과 마법을 조화시킨 검이었다. 심검 풍뢰무에 기반을 둔 그만의 무공, 그만의 마법이었다. 꽉 깨문 토르의 입가에 핏기가 내비쳤다.

'간다!'

우르르르릉!

갑자기 토르의 몸에서 천둥소리가 요란하게 일어났다.

헬나이트가 부들부들 떨렸다. 마검 헬나이트마저 감당하기 힘든 거력이 용솟음쳤던 것이다.

헬나이트의 뒤로 토르가 사라졌다. 휘황찬란한 붉은 브레스만이 뿜어질 뿐 토르의 몸은 어디에도 보이지 않았다. 마침내 화염의 브레스마저 뚝 그쳤다.

그와 동시에 토르를 향해 황금빛 브레스와 용암의 공격이 덮쳐들었다.

토르의 입이 벌려진 것은 그때였다. 용음의 포효가 찌르르 울렸다.

"카오오오오—!"

버언쩍!

눈을 멀게 하는 광채가 헬나이트에서 폭사되었다. 붉은 광채만이 아니었다. 대지의 마나를 담은 황금 빛, 생명의 마나를 담은 녹색 빛, 물의 마나를 담은 푸른 빛, 죽음의 마나를 담은 검은 빛, 얼음의 기운을 담은 하얀 빛이 동시에 솟구쳐 허공에 휘몰아쳤다.

"저건!"

곤이 깜짝 놀라 소리쳤다. 오행의 모든 기운을 끌어내 조화시키면 천인경에 이를 것이라는 패왕금강결의 마지막 구절. 아무도 이루지 못한 경지였다. 토르가 마법의 힘으로 구현해 낸 최초의 경지였다.

아름다웠다. 헬나이트의 검끝에 서려 소용돌이치는 여섯 개의 빛은.

곤은 환희에 차 토르가 구현해 낸 패왕금강결의 마지막 경지를 보고 있었다.

'무극검! 장하다, 토르!'

무극검의 거센 소용돌이는 점점 세력을 넓히더니 마침내 용암과 황금빛 브레스를 먼지처럼 흩어버렸다.

카이서스가 고함을 지르며 몸을 날리는 것이 보였다. 무극의 소용돌이에 빠져 갈가리 쪼개지는 것이 보였다. 곤은 자랑스러웠다. 그가 가르쳤지만 그를 넘어섰다.

곤의 얼굴에 빙그레 웃음이 떠올랐다.

'과연 나의 토르.'

휘황한 빛의 소용돌이를 보며 곤은 나직하게 웃음을 터뜨렸다.

더 가르칠 게 없었다.

이젠 배워야 했다.

에필로그

드 래고니아는 완전히 붕괴되었다.

토르와 카이서스의 충돌로 완전히 공간 자체가 사라져 버렸던 것이다.

마지막 순간, 토르가 소리쳐 모두 텔레포트하지 않았다면 정말 큰일이 날 뻔했다.

토르는 오열하는 고오트를 위로했다. 두려워하고 증오하기까지 한 아버지였지만 그래도 아버지였던 것이다. 어쩔 수 없는 상황이란 것은 알고 있었지만 눈물을 참을 길이 없는 고오트였다.

토르는 고오트를 위로하기 위해 모두와 함께 그녀의 레어로 갔다. 그곳에서 해방군의 수장들을 초대해 드래곤의 인간 말살 마법이 해제되었다는 것을 알려주었다.

옥스칼토네 대륙에는 새로운 역사가 시작되었다. 프로시안 공주를 여왕으로 받들고 5개 국의 국경을 허문 통일왕국을 건설했던 것이다. 프로시안은 토르에게 황제의 자리를 권했지만 토르는 끝끝내 그것을 거절했다. 따로 할 일이 남았다는 이유였다.

프로시안은 아쉬움을 뒤로하고 거대한 영토를 가진 통일왕국의 정비에 착수했다. 왕국의 이름을 '임페라토르' 라 하고, 토르가 있는 고오트의 레어 주변을 신성의 영역으로 선포했다.

엘프들도 대륙으로 다시 이주해 그들만의 엘리시온을 건설했다. 드래곤들도 각자의 레어를 지키며 인간과의 공존을 시작했다.

옥스칼토네 대륙은 오랜 전란과 드래곤 지배의 상처를 씻고 평화를 건설하기 위한 일보를 내딛기 시작했다.

고오트의 레어 앞에는 토르 일행이 모두 모여 있었다. 어딘가 이별의 분위기를 짙게 풍겼다.

디오스가 툴툴거렸다.

"난 정말 안 데려갈 거야?"

토르가 피식거렸다.

"양옆을 보고 얘기해. 티바하고 아르마한테 나 맞아 죽을 일 있냐?"

디오스의 옆에는 과연 티바와 아르마가 딱 달라붙어 팔짱을 끼고 있었다. 티바와 로키를 이어주려는 계획이 실패하자 아르마는 티바와 아예 협상을 해버렸던 것이다. 둘이서만 디오스를 공유하기로. 호랑이처럼 눈을 치뜨는 두 여인의 서슬에 디오스는 짙은 한숨을 흘렸다.

"아…… 사나이 디오스의 운명이 어쩌다……."

그때 헤르미나와 커트, 라나가 조용히 앞으로 나섰다.

"곧 오실 거지요?"

헤르미나가 조용히 눈을 빛내며 물었다. 라나의 어깨에 팔을 두른 채 별빛 같은 눈으로 토르를 응시했다.

토르는 웃으며 고개를 끄덕였다.

"응! 약속했잖아! 좀만 기다려!"

헤르미나와 라나가 토르의 옆으로 다가와 살짝 키스를 했다. 디오스가 헤르미나와 라나가 토르의 양 볼에 키스를 하는 것을 보며 투덜거렸다.

"아아…… 누구는 엘프 둘이 키스하고, 누구는…… 아약!"

옆구리와 가슴을 움켜쥐며 디오스가 비명을 질렀다. 티바와 아르마의 강철 같은 손가락이 디오스를 꼬집고 있었다.

커트가 한 걸음 나서 곤의 앞에 섰다.

비슷한 기질의 둘은 비슷한 웃음을 머금었다.

"잘 가게, 곤."

"잘 있게."

짧은 눈빛을 나눈 후 두 사람이 떨어지자 디오스가 찰거머리처럼 붙어 있는 두 여자를 떼어냈다.

"안 간다고! 난 안 간다니까! 어쨌든 인사는 해야 할 거 아니야! 곤과 아나테하곤 영영 이별이 되기 쉬워!"

달려들 듯 곤의 앞으로 온 디오스는 곤의 배에 주먹을 꽂았다.

"윽!"

"디오스, 너 죽을래?"

아나테가 옆에서 눈을 부라렸지만 디오스는 콧방귀만 뀌었다.

"킁! 이 정도는 해도 돼! 곤, 아나테 행복하게 해줘! 명심해!"

곤의 얼굴에 웃음이 떠올랐다. 그리 아픈 주먹도 아니었다. 때린 디

오스도, 맞은 곤도, 화낸 아나테도 이별의 한 의식으로 여기고 있을 뿐
이었다. 그만큼 아쉬웠다. 디오스와 헤어지는 것은.

곤은 말없이 디오스의 어깨를 끌어안았다.

"남자끼리 포옹은……."

말로는 투덜거렸지만 곤의 등을 잡은 디오스의 손에는 꾹꾹 힘이 들
어가 있었다. 디오스가 작게 소곤거렸다.

"행복해야 해. 거기 맘에 안 들면 다시 와. 알겠나?"

"그러지."

아쉬운 작별을 하고 있는데 헬나이트에서 검은 그림자가 솟구쳤다.
코크라였다.

"자식들아! 그만 좀 해! 빨리 좀 가자!"

"코크라도 잘 다녀오세요."

라나가 손나발을 하고 소리치자 코크라는 콧잔등을 훔쳤다.

"큥! 금방 올 텐데 호들갑들은……."

"넌 안 가도 된다니까?"

"됐어! 내 맘이야!"

토르는 코크라와 투덕대다 고오트가 다가오자 그녀를 바라보았다.
이제는 충격에서 많이 회복된 듯 고오트의 얼굴은 편안해 보였다.

"나도 가면 안 돼?"

"넌 로드잖아. 로드답게 굴어. 애들 지금 엉망이잖아. 잘 다스려 놓
으라구. 오면 검사할게."

새 드래곤 로드는 토르가 강력하게 밀어준 덕분에 고오트가 되었던
것이다. 에이션트 드래곤이 둘밖에 남지 않은지라 토르의 말에 거역하
는 드래곤이 감히 없기도 했다.

고오트가 작게 속삭였다.

"그런데 괜찮을까? 아프라삭스와 약속한 건……."

"괜찮아, 괜찮아. 전에 너도 봤잖아. 아프라삭스 불러내서 확실하게 마무리하는 거. 아프라삭스 신전 왕창 지어준다고 프로시안이 약속했으니 다 된 거야."

"하지만, 영혼을 대가로……."

"됐어! 난 할 일도 많이 남았고, 사명은 뭔지도 모르겠고, 운명의 해방자는 개뿔이라고 했잖아. 아프라삭스의 존재를 나 스스로 자각했을 때 내 영혼을 가져간다고 했는데 난 아직 그런 거 몰라. 아프라삭스도 인정했는데 뭘 걱정해?"

"하지만……."

"됐어, 됐어! 그때 되면 또 적당히 구라치면 돼. 어차피 아프라삭스도 계약대로 안 했다구. 곤과 코크라 봉인 푸는 데 아프라삭스가 한 게 뭐가 있어? 아무것도 없잖아!"

"토르!"

신에게 불경한 언사를 마구 쏘아붙이는 토르를 고오트가 꾸짖으려 할 때였다.

토르가 고오트의 말을 막았다. 입술로. 여전히 효과 직방이었다.

디오스가 투덜거렸다.

"자식, 누가 키스 대마왕 아니랄까 봐."

"당신도 저렇게 좀 해봐요. 얼마나 낭만적이야!"

"낭만은 개뿔! 다 내가 가르친 거라구!"

디오스가 티바와 투닥거릴 때, 토르는 키스를 마치고 몽롱한 눈이 된 고오트를 떼어놓았다.

"음! 그럼 이제 다 된 건가? 곤, 아나테, 뭐 빼먹은 것 없지?"

"없지."

"좋아! 그럼 가자구! 곤의 고향, 중원으로!"

토르의 손가락이 하늘을 찔렀다.

오색 빛이 영롱한 휘황한 광채가 토르와 곤, 아나테를 감쌌다.

"모두 잘 있어!"

"잘 가!"

"금방 올게!"

바쁜 인사들과 함께 버언쩍 눈을 멀게 하는 광채가 솟구쳤다.

셋이 사라진 자리를 바라보다 디오스가 후우 한숨을 쉬었다.

"지들만 신나겠군. 나도 가고 싶었는데……."

"어림없어요! 이제 여자들 있는 데는 아예 구경도 못할 줄 알아요!"

"아아…… 내 찬란한 인생이 도대체 왜 이렇게……. 아얏!"

디오스의 비명은 다른 이들에게 기쁨을 준 모양이다.

호탕하고 맑은 웃음소리들이 오랫동안 울려 퍼졌다.

『大尾』

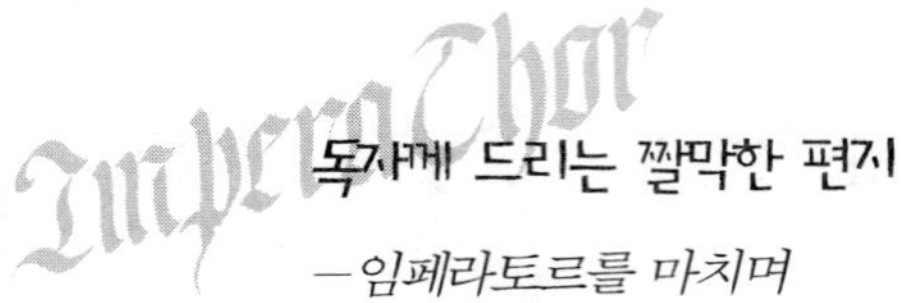

독자께 드리는 짤막한 편지

—임페라토르를 마치며

7권으로 이 이야기는 끝을 맺습니다.

토르 일행과 함께 다니며 참 많은 것을 느끼고 경험했습니다. 등장인물들과 친구가 된 듯한 경험도 해보았고, 인간관계에 대해 많은 생각을 하게 되기도 했습니다.

하지만 무엇보다도 쓰는 내내 즐거웠습니다. 수정을 한 이후, 출판을 시작하고는 8개월 내내 이 글과 함께 웃고 울고 자며 산도 탔지요.

토르가 인간이 되기로 결심한 것이 왜 위대한 자라 칭송을 받은 것인지는 글에 밝히지 않았습니다. 아프라삭스의 입을 빌어 설명할까 했지만 생략했지요.

무한에 가까운 존재인 드래곤이 유한한 존재인 인간으로 사는 것은 많이 손해 보는 짓일지도 모릅니다. 하지만 저는 데바의 입을 빌어 그것을 위대하다 했습니다.

　왜 그것이 위대한지는 토르의 여정에 어느 정도는 나와 있다고 생각하며 살짝 생략해 버렸습니다. 몇 마디 단어의 조합으로 설명하기엔 저도 아직 인간의 삶을 잘 모르니까요. 하하.

　그래도 삶은 위대하다 생각합니다.

　위대하게 태어났으니 위대하게 살다 가야지요.

　토르와 함께 끝까지 이 글을 읽으신 독자 분들 모두 행복하고 즐겁게 사시길 바랍니다.

신독(愼獨) 올림.

청어람 판타지의 재도약!!

혁신과 참신함으로 무장한
새로운 판타지 전문 브랜드의 탄생!

판타지계의 커다란 근간을 이뤄온 청어람 판타지 소설!
새로운 브랜드 「알바트로스」라는 커다란 날개를 달고
거대한 웅비를 시작합니다.

알바트로스는 판타지의, 판타지를 위한 개척자이자 도전자로 존재하겠습니다.

알바트로스는 형식적이고 나태해진 판타지계의 구습을 벗어나겠습니다.

알바트로스는 판타지계의 도약을 위한 든든한 날개 역할을 묵묵히 수행합니다.

알바트로스는 변화와 혁신을 통해 새롭게 태어날 환상 공간입니다.

알바트로스는 판타지를 아끼고 사랑하는 이들을 향한 청어람의 굳은 약속입니다.

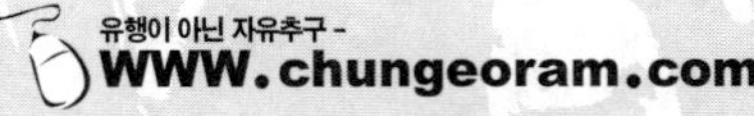